WHITLEY COX

Hired by the SINGLE DAD

Mark

Whitley Cox ist an der kanadischen Westküste geboren und aufgewachsen. Sie studierte Psychologie und unterrichtete zeitweise in Indonesien, bevor sie in ihre Heimat zurückkehrte. Heute ist sie mit ihrer Highschool-Liebe verheiratet und Mutter von zwei Töchtern.

Der alleinerziehende Vater, Dr. Mark Herron, ist sprachlos. Am Kneipentisch nebenan feiert eine junge Frau fröhlich mit ihren Freundinnen ihre Scheidung. Seine eigene Trennungsgeschichte war alles andere als lustig und hat Mark das Herz zerrissen. Seitdem versucht er verzweifelt, seinen Job und den Alltag mit seinem autistischen Sohn Gabe alleine unter einen Hut zu bekommen. Doch die Ausgelassenheit der jungen Frau fasziniert ihn immer mehr. Als er mitbekommt, dass sie einen Job sucht, weiß er, dass das kein Zufall sein kann …

Tori spielt allen perfekt vor, dass sie glücklich über ihre Scheidung ist. In ihr sieht es jedoch ganz anders aus. Ihr Mann hat sie nicht nur betrogen, sondern auch ihr ganzes Geld genommen, einschließlich der Summe, die sie für ihr Studium gespart hatte. Damit ist nicht nur ihre Ehe vorbei, sondern auch ihr Traum, zu studieren und Kindern mit besonderen Bedürfnissen zu helfen. Als dieser gut aussehende Typ ihr einen Job als Nanny seines Sohnes anbietet, weiß Tori, dass das ihre Chance ist …

WHITLEY COX

Hired by the SINGLE DAD

Mark

ROMAN

Aus dem Amerikanischen
von Michelle Landau

more
Immer mit Liebe

Titel der Originalausgabe
Hired by the Single Dad

MIX
Papier | Fördert gute Waldnutzung
FSC® C083411

ISBN 978-3-98751-007-6

More ist eine Marke der Aufbau Verlage GmbH & Co. KG

1. Auflage 2022

Umschlaggestaltung Grit Bomhauer
graphische Adaption www.buerosued.de, München
unter Verwendung von Motiven von © VitalikRadko
Satz LVD GmbH, Berlin
Druck und Binden CPI books GmbH, Leck, Germany
Printed in Germany

www.aufbau-verlage.de

For Cora Seton

A friend, a mentor, an inspiration

Kapitel 1

»Auf deine Scheidung!«

»Hört, hört!«

»Sei froh, dass du den los bist!«

War das eben ein genervtes Stöhnen gewesen?

Mark Herron horchte auf, als er die Jubelrufe der Frauen hinter sich vernahm. Gläser klirrten, und rings um den großen Tisch in der angesagten Bar *The Ludo Lounge* in Seattle wurde lautstark gekichert. Er wagte es nicht, sich zu den Frauen umzudrehen – noch nicht –, aber er blendete den Rest der Bar aus und konzentrierte sich ganz auf das interessante Gespräch am Tisch hinter seinem.

Wer feierte denn bitte eine Scheidung?

Er sicherlich nicht.

Für ihn war es die furchtbarste, herzzerreißendste Erfahrung gewesen, die er jemals hatte durchleben müssen. Ganz zu schweigen davon, wie sehr Gabe darunter gelitten hatte. Nein, Marks Scheidung von Cheyenne war wirklich grausam gewesen.

Und doch schienen diese Frauen aus diesem Grund hier zu feiern. Zumindest einige von ihnen.

Die Bar war auf jeden Fall der richtige Ort dafür. Große Tische in dunklen Nischen, wummernde Musik, eine kleine Tanzfläche und horrende Getränkepreise – selbst für ein einfaches Glas Hauswein –, die all jene fernhielten, die sich nur betrinken und abgeschleppt werden wollten. Diese Bar hatte Klasse. Aber das bedeutete natürlich nicht, dass man hier keinen Spaß haben konnte, und genau darauf waren die Frauen hinter ihm wohl aus.

»Komm schon, Tori, das ist doch ein Grund zu feiern«, sagte eine Frau aufmunternd. »Du bist ihn endlich los, für immer.«

»Ja …«, erklang eine leise, beinahe zögerliche Stimme. »Für immer.« Sie wirkte bei Weitem nicht so enthusiastisch wie der Rest der Gruppe. »Aber *genau genommen* sind wir ja noch gar nicht geschieden. Ich habe nur offiziell die Trennung beantragt.«

»Na, das ist doch ein Anfang!«, jubelte eine dritte Frau.

»Nachdem er mich rausgeschmissen hat«, fügte die zweite leise hinzu.

»Ach, komm schon, du hast doch noch dein ganzes Leben vor dir«, mischte sich eine weitere Freundin ein. »Und Seattle ist voller attraktiver Single-Männer.«

»Stimmt. Pack das Leben bei den Eiern, Chica!« Diese Frau klang unglaublich betrunken. Mark konnte sich bildlich vorstellen, wie sie bei dem Satz einen imaginären Hoden packte, der über dem Tisch baumelte. »Die Welt liegt dir zu Füßen! Oh, wisst ihr, was wir jetzt brauchen? Austern! Die sind doch ein Aphrodisiakum, und Tori braucht heute unbedingt einen heißen One-Night-Stand.«

Mark schauderte. Wer auch immer diese Tori war, sie hatte sein aufrichtiges Mitgefühl.

»Mir geht es gut, Mädels, ehrlich«, vernahm er wieder die schüchterne Stimme. »Ich brauche kein Aphrodisiakum. Heute hat hier niemand einen One-Night-Stand … also, zumindest nicht ich. Ich brauch erst mal ’ne Pause von Männern.«

»Ich glaube nicht, dass Ken eine Pause macht«, sagte die unsympathische, Austern liebende Freundin. »Er hat es ja nicht mal geschafft, *während* eurer Ehe treu zu bleiben. Wieso sollte er also jetzt eine Pause machen?«

»Tut er ja auch nicht. Ich weiß, dass er jetzt mit Nicole zusammen ist, dieser Zahnarzthelferin, mit der er mich betrogen hat. Seine Schwester hat mir erzählt, dass die schon vor ein paar Monaten bei ihm eingezogen ist.«

»Siehst du? Umso wichtiger also, dass du schnell wieder in den Sattel steigst.«

»Aber diesmal auf einen echten Hengst! Ken war ja wohl eher ein lahmes Pony, noch dazu mit nur einem Ei.«

O Mann, diese betrunkene Tussi war echt anstrengend. Mark hätte zu gern einen Blick auf sie erhascht.

»Er hatte Hodenkrebs.« Wieder die leise Stimme. Sie klang nicht wirklich kleinlaut, nur deutlich weniger begeistert als der ganze Rest. Und sie klang müde. Traurig.

»Okay, dann ist er eben ein halb kastriertes, lahmes Pony. Wie auch immer. Lass den Ponystall endlich hinter dir und such dir einen Hengst, den du ohne Sattel reiten kannst.«

»Können wir bitte mit diesen Pferdevergleichen aufhören? Ich finde das echt widerlich«, sagte Tori mit einem Seufzen.

»Tori …« Oh, sehr gut, diese Freundin klang deutlich nüchterner und aufrichtiger. »Wir wissen, dass Ken echt eine fiese Nummer mit dir abgezogen hat.«

»*Ich* habe die Trennung offiziell gemacht. *Ich* habe entschieden, dass es vorbei ist.«

»Und mit gutem Recht. Du hast dich in drei Jobs halb zu Tode geschuftet, um diesem Bastard das Zahnmedizinstudium zu finanzieren. Er hat dir versprochen, dass er nach seinem Abschluss das Gleiche für dich tun wird, damit du deinen Master nachholen kannst. Aber stattdessen hat er dich mit irgendeiner dahergelaufenen Tusse betrogen und einfach hängen lassen.«

»Ja …«

»Ja?«

»Aber …«

Aber was? Mark musste sich zusammenreißen, um nicht herumzuwirbeln. Sein Beschützerinstinkt übermannte ihn beinahe. Wer, um alles in der Welt, tat jemand anderem so etwas an? Noch dazu seiner eigenen Ehefrau? Er kannte diese Frau noch nicht mal und wäre trotzdem am liebsten losgestürmt, um diesen Vollidioten zu finden und ihm mal gehörig die Meinung zu sagen.

»Aber … er war eben mein Mann. Wir haben ein Versprechen abgelegt. In guten wie in schlechten Zeiten.«

»Ja, aber was Ken da abgezogen hat, war jenseits von *schlechten Zeiten*. Das war einfach nur verachtenswert – und absolut unverzeihlich. Du hast nichts falsch gemacht, Tori. Also mach dir keine Vorwürfe, sondern feier endlich.«

»Genau!« O nein, nicht die betrunkene Freundin schon wieder. »Auf deine Scheidung!«

Erneut wurde klirrend angestoßen, und noch mehr Frauen stimmten in die Jubelrufe ein.

Mark konnte selbst nicht genau sagen, ob es schiere Dummheit, Neugierde oder der Whiskey in seinem Blut war, der ihn dazu bewegte, aufzustehen und sich umzudrehen. Verdammt, die Gruppe war noch größer, als er gedacht hatte. Es saßen mindestens sechs Frauen an dem Tisch in der Nische.

Er räusperte sich. »Entschuldigt bitte die Störung, Ladys, aber ich habe zufällig mitbekommen …«

»Zufällig?«, fiel ihm die nervige Betrunkene ins Wort.

»Halt die Klappe, Mercedes, und lass diesen gut aussehenden Mann ausreden«, schimpfte eine andere und gab *Mercedes* einen Klaps auf die Schulter. »Also … äh … du wolltest sagen?« Sie warf Mark ein weiß poliertes Lächeln zu und blinzelte ihn mit überschminkten braunen Augen an.

Er unterdrückte den Drang, die Augen zu verdrehen, und erwiderte das Lächeln flüchtig. »Danke. Also, ich saß gleich an dem Tisch dort drüben und habe wie gesagt mitbekommen, dass ihr eine Scheidung feiert.«

»Das stimmt«, sagte Mercedes mit einem Nicken. Dann warf sie ihre glatten blonden Haare so affektiert über die Schulter, wie man es eigentlich nur von launischen Teenagern kennt. »Tori hier hat sich gerade von Ken getrennt, dem König der Arschlöcher, und das wird ge-fei-ert!« Dabei wies sie auf eine Brünette mit leuchtend blauen Augen an der gegenüberliegenden Tischseite. Die unverwechselbare Farbe von höchster Peinlichkeit färbte die Haut über ihren hohen Wangenknochen.

»Ähm, ja, also jedenfalls wollte ich anbieten, dem ganzen Tisch eine Runde zu spendieren«, fuhr Mark fort. »Ich weiß aus eigener Erfahrung, wie unschön so eine Trennung und Scheidung sein kann und wie weh das tut. Ich wünschte, ich hätte damals auch so einen loyalen Freundeskreis gehabt, wie ihr es seid.«

Tori sah ihn jetzt direkt an. Mannomann, sie sah echt umwerfend aus. Ihre Schönheit wirkte völlig mühelos, das klischeehafte Mädchen von nebenan. Volle Lippen, lange, geschwungene Wimpern und das kleine Lächeln, das sie ihm schließlich schenkte, raubten ihm sprichwörtlich den Atem.

»Ach, was soll's, ich übernehme die Rechnung für den ganzen Abend. Alle Getränke gehen auf mich.« Das war ihm rausgerutscht, bevor er überhaupt darüber nachdenken konnte. Hatte ihn die Frau in der Ecke etwa so schnell in ihren Bann gezogen?

»Wow! Danke, Mann«, jubelte Mercedes, und ihre hellgrauen Augen glänzten im Licht der diffusen Strahler über dem Tisch. »Da hab ich dich wohl echt falsch eingeschätzt. Ich dachte, du kommst rüber, um uns zu sagen, dass wir leise sein sollen.«

»Willst du … ähm … dich zu uns setzen?«, bot eine andere Frau an.

»Mark, ich heiße Mark.«

»Na dann, Lust, dich zu uns zu gesellen, Mark?« Sie rutschte ein Stück zur Seite. »Das ist schließlich das Mindeste, was wir tun können, wenn du unsere Rechnung übernimmst.«

»Und was für 'ne Rechnung das wird«, warf Mercedes ein.

Mark war sich ziemlich sicher, dass er diese Frau nicht mochte. Wie konnte die süße Tori bloß mit so einer befreundet sein? Ob sie wohl beste Freundinnen waren? Er hoffte es nicht.

Woher willst du denn wissen, ob Tori süß ist? Sie hat doch noch kein Wort zu dir gesagt.

Schon, aber dieser verträumte Schmollmund und die großen Puppenaugen sagten genug.

Mark setzte sich neben die Frau, die ihm Platz gemacht hatte, aber sein Blick blieb dabei auf Tori geheftet.

Wenig später tippte ihm seine Sitznachbarin auf die Schulter. »Ich müsste mal raus, bitte.«

Die Musik dröhnte inzwischen deutlich lauter durch die Bar, und man musste beinahe schreien, um gehört zu werden. Der neue DJ mochte es offenbar laut.

Kaum, dass er sich hingesetzt hatte, musste Mark also wieder aufstehen, um drei der Frauen (weil Frauen ja nie allein aufs Klo gingen) rauszulassen. Dankenswerterweise war Mercedes eine von ihnen.

»Ich bestell uns auf dem Weg zum Klo noch ’ne Runde«, rief sie im Weggehen.

Somit blieben nur noch Tori und zwei stille Frauen, die mit ihren Handys beschäftigt waren, am Tisch zurück. Und natürlich Mark.

Tori fing seinen Blick auf. »Danke.«

Er nutzte die Gelegenheit, rutschte auf der Bank bis zu ihr hinüber und beugte sich dicht an ihr Ohr, um sie nicht anschreien zu müssen. »Gern geschehen.«

»Du bist also auch getrennt?«

Er nickte. »Geschieden. Seit fast einem Jahr.«

»Das tut mir leid.«

»Ja, mir auch. Aber es ist besser so. Ich habe vorhin mitbekommen, dass du deinem Ex das Studium finanziert hast und dass er dich dann ausgerechnet mit einer Kollegin betrogen hat. Hattest du denn selbst auch noch die Möglichkeit zu studieren?«

Ihre saphirblauen Augen weiteten sich, und mit einem knappen Nicken griff sie nach ihrem Glas und trank es in einem Zug leer. »Ja und nein. Ich habe bisher leider nur den Bachelor machen können. Dank diesem Idioten bin ich nie dazu gekommen, meinen Master zu machen.«

»Wow. Das tut mir echt leid.«

»Danke.«

»In welchem Fach wolltest du denn deinen Master machen?«

Sie warf ihm aus dem Augenwinkel einen Blick zu. »Ist das deine übliche Anmachmasche, oder was?«

Oha, sie hatte Biss. Das gefiel ihm.

Mit erhobenen Händen schüttelte er den Kopf und hoffte, dass sein Unschuldsblick überzeugend war. »Nein, wirklich nicht, ich verspreche es. Ich war heute Abend eigentlich mit einem Freund verabredet, aber dem ist in letzter Minute etwas dazwischengekommen. Deswegen wollte ich nur noch kurz mein Glas austrinken, bevor ich gehe. Und da habe ich eben euer Gespräch mitbekommen. Zu meiner Verteidigung muss ich aber auch sagen, dass deine Freundin Mercedes nicht gerade leicht zu überhören ist.«

Tori verdrehte die Augen. »Wir sind nicht wirklich befreundet. Sie hat mit meiner kleinen Schwester studiert und ist eigentlich mehr Iz' Freundin als meine. Und ja, sie ist sehr laut.« Sie biss sich kurz auf die Unterlippe und wandte sich Mark dann voll zu. Über ihr hübsches Gesicht huschte ein Ausdruck, der fast nach Panik aussah. »Aber sie hat ein großes Herz. Es ist nicht so, dass ich sie *gar* nicht mag. Als ich die Trennungs-Bombe habe platzen lassen, stand sie sofort mit Wein, Käse und Schokolade vor meiner Tür.«

Mark lachte leise. »Na, solange sie ein großes Herz hat.«

»Das hat sie …« Sie warf den beiden anderen Frauen am Tisch, die noch immer in ihre Handys vertieft waren, einen kurzen Blick zu. »Aber auch eine große Klappe. Ich hoffe, sie ist dir nicht zu nahe getreten.«

»Es braucht einiges mehr, um mich zu beleidigen, mach dir keine Sorgen. Außerdem hat sie wohl schon ziemlich viel getrunken, da kann man so was schon mal durchgehen lassen.«

Mark ließ seinen Blick langsam über Toris Körper wandern. Sie trug ein schwarzes Kleid, dessen V-Ausschnitt einen tiefen Einblick in ihr Dekolleté gewährte. Ein solches Kleid konnte sie sich nur erlauben, da sie keine allzu große Oberweite hatte. Sie trug keinen Schmuck und nur minimalistisches Make-up. Die sexy Version des Mädchens von nebenan, korrigierte Mark seinen Gedanken von vorhin. Nicht prüde, sondern rein und perfekt mit einer Prise Schärfe und einem Hauch Verruchtheit.

»Bist du fertig?«, fragte sie und räusperte sich.

Mark riss seinen Blick los und konzentrierte sich wieder auf ihr Gesicht. »Womit?«

»Mich mit deinen Augen auszuziehen.«

So leicht ließ er sich nicht aus der Fassung bringen. »Jap.«

Sie schnaubte und schüttelte mit dem Anflug eines Lächelns den Kopf. »Ich hoffe, du hast vorhin auch mitbekommen, dass ich im Moment absolut kein Interesse daran habe, einen *Hengst zu finden, den ich ohne Sattel reiten kann.* Ich brauche jetzt erst mal Zeit für mich. Ich muss mir überlegen, wie mein Leben weitergehen soll, was aus meinem Studium und meiner Arbeit wird.«

»Ja, das habe ich mitbekommen. Tut mir leid. Du bist wunderschön, aber ich werde mich nicht aufdrängen, versprochen. Ich verstehe, dass so kurz nach der Trennung alles noch schmerzhaft ist. So was ist nie leicht. Unsere Herzen sind nicht aus Gummi. Wenn man sie wegwirft, hüpfen sie nicht unbeschadet davon wie ein Flummi, sie zerbrechen.«

Ein kleines Lächeln zupfte an ihrem Mundwinkel. »Schöner Vergleich.«

»Mir wurde schon das ein oder andere Mal gesagt, dass ich ein Talent dafür habe.«

Augen so kristallblau wie der Lake Louise schimmerten ihm entgegen. Sogar in der dämmrigen Beleuchtung der Bar konnte er erkennen, wie wach und voller Leben sie waren. »Danke für dein Verständnis. Das weiß ich zu schätzen.«

Er lächelte. Sie waren wieder auf sicherem Boden, sehr gut. »Was genau arbeitest du denn? Und um meine Frage von vorhin aufzugreifen, was willst du studieren?«

»Wow, du hast uns ja echt ausgiebig belauscht.«

»Mercedes ...«

Sie nickte. »... ist lautstärkenbehindert. Richtig.«

»Also? Was arbeitest du?«

»Na ja ... Bis vor Kurzem habe ich in der *Sunspear Bar* gekellnert, drei Abende die Woche. Außerdem war ich drei Tage die Woche Hundesitterin, Katzensitterin bei Bedarf, und ich habe als Interventionstherapeutin und Lernassistentin mit Kindern mit Autismus-Spektrum-Störung gearbeitet. Meinen Bachelor habe ich in Kinder- und Jugendbetreuung gemacht, spezialisiert auf Kinder mit speziellen Bedürfnissen und Lernschwächen.«

Fast hätte Mark den Schluck Whiskey wieder ausgespuckt, den er eben genommen hatte, schaffte es aber, ihn runter zu zwingen, wobei seine Speiseröhre unangenehm krampfte.

Hatte sie das bemerkt?

So, wie sie ihn ansah, hatte sie das wohl.

»Alles okay bei dir?«

»Ja, tut mir leid, es ist nur ... Na ja, ich glaube, ich hätte einen Job für dich.«

Sie zog skeptisch eine Augenbraue hoch. »Aha?«

Tori war ganz offensichtlich ein gebranntes Kind, was Männer betraf, und sie hatte ihm unmissverständlich klargemacht, dass sie an romantischer Anbandelei nicht interessiert war. Er musste seine nächsten Worte also vorsichtig wählen. Wenn sie auch nur für einen Moment vermutete, dass er ihr den Job anbot, um an sie ranzukommen, wäre sie sofort weg.

Seine Mutter, die mit der Seele eines Blumenkinds gesegnet war, würde diese Begegnung wohl Schicksal nennen.

Mark brauchte genau so jemanden wie Tori in seinem Leben. Und hier war sie.

»Was für eine Art *Job* wäre das denn?« Sie ließ ihren Blick an ihm herabwandern und blieb im Schritt seiner Anzughose hängen.

Na, zumindest hatte sie kein Problem mit Direktheit.

»Du würdest nicht für *mich* arbeiten. Ich weiß nur zufällig, dass es diesen Job gibt. Ein Freund von mir sucht gerade nach einer Interventionstherapeutin. Sein Sohn hat eine Autismus-Spektrum-Störung, und sie mussten sich vor Kurzem von seiner bisherigen Therapeutin trennen.«

Sie horchte merklich auf, und der Zweifel in ihrem Gesicht verschwand, zumindest größtenteils. »Ein *Freund* von dir? Und was macht dieser *Freund* beruflich?«

»Er ist Arzt. Außerdem ist er geschieden, so wie ich. Er und sein Junge, Gabe, sind also ganz allein. Ein süßes Kind und verdammt klug.«

»Wie alt?«

»Achtunddreißig.«

Ihr Mund zuckte, als müsste sie sich ein Lachen verkneifen. »Ich meine Gabe. Wie alt ist Gabe?« Sie verdrehte die umwerfend blauen Augen und schüttelte den Kopf. »Wieso sollte ich denn nach dem Vater fragen? Also ehrlich.«

Mark lachte. »Gabe ist fünf. Seit September geht er in die Vorschule.«

Sie nickte. »Und wie heißt dein Freund?«

Mark schluckte. »Ähm … Chris. Dr. Chris Herron.«

»Chris Herron?«

»Genau.«

»Oookay, nehmen wir mal an, ich wäre interessiert. Wie würde ich mich denn bei diesem *Dr. Herron* bewerben?«

»Ich arrangiere das gern. Ich kann dir seine Nummer geben, auf die Weise musst du mir nicht deine verraten. Du kannst ihm dann einfach eine Nachricht schicken. Ich sage ihm, dass ich jemanden gefunden habe, der Interesse an dem Job hat, und dass du ihn kontaktieren wirst.«

»Meinst du, eine Nachricht aufs Handy ist professionell genug?«

Mark nickte und spürte ein Prickeln im Nacken, als ihm klar wurde, dass seine kleine Notlüge gerade begann, ein Eigenleben zu entwickeln. »O ja, absolut. Er ist immer sehr beschäftigt. Kann deswegen nicht immer ans Telefon gehen, hat es aber immer dabei und antwortet auf Nachrichten.«

»Na, wenn du meinst.« Sie zog ihr Handy aus der Tasche. »Okay, dann gib mir mal seine Nummer.«

»Uuuuuh, tauscht ihr da etwa gerade Nummern aus?« Mercedes kicherte, als sie und der Rest der Gruppe zurück an den Tisch kamen. Sie hatten ein ganzes Tablett voller Drinks dabei.

»Nein, tun wir nicht«, sagte Tori knapp. »Mark hat mir nur von einem Job erzählt, der interessant sein könnte, und ich notiere mir die Details.«

Mercedes' blutrot geschminkte Lippen verzogen sich zu einem Schmollmund, der jedoch kaum eine halbe Sekunde hielt. »Wir trinken jetzt Shots!«, rief sie dann.

Tori warf Mark einen kurzen Blick zu. Himmel, sah der Kerl gut aus.

Sie hatte Männern zwar fürs Erste abgeschworen, aber wenn es jemanden gab, der sie aus den dunklen Tiefen des traurigen Scheidungslebens herausholen konnte, dann war es dieser Typ. Denn – das wusste sie jetzt schon – er würde ihr heute Nacht ganz schön heiße Träume bescheren. Und vermutlich nicht nur ihr, sondern allen anderen Frauen am Tisch ebenfalls, sogar den verheirateten.

»Tut mir leid«, murmelte sie mit einem Seitenblick auf Mercedes.

Sein leises Lachen ließ das Blut in ihren Adern hochkochen und entfachte ein Feuer tief in ihrem Bauch. »Ich bin ja selbst schuld. Schließlich habe ich mich einfach in eure Ladys-Night gedrängt.«

»Diese ganze Party war übrigens nicht meine Idee«, sagte sie und zog nach einem Schluck ihres viel zu starken Drinks die Lippen kraus. Du liebe Güte, hatte Mercedes etwa Dreifache bestellt? Sie würde Mark in den finanziellen Ruin treiben.

»Es ist ja nichts falsch daran, mal ein bisschen Dampf abzulassen und zu feiern.« Seine grünen Augen erinnerten sie an die saftigen Hügel Schottlands. Schon immer hatte sie sich gewünscht, eines Tages dorthin zu reisen. Bei der Art, wie sich sein Blick in den ihren bohrte, zogen sich ihre Muskeln vor Verlangen zusammen, ganz besonders zwischen ihren Beinen.

»Ist es das, was du hier tust?«, fragte sie. »Dampf ablassen?«

Offenbar war Mercedes noch nüchtern genug, um daran zu denken, auch Mark einen neuen Drink mitzubringen. Er hob das eisgefüllte Whiskeyglas und nahm einen Schluck. »Nicht wirklich. Der Freund, den ich hier treffen wollte, macht gerade eine schwere Zeit durch und brauchte jemanden zum Reden.

Aber seine Tochter ist krank geworden, deswegen konnte er nicht kommen.«

»Ich hoffe, es ist nichts Ernstes?«

»Ich glaube nicht, nur eine Erkältung. Ist ja gerade die Zeit dafür.«

Mark sah auf seine Uhr. Und was für eine teure Uhr das war! Auch darüber hinaus war er auffallend gut gekleidet; schickes, dunkelviolettes Hemd und schwarze Hose, und dazu trug er Toris absolutes Lieblingsaccessoire: einen Dreitagebart. Ken war immer glatt rasiert gewesen. Er meinte, dass es so unter der Mundschutzmaske in der Zahnarztpraxis weniger juckte. Aber Marks prägnantes Kinn war von einer guten Menge dunkler Stoppeln überzogen. Und sie hatten sogar die perfekte Länge. Nicht zu lang und nicht zu kurz. Genau richtig, um nach ausgiebigem Rumknutschen prickelnd wunde Lippen zurückzulassen.

Er fuhr sich mit der Hand durch die dunklen Haare und unterdrückte ein Gähnen. »Ich glaube, ich sollte langsam gehen. Es ist schon spät, und ich will euch auch nicht länger stören.« Er erhob sich und wandte sich zum Gehen.

Die anderen hatten inzwischen entschieden, lieber zu stehen, sie und Mark saßen allein auf der Bank. Ein paar der Mädels flirteten mit dazugekommenen Männern, kichernd und schmachtend, während andere an ihren Handys hingen und ihren Freunden oder Männern schrieben.

»Willst du etwa schon gehen?« Mercedes war wie aus dem Nichts aufgetaucht und legte ihre Hand auf Marks Bizeps. »Die Party fängt doch jetzt erst richtig an … dank dir.«

Mark schüttelte sie so sanft wie möglich ab und nahm seine Lederjacke von der Bank. »Ich fürchte, ich muss. Aber es hat mich gefreut, euch alle kennenzulernen.« Sein Blick suchte

Tori. »Ganz besonders dich, Tori. Ich hoffe, du meldest dich wirklich bei Dr. Herron, und das mit dem Job klappt.«

Alles in Tori kribbelte, als sie zu ihm aufsah. »Danke. Das hoffe ich auch.«

Sosehr sie auch zu ihrem Vorsatz stand, Männern fürs Erste abzuschwören, so schwer fiel es ihr nun, ihn gehen zu lassen. Sie wollte nicht, dass dieser Abend, diese Begegnung schon zu Ende war.

Sollte sie ihm doch ihre Nummer geben?

Sie wollte gerade etwas sagen, als er sich noch einmal zu ihr runterbeugte und mit seinem Mund ganz dicht an ihr Ohr herankam. Wollte er sie auf die Wange küssen? Sie atmete tief ein und roch seinen Duft. Mhm … was war das wohl für ein Parfüm? Es roch absolut umwerfend. Nach frischer Luft und … Mann. Nach purem Mann. Nach sexy Mann mit exzellentem Geschmack und dem perfekten Dreitagebart.

Aber er küsste sie nicht. Stattdessen flüsterte er: »Es wird besser. Ich weiß, dass es im Moment einfach nur wehtut. Im Moment hasst du alle Männer, vielleicht sogar die ganze Welt. Aber eines Tages wirst du aufwachen, und dir wird plötzlich klar werden, dass du ohne ihn viel besser dran bist. Es wird leichter, wirklich.« Er strich ihr eine Haarsträhne hinters Ohr, richtete sich wieder auf und verschwand in der Menge.

»Wow!«, sagte Mercedes und pfiff anerkennend durch die Zähne. »Ich glaube, ich hatte gerade einen Miniorgasmus.«

Doch Tori nahm sie kaum wahr. Sie hatte automatisch die Augen geschlossen, als Mark sie berührte, und saß noch immer da wie in Trance.

Von wegen Miniorgasmus. Tori war sich ziemlich sicher, dass sie sich soeben Hals über Kopf verliebt hatte.

Kapitel 2

»Flush«, murmelte Mark und deckte seine Karten auf.

»Straight«, brummte Zak, schüttelte den zerzausten Rotschopf und leerte sein Bier in einem Zug.

»Aha!« Liam, der Gründer ihres Clubs und heutiger Gastgeber, warf triumphierend seine Karten auf den Tisch. »Royal Flush. Seht's euch an und weint, Loser!« Seine dunkelbraunen Augen leuchteten begeistert, als er sämtliche Pokerchips auf dem Tisch zusammenraffte und zu sich zog.

Adam war gerade mit einer neuen Schüssel Kartoffelchips zurückgekehrt und setzte sich zu ihnen. »Was hab ich verpasst?«

»Ach, nur, wie unser Gastgeber uns voll abgezogen hat … schon wieder«, grummelte Adams jüngerer Bruder Zak und erhob sich. »Tja, es stimmt wohl, dass das Haus immer gewinnt.« Er schüttelte den Kopf. »Ich brauche mehr Bier. Sonst noch jemand?«

Rund um den Tisch wurde zustimmend gebrummt und genickt.

»Als ob der megaerfolgreiche Scheidungsanwalt mit dem sechsstelligen Jahresgehalt unser Geld nötig hat«, schimpfte Scott, Liams jüngerer Bruder, der als Erster aus dem Spiel geflogen war.

»Hey, es geht nicht darum, was ich nötig habe – es geht ums Gewinnen. Beim Poker ist eben alles erlaubt.« Liams breites, durchtriebenes Grinsen erinnerte Mark an den Joker aus *Bat-*

man. »Außerdem bin ich ja wohl nicht der Einzige hier, der sechsstellig verdient.« Er nickte Mark zu. »Unserem Marky Mark fällt der Verlust von heute Abend doch nicht mal auf.«

Mark verdrehte übertrieben die Augen. Er liebte diese samstäglichen Pokerabende. Hier konnte er ganz er selbst sein und fand bei seinen Mitspielern immer Unterstützung und echte Freundschaft, denn sie waren alle so wie er: alleinerziehende Väter.

Liam Dixon, der diese Runde ins Leben gerufen hatte, war Scheidungsanwalt, sämtliche Anwesenden ehemalige Klienten. Eigentlich war es in seinen Kreisen höchst verwerflich, private Freundschaften mit Klienten zu pflegen, aber Liam hatte ein Hintertürchen gefunden und war nach Abschluss des Falls mit ihnen befreundet geblieben. Auf diese Weise hatte er schon einige Männer in seinen Club eingeladen. Männer, die Unterstützung dabei brauchten, das Chaos aus Trennung, Sorgerecht und Unterhaltszahlungen an Ex-Frau und Kinder zu bewältigen. Und bevor sie wirklich wussten, wie ihnen geschah, waren sie die Single Dads von Seattle und spielten jeden Samstag zusammen Poker.

Emmett setzte sich neben Mark. Er war auch schon früh aus dem Spiel ausgestiegen und hatte im Nebenraum telefoniert. Seine Tochter Josie war heute bei ihrer Mutter und höchst unglücklich darüber. Sie rief Emmett immer wieder an, damit er sie endlich abholte.

»Geht's Jojo gut?«, fragte Mark und bedankte sich mit einem Lächeln bei Zak für das neue Bier.

Emmett nickte, konnte Mark damit jedoch nicht überzeugen, allzu deutlich stand Frustration in seinen bernsteinfarbenen Augen. Mark wusste, dass es ihn seine ganze Willenskraft kostete, nicht sofort aufzuspringen und zu seiner Tochter zu fahren.

»Tiffany hat einen neuen Freund, und obwohl ich strikt dagegen war, hat sie Jojo diesen Huntley heute vorgestellt. Jojo ist total unglücklich darüber, sie will nichts mit ihm zu tun haben, will nicht mit den beiden zu Abend essen und würde ihn am liebsten aus dem Haus werfen.«

Mark runzelte die Stirn. Arme Josie.

Scott griff sich eine Handvoll Kartoffelchips. »Wie lange seid ihr jetzt schon getrennt?«

»Geschieden«, korrigierte Liam. »Den ganzen Mist haben wir vor über einem Monat endlich abgeschlossen, deswegen ist Emmett ja überhaupt hier. Er ist jetzt nicht mehr mein Klient, sondern mein Freund.« Er lächelte Emmett aufrichtig an.

Der verzog das Gesicht, was ihn aussehen ließ, als hätte er eine üble Verstopfung. »Wir sind seit über einem Jahr getrennt. Aber ja, geschieden sind wir offiziell erst seit November.«

»Und seit wann ist sie mit diesem Huntley zusammen? Was ist das überhaupt für ein bescheuerter Name?«, fragte Mark.

»Ja, oder? So nennt man doch nur seinen Hund.« Emmett griff in die Schüssel mit Salzbrezeln, die neben seinem Ellenbogen stand.

»Stimmt! Der Hund in *Coco, der neugierige Affe* heißt so«, warf Scott lachend ein.

»Genau genommen heißt der aber *Hundley*, mit d«, korrigierte Adam. »Mira liebt *Coco* über alles. Und Hundley ist ihr Lieblingscharakter.«

»Ich finde *Coco* auch super«, meldete sich Zak zu Wort. »Er hat immer nur Unsinn im Kopf, aber am Ende ist er es, der mal wieder den Tag rettet.«

Mark warf ihm einen Blick zu. »Also in etwa so wie du?«

Zak wackelte mit den Augenbrauen. »Ich habe zumindest nichts dagegen, mich ab und zu zum Affen zu machen.«

Emmett stieß ein amüsiertes Grunzen aus. »Wie auch immer, Tiff hat mir jedenfalls erzählt, dass sie schon seit sechs Monaten zusammen sind. Wir hatten abgemacht, dass wir Jojo einen neuen Partner frühestens nach sechs Monaten vorstellen. Und das sollte dann ein langsames, vorsichtiges Kennenlernen sein. Die Scheidung war echt nicht leicht für sie.« Er schob sich mehrere Brezeln in den Mund.

Mark zupfte an dem Etikett seiner Bierflasche herum. »Geht es ihr denn zumindest wieder besser?«

Emmett nickte mit vollem Mund. Er musste erst schlucken, bevor er antworten konnte. »Tut mir leid, dass ich gestern so kurzfristig absagen musste.«

Mark schob die auf dem Tisch verteilten Karten zusammen und begann abwesend, sie zu mischen. »Kein Problem.«

»Bist du dann einfach nach Hause gegangen?«

Er schüttelte den Kopf. »Na ja, ich wollte eigentlich nur noch in Ruhe austrinken, aber irgendwie habe ich dann die ganze Rechnung – über tausend Dollar – für einen Tisch voller Frauen übernommen, die dort die bevorstehende Scheidung ihrer Freundin gefeiert haben.«

Alle am Tisch hörten augenblicklich auf zu reden, zu trinken oder zu kauen.

»Du hast *was* getan?«, fragte Zak in die entstandene Stille hinein. Seine Scheidung war ganz besonders unangenehm gewesen, und die seelischen Wunden waren noch frisch. Wie Tori hatte auch er dem anderen Geschlecht erst mal für eine Weile abgeschworen, um sich ganz auf sein Geschäft zu konzentrieren. Er besaß drei Fitnessstudios in Seattle und wollte innerhalb der nächsten Jahre noch zwei weitere eröffnen.

Mark hob eine Schulter und mischte weiter die Karten. Es war leichter, wenn seine Hände beschäftigt waren. »Ich habe mitbekommen, worüber sie geredet haben, und die Frau tat mir eben leid. Ihr Mann hat sie dazu gebracht, ihre eigenen Träume zurückzustellen, um ihm durchs Studium zu helfen, nur um sie dann zu betrügen und sitzen zu lassen, kaum dass er seinen Abschluss in der Tasche hatte. Sie hat in drei Jobs gleichzeitig geschuftet, um ihn zu finanzieren, und jetzt hat sie kein Geld mehr für ihr eigenes Studium.«

»Weißt du, wer ihr Scheidungsanwalt ist?«

Mark schüttelte mit einem Schnauben den Kopf. »Keine Ahnung.«

»Und sein Anwalt?«

»Was weiß denn ich? Das habe ich sie nicht gefragt. Ich bin nur zu ihnen rübergegangen, weil ich ihnen eine Runde spendieren wollte.«

»Und diese Runde waren tausend Jakobsmuscheln, oder was?«, fragte Emmett.

»Na ja, ich habe dann wohl irgendwie angeboten, die Rechnung für den ganzen Abend zu übernehmen.«

»Alter.« Liam schnalzte mit der Zunge. »Die Süße war dann hoffentlich eine Zehn oder Elf, wenn du für sie so 'ne Stange Geld ausgibst.«

»War sie … *ist* sie.«

»Hast du wenigstens ihre Nummer bekommen?«

Mark schüttelte den Kopf. »Nein. Nach dem Alptraum mit ihrem Ex will sie mit Männern erst mal nichts mehr zu tun haben.«

Zak schnaubte. »Kann ich absolut verstehen. Ich habe auch überhaupt kein Bedürfnis, in absehbarer Zeit wieder zu daten.«

»Mach's einfach wie ich.« Liam bedeutete Mark, die Karten zu verteilen. »Such dir eine heiße Braut, die was drauf hat im Bett und sonst nichts von dir will, und hab deinen Spaß mit ihr.«

»Schläfst du immer noch mit Richelle?«, fragte Scott.

»Sie kommt jeden Mittwoch vorbei, wenn Jordie bei Cidrah ist, und wir vögeln, bis die Wände wackeln. Sie bleibt nicht mal über Nacht.«

»Und das findet sie okay?«, fragte Mark.

»Hat sie selbst vorgeschlagen. Wir wollen beide nichts Ernstes oder am Ende sogar die Kinder ins Spiel bringen. Wir wissen schließlich, was eine Scheidung Kindern antun kann.«

»Wahre Worte«, murmelte Zak, während er seine Karten betrachtete.

»Wir haben uns ja sogar über das Thema kennengelernt. Sie hat die eine Seite vertreten, ich die andere, und wir mussten beide dabei zusehen, wie unsere Klienten ihre Kinder als Druckmittel und Spielchips missbraucht haben, um zu bekommen, was sie wollten. Echt widerlich.«

»Cidrah hat das mit dir doch auch versucht«, warf sein Bruder ein.

»Ja, sie hat's *versucht.*«

»Gut, dass du der Beste in dem Business bist.« Mark lachte.

»Und dass du höhere Rechnungen stellst als Beyoncé für eine Privatvorstellung«, fügte Emmett hinzu.

Liam grinste und wackelte spielerisch mit den Augenbrauen. »Habe ich meinen neuen Audi etwa nicht *verdient*, dafür, dass ich dir das geteilte Sorgerecht für Josie verschafft habe? Und noch dazu zahlst du nur halb so viel Unterhalt, wie Tiff verlangt hat.«

Emmett schnaubte und rieb sich den Nacken. »Ja …« Er warf den anderen Männern am Tisch einen Blick zu. »Sie wollte über sechstausend im Monat.«

Adam verschluckte sich fast an seinen Kartoffelchips. »Fuck! Sechstausend? Nur für sie, ohne den Unterhalt für eure Tochter?«

Emmett nickte. »Nur für sie.«

Mark wusste das alles bereits, denn er und Emmett waren gute Freunde. Aber in dieser Gruppe hatte niemand ein Problem damit, über die eigene Scheidung zu reden. Das hier war eine sichere Zone. Hier konnten sie zusammen lästern, jammern und einfach offen reden. Eigentlich war es Liam natürlich verboten, über seine Fälle zu sprechen, aber in ihrem Club galten andere Regeln. Die Männer waren wie eine zweite Familie füreinander, sie hielten zusammen und unterstützten sich. Es gab keine Tabuthemen, hier konnten sie alles rauslassen.

»Aber Tiff ist doch Hautärztin, verdammt«, sagte Adam. »Die verdient doch selbst genug Kohle. Wie kommt sie denn auf die Idee, dass ihr so viel zusteht?«

Emmett schüttelte den Kopf. »Keine Ahnung.«

»Pure Gier«, warf Liam ein. »Aber genau der Fakt, dass sie selbst Ärztin ist, und auch die Tatsache, dass Jojo schon in den Kindergarten geht und Tiff deswegen wieder mehr arbeiten kann, haben die Unterhaltszahlungen für Emmett ganz schön reduziert.«

Adam nickte. »Na immerhin.«

»Nicht jede Scheidung verläuft so friedlich wie deine«, erwiderte Liam.

Adams Miene verriet, dass er nicht wirklich Liams Meinung war, aber er hatte offenbar keine Lust, das zu diskutieren. Adams Scheidung mochte größtenteils freundschaftlich verlaufen sein, aber leicht war sie trotzdem nicht gewesen.

»Na ja, jedenfalls hat Tiff dann gesagt, weil sie nicht so viel Geld bekommen hat, wie sie wollte, wird sie Huntley Jojo vorstellen, wie auch immer es ihr passt. Das ist ihre Rache«, sagte Emmett, den diese ganze Sache offensichtlich sehr bedrückte. »Ich weiß, dass wir uns auf die Sechs-Monate-Regel geeinigt haben, und daran hält sich Tiff. Aber ich fürchte, sie hat Jojo diesen Huntley regelrecht aufgedrängt. Er schläft bei ihnen, isst mit ihnen, ist die ganze Zeit da. Er versucht, Jojos neuer bester Freund zu werden, und sie hat da echt keinen Bock drauf. Sie nennt ihn nur den Kackfrosch.«

Die Männer am Tisch lachten und beteuerten, wie sehr sie die kleine Josie mochten.

Emmett war genau wie Mark Arzt in einer Klinik. Im Gegensatz zu Mark, der Radiologe war und deswegen häufig zu Hause arbeiten konnte, war Emmett Notfall- und Traumachirurg und musste zu den unmöglichsten Zeiten arbeiten. Er hatte mit Zähnen und Klauen für das geteilte Sorgerecht kämpfen müssen, weil Tiff, die von neun bis vierzehn Uhr in einer Privatpraxis arbeitete, behauptet hatte, er könne Josie mit seinen Arbeitszeiten kein stabiles Umfeld bieten. Doch Liam hatte in diesem Punkt nicht lockergelassen, und zum Glück war der Richter am Ende auf Emmetts Seite gewesen.

»Jetzt aber noch mal zu dieser Braut, die Mark gestern *nicht* abgeschleppt hat.« Liam nickte in Marks Richtung, wobei ihm eine Strähne seines dunkelblonden Haars in die braunen Augen fiel. »Also, was war an ihr so besonders, dass du 'nen Tausender für sie und ihre Freundinnen auf den Tisch gelegt hast?«

Mark lächelte. Er lächelte auffallend oft heute, jedes Mal, wenn er an Tori und ihr sexy Kleid mit dem tiefen Ausschnitt dachte, mit dem sie aus jeder Kirche geflogen wäre. Sie musste irgendeine Art von Klebeband benutzt haben, um den Stoff an Ort und Stelle zu halten. So ein Kleid saß doch niemals ganz von allein so perfekt, ohne ungewollte Einblicke zu erlauben.

Liam lachte auf. »Seht ihn euch an. Der ist ja nur noch am Tagträumen.«

Mark verdrehte die Augen, während Liam seinen Einsatz für die nächste Runde auf den Tisch legte. »Ich weiß auch nicht. Sie hatte einfach etwas an sich. Wir haben uns ein bisschen unterhalten …« Er betrachtete seine Karten, die verdeckt vor ihm lagen. »Und dann habe ich ihr einen Job als Gabes Therapeutin angeboten.«

»Bitte was?« Emmetts ungläubiger Ausruf übertönte die der anderen. Er und Mark waren in der Gruppe am engsten miteinander befreundet. Tatsächlich hatte Mark Emmett an Liam vermittelt, und sie hatten gemeinsam erlebt, was die Scheidungen ihren Kindern angetan hatte. Emmett war einer der wenigen Menschen, denen Gabe vertraute – abgesehen von seiner Familie – und mit dem man Gabe allein lassen konnte. Und Emmetts Tochter Josie war das liebste, geduldigste Kind, das man sich nur vorstellen konnte, wenn es um Gabe ging. Sie behandelte ihn wie einen ganz normalen Jungen, sie spielte und redete mit ihm, als wäre er neurotypisch und einfach nur einer von ihren Freunden auf dem Spielplatz. Obwohl sich Emmett und Mark fast täglich in der Arbeit und jeden Samstag beim Pokern sahen, trafen sie sich so oft wie möglich gemeinsam mit ihren Kindern. Sie gingen zusammen essen, in den Zoo oder ins Museum. All das war einfacher, wenn man zu zweit war. Erst recht mit jemandem, der einen verstand.

Mark nahm einen Schluck von seinem Bier und ließ das kühle San Camanez Island Ale seine Kehle hinabrinnen. »Sie ist natürlich qualifiziert für den Job. Sie hat schon mit Kindern mit Spektrum-Störung gearbeitet, und sie hat einen Abschluss in Kinder- und Jugendbetreuung.«

»Hat sie das so gesagt? Oder ist es nur das, was du hören *wolltest*, während dein Schwanz damit beschäftigt war, sich zu überlegen, wie man sie am besten aus ihrem Kleid und auf die Rückbank deines BMW bekommen könnte?«, fragte Scott und zog die Nase kraus, wodurch seine ohnehin nicht sehr gerade Nase noch krummer wirkte. Er hatte ihnen erzählt, dass er sie sich während seiner Zeit als Footballspieler an der Highschool viermal gebrochen hatte. Aber Mark vermutete, dass ihm auch seine große Klappe den ein oder anderen Nasenbruch eingebracht hatte. Beide Dixon-Brüder waren bekannt dafür, kein Blatt vor den Mund zu nehmen; ihr nicht vorhandener Benimmfilter hatte schon zu einigen Streitereien und Handgreiflichkeiten geführt. Bei Liam war diese Eigenschaft noch ausgeprägter als bei Scott, aber als diplomatisch konnte man keinen der beiden bezeichnen.

»Hast du ihr polizeiliches Führungszeugnis überprüft? Ihre Arbeitszeugnisse gecheckt? Weißt du, warum sie überhaupt einen neuen Job braucht? Wurde sie gefeuert?«, fragte Emmett.

Marks Magen zog sich zusammen. Nein, das hatte er nicht getan, aber er war sicher, dass sie alle Checks problemlos bestehen würde und nur hervorragende Zeugnisse vorzuweisen hatte. Er wusste es einfach. Oder zumindest hoffte er es. Sein

Freund schien regelrecht verstört zu sein von dieser Neuigkeit. Einerseits nervte ihn Emmetts Reaktion gewaltig, andererseits machte es ihn auch glücklich, dass er sich so sehr um Gabe sorgte.

»Wann soll sie Gabe denn kennenlernen?«, fragte Adam. Auch seine Tochter Mira hatte Gabe schon getroffen und war sehr lieb zu ihm gewesen.

»Noch hat sie sich gar nicht bei Dr. *Christopher* Herron gemeldet«, sagte Mark. Ihm war inzwischen nur allzu bewusst, dass ihn diese Lüge noch in große Schwierigkeiten mit der kleinen, sexy Tori bringen würde.

Seine Freunde sahen ihn verwirrt an, aber es war Adam, der die offensichtliche Frage stellte. »Wie meinst du das?«

»Sie weiß nicht, dass ich ihr neuer Boss wäre. Ich habe ihr erzählt, dass ein *Freund* von mir eine Therapeutin für seinen Sohn sucht. Ich hatte Angst, dass sie sonst denkt, ich will nur bei ihr landen.«

Ein kollektives Stöhnen ging um den Tisch. Mark wusste, dass diese Lüge ein bescheuerter Fehler gewesen war, aber in dem Moment hatte er einfach nicht klar denken können. Toris Lächeln und diese strahlend blauen Augen hatten sämtliches Blut aus seinem Gehirn gesogen und es an anderer Stelle gesammelt. Er hatte sich zu niemandem mehr hingezogen gefühlt, niemanden gedatet, mit niemandem geschlafen oder auch nur geflirtet, seit Gabes Mutter ihn verlassen hatte. Aber Toris süßes Lächeln und ihre Entschlossenheit hatten etwas tief in ihm berührt. Er musste sie einfach wiedersehen, selbst wenn es nur in einem beruflichen Kontext war.

Die Weihnachtsferien gingen gerade zu Ende. Mark hatte sich drei Wochen freigenommen, um diese Zeit mit seinem Sohn verbringen zu können. Gestern Abend war seine Mutter vorbeigekommen, nachdem Gabe bereits eingeschlafen war, damit Mark sich mit Emmett in der Bar treffen konnte. Es war das erste Mal seit fast einem Monat gewesen, dass er ohne Kind unterwegs gewesen war.

»Was wirst du tun, wenn sie herausfindet, dass du sie belogen hast? Was der Fall sein wird, sobald *du* ihr die Tür öffnest«, fragte Emmett. »Meinst du, sie will für einen Lügner arbeiten? Jetzt wird sie doch erst recht denken, dass du damit nur an sie rankommen willst.«

Liam zuckte mit den Schultern. »Vielleicht ist das ja genau das, was er braucht.«

Emmett warf Liam einen bösen Blick zu. »Was er *braucht,* ist eine gute Therapeutin für Gabe! Und das Vorstellungsgespräch dafür sollte nicht in einer Bar stattfinden, wenn er …«

»Wenn ich was?«, fuhr Mark plötzlich auf. Er hatte langsam genug. Er wusste, dass er etwas Dummes getan hatte, aber er wollte sie nun mal unbedingt wiedersehen. Außerdem stimmte es ja, er brauchte jemanden für Gabe. Und vielleicht meinte das Schicksal es endlich mal gut mit ihm.

Emmett hob eine Schulter und nahm einen Schluck von seinem Bier. Dann wischte er sich mit dem Handrücken über die Lippen. »Ich wollte ›betrunken ist‹ sagen.«

»Ich war nicht betrunken, verdammt nochmal. Ich hatte zwei Whiskey in mehr als einer Stunde. Du weißt, dass ich viel mehr brauche, um auch nur ansatzweise beschwipst zu sein.«

Die anderen Männer am Tisch schwiegen. Mark wäre am liebsten einfach aufgestanden und gegangen. Aber so etwas gehörte eben zu ihren Pokerabenden dazu. Frust loswerden, Differenzen ausdiskutieren. Liam hatte sogar mal vorgeschlagen, im Keller einen Boxring aufzustellen, damit sie ihre Aggressionen rauslassen konnten, aber niemand war erpicht auf so schweißtreibende Anstrengungen gewesen – oder darauf, sich die Nase zu brechen oder ein blaues Auge einzufangen. Die meisten von ihnen arbeiteten schließlich mit Kunden oder Patienten und mussten vorzeigbar sein.

»Ich will doch nur das Beste für Gabe«, sagte Emmett, nun deutlich leiser als zuvor. Offensichtlich merkte er, dass er bei Mark einen Nerv getroffen hatte.

»Und das weiß ich zu schätzen. Aber genau das will ich auch. Ich werde es nicht verbocken, ehrlich. Weder für mich noch für Tori, und erst recht nicht für Gabe.«

Mehrere Köpfe am Tisch wurden geschüttelt, aber natürlich war es wieder Emmett, der das Wort ergriff. »Das hoffe ich, Mann. Für euer aller Wohl. Denn sonst hast du nicht nur einen Tausender verschwendet, sondern steckst auch bis zum Kinn in der Scheiße mit Gabe und seiner neuen Therapeutin und kannst mit einer einstweiligen Verfügung rechnen.«

Mark deckte die Karte auf, die er gerade bekommen hatte.

Full House.

Sein Mund verzog sich zu einem schwachen Grinsen. »Ich glaube, für mich geht es jetzt endlich wieder bergauf, Jungs. Ich wette mit euch, dass sie sich morgen bei mir meldet.«

»Und ich bin für dich da, wenn alles den Bach runtergeht«, sagte Liam. Er stieß seinen Bruder mit dem Ellenbogen an. »Ich sollte anfangen, Treuekarten zu verteilen. Die sechste Scheidung gibt's gratis.«

Scott sah ihn düster an. »Halt einfach die Klappe.«

Kapitel 3

»Wenn du mich in einer Stunde noch nicht angerufen hast, schicke ich die Kavallerie«, sagte Isobel.

Tori konnte hören, wie ihre Schwester mal wieder mit Handy, Schlüsselbund und fettfreiem Latte jonglierend zu ihrem Auto eilte. Sie hielt das Handy, aus dem lautes Klirren und Rascheln drang, ein Stück vom Ohr weg.

»Und *wer* genau ist die Kavallerie?«

»Mercedes und ich. Und die Polizei natürlich. Wobei ich wetten würde, dass Mercedes deutlich schlagkräftiger sein kann als alle Cops in Seattle zusammen.«

Tori kicherte. »Wenn der Abend am Freitag anders verlaufen wäre, dürftest du dir jetzt übrigens ganz schön was anhören. Das war echt dreist von dir: Du hast mich einfach mit Mercedes sitzen lassen!«

Ihre Schwester stöhnte. »Ich hab doch schon gesagt, dass es mir leidtut. An dem Abend ist eben noch ein kurzfristiger Auftrag reingekommen. Und Mercedes sagte mir, ihr hattet einen tollen Abend.«

»Zumindest besser, als ich erwartet hatte.«

»Sie meint es wirklich nur gut. Sie hat eben eine große Persönlichkeit … und eine noch größere Klappe.«

»Kann man so sagen.«

»Aber wenn man sie braucht, ist sie immer sofort zur Stelle. Weißt du noch damals, als mein erster Freund mit mir Schluss gemacht hat – der Typ, an den ich meine Jungfräulichkeit verschwendet habe?«

»Wolf?«

»Fox.«

»Wie auch immer, ein mieser Hund jedenfalls.«

»Stimmt. Na ja, jedenfalls war Mercedes damals echt für mich da. Sie hat mir Eis und Filme, Zeitschriften und Pizza gebracht. Sie ist wirklich eine gute Freundin, so nervtötend sie in betrunkenem Zustand auch sein kann.«

Tori warf einen Blick auf die Uhr in ihrem Armaturenbrett. Sie saß jetzt schon geschlagene fünfzehn Minuten in ihrem Auto vor Dr. Herrons Haus. Sie war zu früh dran gewesen und hatte deswegen ihre Schwester angerufen. Sie wollte, dass jemand wusste, wo sie war, nur für den Fall, dass doch etwas faul an der Sache war.

»Ich muss jetzt echt los, Schwesterherz. Dank dir sind meine Hundesitter-Dienste schwer gefragt, und die Fellnasen führen sich leider nicht allein Gassi.«

Tori zog den Schlüssel aus der Zündung. »Ist gut. Ich muss da jetzt auch endlich rein.«

»Okay. Und denk dran, mich in einer Stunde anzurufen.«

»Mache ich.«

»Hab dich lieb, Tor.«

»Ich dich auch, Iz.«

Tori warf die Autotür hinter sich zu und wandte sich dem großen, weißen, dreistöckigen Vorstadthaus zu. Obwohl die Auffahrt leer war, hatte sie lieber hinter der Thujenhecke am Straßenrand geparkt. Woher kannte Mark diesen Chris? Arbeiteten sie vielleicht zusammen? War Mark ebenfalls Arzt? Sie hatte ihm in der Bar kaum Fragen gestellt, schließlich hatte sie nicht zu interessiert wirken wollen … obwohl sie das ja irgendwie war.

Vor sich hin grummelnd, weil sie offenbar nicht einmal in der Lage war, ihren eigenen Vorsatz in Bezug auf Männer einzuhalten – und weil sie sich einfach immer viel zu viele Gedanken und Sorgen machte –, ging sie die Auffahrt hinauf. Der Asphalt war nass vom Regen. Sie war in Seattle, noch dazu im Januar, da war Regen quasi vorprogrammiert. Kalter, ekliger, bis auf die Knochen dringender Regen. Das gehörte zum Leben an der Westküste nun mal dazu. Man bekam hier zwar nur selten richtige Minustemperaturen, aber wenn es doch mal kalt wurde, dann so richtig.

Sie hob die Hand, zögerte dann im letzten Moment. Wenn sie jetzt klopfte, gab es kein Zurück mehr. Aber sie brauchte dringend einen Job. Also konnte sie nur hoffen, dass dieser Dr. Herron kein allzu schräger Typ war. Mit dem Kind würde sie klarkommen. Ganz egal, wo genau im Autismus-Spektrum der kleine Gabe stand, Tori würde sich bestimmt schnell in ihn verlieben und jeden Tag als neue, bereichernde Herausforderung sehen. Aber wenn der Vater komisch drauf war … Sie wusste nicht, ob sie damit umgehen konnte.

Sie holte noch einmal tief Luft und klopfte dann an die dunkle Holztür.

Es folgten zwanzig angespannte Sekunden.

So feucht, wie ihre Hände wurden, und so hektisch, wie ihr Herz schlug, hätten es auch Stunden sein können.

Aber es waren nur zwanzig grausam lange Sekunden, bis die Tür endlich geöffnet wurde.

Große grüne Augen sahen zu ihr auf.

»Oh … hallo. Du musst Gabe sein.«

Der kleine Junge mit strohblondem Haar und rosigen Wangen blinzelte nur.

»Ist dein Papa zu Hause?«

Mehr Blinzeln. Sein Blick schweifte ab, so dass er sie nicht mehr direkt ansah, und er begann auf den Ballen auf und ab zu wippen.

»K-kann ich reinkommen?«

Er rückte ein Stück zur Seite und wippte dann weiter.

Tori trat ins Foyer und kniete sich neben Gabe, so dass sie auf einer Augenhöhe waren.

»Hi. Ich bin Tori. Meine Lieblingsfarbe ist Grün, genauso wie deine Augen. Mein Lieblingsessen ist Spaghettieis, und ich finde Spinnen echt eklig.«

Gabe verzog die Lippen zu einem zaghaften Lächeln. Er blinzelte wieder, hielt seinen verträumten Blick aber auf ihr Gesicht gerichtet. Mark hatte ihr nichts über Gabe verraten, außer dass er im Spektrum war. Konnte er sprechen und war nur schüchtern? Oder beherrschte er vielleicht eine Zeichensprache?

Sie sah sich in dem fast fünf Meter hohen Foyer um und hoffte, dass Dr. Herron sich bald zeigen würde.

»Also, ist dein Papa zu Hause?«

Gabe griff nach ihrer Hand und zog sie – kräftiger, als sie es bei so einem schmächtigen Kind für möglich gehalten hätte – in die Tiefen des Hauses.

»Okay, okay.« Sie lachte, während sie ihm folgte, so schnell sie konnte, und versuchte dabei, den ein oder anderen Blick in die Räume zu erhaschen, an denen sie vorbeikamen.

Aber das Tempo, das Gabe vorgab, war viel zu hoch für Details. Tori bekam nur mit, dass das Haus exquisit und sehr teuer eingerichtet war.

Dann zog Gabe sie in ein großes Zimmer, dessen komplette Rückwand mit einer Unterwasserszene bemalt war und in dem sich in Kisten und auf dem Schaumstoff-Puzzle-Teppich jede Menge Spielzeug stapelte. Auf einer Seite hatte Gabe mehrere Bauklötze nach Farben sortiert und war allem Anschein nach gerade dabei, einen beeindruckend hohen Turm damit zu bauen.

Gabe zog sie auf die Schaumstoffmatte, ließ sich darauf nieder und setzte dann, Tori völlig ignorierend, seine Arbeit an dem Turm fort, als hätte er nicht gerade eine völlig Fremde in sein Spielzimmer gebracht.

Das war seltsam und definitiv das merkwürdigste Vorstellungsgespräch, das sie jemals geführt hatte.

Andererseits war es eigentlich ganz schlau. Wenn sie und Gabe sich auf Anhieb gut verstanden, war ihr der Job dann sicher? Diesen Dr. Herron musste sie aber natürlich trotzdem noch kennenlernen, besonders um in Erfahrung zu bringen, was Gabes Bedürfnisse waren, ob es irgendwelche Auslöser gab, die es zu vermeiden galt, ob er Allergien oder Vorlieben hatte und so weiter.

Sie ließ ihren Blick auf der Suche nach einer Nanny-Cam durchs Zimmer wandern. Wurde sie vielleicht beobachtet?

Ihr fiel auf, dass es trotz des großen Unterwasser-Bildes in diesem Raum eine ganze Menge Rot gab. Die Spielzeugkisten waren rot, die kleine Kindercouch war rot, der Sitzsack und die Kuscheldecken ebenfalls.

»Ist Rot deine Lieblingsfarbe?«, fragte sie.

Gabe hob den Blick, und man hätte denken können, dass er sie in dem Moment zum ersten Mal sah.

»Ist Rot deine Lieblingsfarbe?«

Er kniff die Augen leicht zusammen und hielt einen roten Bauklotz hoch, wobei sein Grinsen immer breiter wurde.

»Ja? Rot ist eine tolle Farbe. Die Lieblingsfarbe von meinem Vater ist auch Rot, er hat sogar ein knallrotes Auto.« Sie sah sich um, auf der Suche nach Spielzeugautos, aber das Einzige, was dem auch nur ansatzweise nahekam, war eine knallrote Holzlokomotive. Es hätte allerdings auch keinen Unterschied gemacht, wenn sie ein Auto gefunden hätte, denn der Junge hatte schon längst das Interesse an ihr verloren und sich wieder seinem Turm zugewandt. Seinem sehr roten Turm. Mit den Fingerspitzen berührte er jeden Bauklotz, als würde er sie zählen. Dann heulte er plötzlich auf, sprang auf die Füße und begann, auf und ab zu hüpfen, wobei er seinen Kopf schüttelte und hektisch mit den Händen durch die Luft fuhr. Das Heulen wurde immer lauter, und seine Frustration nahm spürbar zu.

Tori stand auf und trat ein paar Schritte zurück. Gabe ließ sie dabei nicht aus den Augen. Wenn das ein Anfall war, dann konnte sie nichts anderes tun, als abzuwarten. Dasselbe galt für einen Trotzanfall. Das Eingreifen einer Fremden würde alles bloß noch schlimmer machen, und Gabe könnte sich selbst oder Tori verletzen. Aber je länger sie ihn beobachtete, desto klarer wurde ihr, dass ihn etwas Bestimmtes so aus der Fassung brachte. Das war kein Anfall und auch kein Trotz. Er suchte etwas. Sein Blick huschte hin und her, er warf seinen Kopf von einer Seite zur anderen und wedelte wild mit den Händen, während er noch immer auf und ab hüpfte. Er jaulte und heulte, unterbrochen von gelegentlichem Grunzen und Stöhnen.

Dann kniete er sich wieder neben seinen Turm und ließ seine

Finger erneut über die Steine wandern, zählte sie noch einmal. Dann sprang er wieder auf, hüpfte und schüttelte heftig den Kopf.

Ihm fehlte ein Bauklotz, ein roter Bauklotz.

Tori ließ sich wieder auf die Knie sinken und begann zu suchen. Gabe ruderte noch immer wild mit den Armen und gab ein wütendes Brummen von sich.

»Es ist alles okay, Kumpel«, sagte sie sanft, während sie Spielzeug und Kisten umdrehte, auf der Suche nach dem fehlenden Baustein. »Wir finden ihn. Ich bin mir sicher, dass er hier irgendwo ist. Weit kann er nicht gekommen sein.« Sie hob eine umgekippte Kiste an, und da war er. »Hey Gabe, schau mal!«, rief sie mit Blick auf den Jungen.

Aber er war zu vertieft in seine Frustration, zu sehr in seiner Angst um den fehlenden Klotz gefangen, um sie überhaupt hören zu können. Der Arme.

Sie schnappte sich den Stein, und statt aufzustehen, krabbelte sie hinüber zu Gabe, so dass sie auf der gleichen Höhe waren. Er hüpfte noch immer auf der Stelle und ballte immer wieder die Hände zu Fäusten, aber sein Blick schien ein wenig klarer zu werden, als er sie ansah.

Tori hielt den roten Bauklotz vor sein Gesicht. »Schau, ich hab ihn gefunden.«

Gabe hörte auf, seine Hände zu bewegen, und stellte dann auch das Hüpfen ein. Er starrte den Bauklotz an, und ein strahlendes Lächeln breitete sich auf seinem Gesicht aus. Er schnappte sich den Klotz und ließ sich sofort wieder neben seinem Turm auf die Knie fallen.

Tori setzte sich auf ihre Fersen und sah ihm zufrieden dabei zu, wie er den letzten Stein ganz oben auf dem Turm platzierte.

Dann zählte er erneut mit den Fingern alle Steine durch, von unten nach oben.

Nachdem er sich zweimal vergewissert hatte, dass alle Klötze an ihrem Platz waren, wirbelte Gabe herum, kam auf sie zugerannt und warf sich in ihre Arme. Als er sie ganz fest drückte, stieg Tori der süße Geruch von Wassermelonen-Schaumbad in die Nase. Unsicher, ob sie seine Umarmung erwidern sollte, blieb Tori einen Moment reglos. Aber der Kleine machte keinerlei Anstalten, sie loszulassen, und er roch so süß und fühlte sich so gut in ihren Armen an, dass sie ihre Zurückhaltung ablegte und ihn ebenfalls fest drückte.

Kinderumarmungen waren die besten Umarmungen, die es gab. Sie waren so aufrichtig, so fest, so absolut wundervoll, dass man gar nicht anders konnte, als sich glücklich und hoffnungsvoll zu fühlen.

»Tja, sieht ganz so aus, als hättest du Gabe schon für dich gewonnen«, sagte eine tiefe, maskuline und irgendwie vertraute Stimme hinter ihr.

Gabe stutzte, löste sich dann aus der Umarmung und rannte in die Richtung, aus der die Stimme gekommen war. Tori drehte sich auf den Knien um und sah zu ihrem Erstaunen Mark in der Tür stehen. Er lehnte am Türrahmen, die Hände lässig in die Taschen seiner dunkelblauen Jeans geschoben, die vollen dunklen Haare waren sexy zerzaust.

»Mark!«, rief sie und richtete sich hastig auf.

Er griff nach Gabes Hand und kam zusammen mit ihm ins Spielzimmer. »Es tut mir sehr leid, dass ich dir nicht die ganze Wahrheit gesagt habe.« Er hielt ihr seine freie Hand hin. »Dr. Mark *Christopher* Herron, Gabes Vater. Freut mich, dich kennenzulernen … noch mal.«

Bevor Tori irgendetwas darauf sagen konnte, befreite Gabe seine Hand aus der seines Vaters und griff stattdessen nach Toris. Er zog sie zurück zu der großen Schaumstoffmatte und bedeutete ihr, sich wieder hinzusetzen. Sie tat ihm den Gefallen, und er ließ sich ohne Umschweife in ihren Schoß plumpsen und fing an, seinen roten Turm auseinanderzunehmen und zu einem neuen Gebilde zusammenzusetzen.

Mark folgte ihnen und setzte sich in den ketchuproten Sitzsack, von wo aus er die beiden genau beobachtete.

Tori schüttelte den Kopf. Das war gerade alles etwas zu viel für sie. Sie hatte gedacht, zu einem Vorstellungsgespräch mit Dr. Chris Herron zu kommen, und nicht mit *Mr. Dirty Dreams* von Freitagabend. Noch dazu ging es hier nicht um irgendeinen Job, sondern um die Chance ihres Lebens. Um einen Job, der sie ihrem Ziel, psychologische Verhaltenstherapeutin zu werden, einen großen Schritt näherbrachte. Einen Job, der ihr die Möglichkeit gab, mit einem ganz besonderen Kind zu arbeiten. Es war genau das, was sie wollte, genau das, was sie brauchte.

Sie pflückte eine Fussel von Gabes Schulter. »Tut mir leid, aber kannst du bitte noch mal von vorn anfangen?«, sagte sie an Mark gewandt. »Ich bin gerade etwas überfordert und ehrlich gesagt auch ziemlich überrascht.«

Und dank seines Lächelns, das sie bis in ihre unanständigen Träume verfolgt hatte, und seiner verschmitzten grasgrünen Augen war sie nicht nur überfordert, sondern auch ein wenig erregt. Sollte sie das Kind vielleicht lieber von ihrem Schoß nehmen?

Baseball!

Football!

Ihr ekliger Onkel John, der oben ohne superfettige Hähnchenkeulen aß.

Ja! Das wirkte.

Dieser Gedanke erstickte ihre aufkommende Lust im Keim. Dieser Gedanke erstickte alles.

Mark schenkte ihr noch ein sündhaft attraktives Lächeln aus seinem offenbar großen Vorrat. Tori wäre jede Wette eingegangen, dass diese Lippen nach Vanille-Cupcakes schmeckten. »Wie gesagt, es tut mir sehr leid, dass ich am Freitag nicht ganz ehrlich mit dir war, was diesen Job betrifft. Ich dachte, wenn du nicht weißt, dass es dabei um *meinen* Sohn geht, stehen die Chancen besser, dass du dich tatsächlich meldest und nicht denkst, dass ich dich mit dem Angebot nur ins Bett kriegen will.«

Ins Bett …

Verdammt. Ihre Gedanken schweiften schon wieder ab.

Onkel John, wie er oben ohne in einem Planschbecken voller Wackelpudding Hähnchenschenkel isst und dabei die Melodie von *Barbie Girl* summt.

Puh. Das war knapp.

Okay, zurück zur Sache.

»Gabe kann durchaus eine Herausforderung sein.« Als Gabe seinen Namen hörte, drehte er sich in Toris Schoß um, und Mark beugte sich vor, um seinem Sohn liebevoll durch die Haare zu wuscheln. »Eine wunderbare Herausforderung, aber trotzdem eine Herausforderung. Er kommt nicht sehr gut mit Veränderungen klar, er ist ein echtes Gewohnheitstier.«

Tori verzog das Gesicht. »Sind wir das nicht alle?«

Mark lachte. »Glaub mir, im Vergleich zu Gabe wirst du dir wie die unorganisierteste Chaotin überhaupt vorkommen. Du solltest mal sein Zimmer sehen. Alles ist blitzeblank und an seinem vorgesehenen Platz. Wir haben festgestellt, dass es für ihn am einfachsten ist, wenn er weiß, was auf ihn zukommt. Überraschungen kann er überhaupt nicht leiden, und ebenso wenig, wenn ständig neue Leute in sein Leben kommen.«

Toris Augen wurden groß. Wie war es dann möglich, dass er gerade auf ihrem Schoß saß und zufrieden vor sich hinsummte, wenn sie sich erst vor kaum zwanzig Minuten kennengelernt hatten?

»Ich weiß. Ich bin genauso baff wie du, dass er dich so schnell und so gut akzeptiert hat. Das ist noch nie vorgekommen. Aber genau deswegen biete ich dir jetzt diesen Job an, ohne auch nur deine Zeugnisse gesehen zu haben. So schnell hat sich noch niemand mit Gabe anfreunden können. Er hat noch nie eine Therapeutin umarmt, geschweige denn sich auf ihren Schoß gesetzt. Ich werde mir natürlich deine Zeugnisse noch ansehen, aber solange nichts Alarmierendes darin zu finden ist, hast du den Job.«

Tori musste schlucken. Sie hatte doch nur den fehlenden roten Baustein gefunden, und plötzlich war sie Gabes neue beste Freundin.

»Gabe geht fünf Tage die Woche in die Vorschule. Er ist in einer ganz normalen Gruppe mit neurotypischen Kindern, und das läuft so weit sehr gut. Leider wurde vor Kurzem das Budget der Schule gekürzt, weswegen er dort nicht mehr die Unterstützung bekommt, die er braucht. Die Lernassistentin ist jetzt für die ganze Klasse zuständig und nicht mehr nur für ihn. Gabe *braucht* aber individuelle Unterstützung. Er neigt zu Trotzanfällen und Ausbrüchen, und seine sozialen Fähigkeiten sind noch nicht so weit entwickelt, wie sie es sein sollten. Er würde zum

Beispiel in einem Restaurant einfach so zu einer wildfremden Person gehen und etwas von deren Teller nehmen, wenn er Hunger hat, oder einem Kind im Park ein Spielzeug wegnehmen, weil er es haben möchte. Er braucht also jemanden, der sich ganz auf ihn konzentriert.«

Tori nickte. »Das verstehe ich. Es ist sehr schade, dass das Schulbudget gekürzt wurde, aber leider nicht überraschend. Ich habe schon häufiger von solchen Fällen gehört.«

Mark neigte den Kopf und schnaubte. »Das stimmt. Und es ist wahnsinnig frustrierend. Zu allem Überfluss hat seine letzte Interventionstherapeutin auch noch kurzfristig gekündigt, und seitdem haben wir ziemlich zu kämpfen.«

»Arbeitet er denn mit einem Logopäden? Bekommt er Beschäftigungstherapie?«

»Beides, und dazu noch Verhaltenstherapie.«

»Und die Therapeutin oder der Therapeut hat einen speziell auf Gabe zugeschnittenen Plan erstellt?«

»Hat sie. Haben sie alle. Zum Logopäden geht er einmal im Monat, zur Beschäftigungstherapie zweimal und zur Verhaltenstherapie alle sechs Wochen.«

»Okay.«

»Dein Job wäre es, den ganzen Tag für ihn da zu sein. Ich brauche dich als seine Unterstützung in der Vorschule und zu Hause. Ich zahle dir zehn volle Stunden am Tag und das Doppelte für jede Überstunde. Er braucht Beständigkeit und jemanden, dem er vertraut.« Sein Blick wurde weich, als er Gabe und Tori zusammen betrachtete. Der Junge war selbstvergessen damit beschäftigt, alle roten Bauklötze aufeinander zu stapeln, um den höchsten Turm zu bauen, der möglich war. »Und er scheint dir zu vertrauen.«

Zehn Stunden jeden Tag? Was wäre dann mit der Uni? Sie wollte keine Vollzeit-Nanny sein. Sie wollte nicht ihr Leben lang Interventionstherapeutin bleiben. Sie hatte noch viel vor, wollte selbst Verhaltenstherapeutin werden und ihre eigene Praxis eröffnen. Dort wollte sie die verschiedensten Therapeuten versammeln, um den Kindern zu helfen, die es am meisten brauchten. Diesen Traum konnte sie nicht einfach aufgeben.

Seit sie mit zwölf Jahren das erste Mal babygesittet hatte, war sie verliebt in die Arbeit mit Kindern. Über die Jahre hatte sie etliche Kinder beaufsichtigt, für ihre Familie, Nachbarn, Freunde, sogar für den Chiropraktiker ihres Vaters. Sie hatte zahlreiche Sommer als Nanny oder Betreuerin im Ferienlager verbracht. In ihrem zweiten Jahr an der Highschool hatte sie dann in einem Ferienlager für Kinder mit speziellen Bedürfnissen gearbeitet und dabei ihre wahre Bestimmung entdeckt. Genau genommen war es ein ganz besonderes Kind gewesen – Seth, ein total lieber, siebenjähriger Junge mit Down-Syndrom und Autismus, der ihr klargemacht hatte, was sie in ihrem Leben erreichen und mit wem sie arbeiten wollte.

Sie war damals so gut mit Seth zurechtgekommen, dass seine Eltern sie gebeten hatten, ihre Arbeit an den Wochenenden fortzusetzen. So hatte sie bis zur ihrem Abschluss jedes Wochenende acht Stunden mit ihm verbracht, und noch heute schickten ihr seine Eltern regelmäßig Updates und Fotos.

Sie wollte schon den Mund öffnen, um Marks Jobangebot abzulehnen und herauszufinden, ob es Verhandlungsspielraum gab, da Mark kam ihr zuvor: »Ganz egal, wie viel du bisher verdient hast, ich zahle das Doppelte.«

Fast wäre Toris Kinn auf Gabes Kopf gelandet.

»Außerdem würde ich die Kosten für dein Studium übernehmen.«

Was zum Teufel?

»Ich habe schon mit Gabes Verhaltenstherapeutin gesprochen, und sie ist bereit, dir einen Praktikumsplatz anzubieten. Natürlich müsstest du dich dafür ganz normal bewerben, aber sie sucht derzeit nach neuen Auszubildenden. Und anscheinend kann man den Großteil der Theorie online lernen, was dir ermöglichen würde, deine Tage mit Gabe zu verbringen.«

»Sie … Sie wollen meine therapeutische Ausbildung finanzieren? Dr. Herron, so ein großzügiges Angebot kann ich unmöglich annehmen.«

»Bleib doch bitte beim Du. Ich kann mich nur noch mal dafür entschuldigen, dass ich am Freitag nicht ehrlich zu dir war. Ich hätte dir offen sagen sollen, dass *ich* eine Therapeutin für *meinen* Sohn suche.«

Toris Gedanken rasten. »Also gut, Mark. Ich weiß dein Angebot zu schätzen, aber ich kann es trotzdem nicht annehmen.«

In seinen hellgrünen Augen war deutlich die Verwirrung zu erkennen. *Gott, wie süß.* »Wieso nicht? Du willst doch studieren, was ich absolut respektiere und befürworte, aber du kannst es dir nicht leisten. Ich schon. Und ich brauche jemanden wie dich, der mir mit meinem Sohn hilft. Wir profitieren also beide davon.«

»Aber …«

»Rede doch einfach mal mit Janice Sparks, Gabes Verhaltenstherapeutin, und hör dir an, was sie dir anzubieten hat. Und dann sehen wir weiter. Aber ich will nicht, dass du deine Träume aufgeben musst, nur weil du sie nicht finanzieren kannst.«

Er war wie die männliche Version einer guten Fee und genau

im richtigen Moment aufgetaucht. An ihrem absoluten Tiefpunkt kam er angeflattert, verteilte seinen Feenstaub, der nach unglaublich appetitlichem Männerparfüm duftete, und verwandelte ihren modernden Kürbis in einen wunderschönen Ferrari voller Hoffnung.

So ging das doch im Märchen, oder?

Aber konnte die gute Fee gleichzeitig ein Traumprinz sein?

»Ich werde mir deine Arbeitszeugnisse morgen früh gleich ansehen, aber ich hätte gern, dass du so bald wie möglich anfängst. Musst du deine anderen Jobs noch kündigen?«

Hatte sie sein Angebot überhaupt angenommen?

Er war einfach so überzeugend, so hinreißend, so ... traumhaft. Seine Stimme, seine Augen, die Art, wie er beim Sprechen seine Lippen bewegte, hatten sie völlig verzaubert.

O verdammt.

Ekel-Onkel John, wie er oben ohne in einem Planschbecken voller Wackelpudding Hähnchenschenkel ist, dabei *Barbie Girl* summt und seine langen, pilzbefallenen Zehennägel präsentiert.

Na bitte. So ist es besser.

Sie würde Onkel John nie wieder in die Augen sehen können, aber das war jetzt egal. Zumindest war er endlich mal zu etwas nutze, statt immer nur ihre ganze Familie anzuekeln und ihren Vater zu Tode zu nerven.

»Tori?«

»Mhm?« Sie schloss kurz die Augen und schüttelte den Kopf. Bilder von Onkel John, Hähnchenkeulen und Marks smaragdgrünen Augen purzelten wild durcheinander.

»Geht es dir gut? Ich habe dich gefragt, wann du anfangen könntest.«

Mist.

»Ähm, eigentlich habe ich im Moment nur den Hundesitter-Job, und den hat meine Schwester sowieso schon mehr oder weniger übernommen.«

»Was ist aus den anderen beiden Jobs geworden?«

Sie seufzte, griff nach einem roten Bauklotz, der neben ihr lag, und gab ihn ohne nachzudenken an Gabe weiter. Der kleine Junge grinste sie fröhlich an und setzte den Klotz oben auf seinen Turm.

»Nachdem ich herausgefunden hatte, dass Ken mich betrogen hat, bin ich in eine kleine Abwärtsspirale geraten. Ich bin eine Zeit lang kaum aus dem Bett gekommen, und das war meinen Arbeitgebern gegenüber nicht fair, deswegen habe ich gekündigt. Zumindest in der Bar und beim Therapiezentrum. Die Hundesitter-Klienten habe ich an meine Schwester abgegeben.«

Er nickte, und um seine Augen entstanden kleine Fältchen, als er sie mitfühlend anlächelte. »Das kann ich gut verstehen. Ich habe auch eine ziemlich fiese Scheidung hinter mir.«

»So was nimmt einen echt mit.«

»Das stimmt.« Plötzlich flackerte Besorgnis in seinen Augen auf. »Aber dir geht es jetzt wieder besser, oder?«

Sie hoffte, dass ihr Lächeln überzeugend wirkte. »Ja. Ich habe mich zwar eine Weile in Selbstmitleid gesuhlt, aber dann habe ich mich zusammengerissen, und seitdem geht es mir viel besser. Tut mir leid, das sollte nicht so besorgniserregend klingen.«

Sein Blick war wieder auf seinen Sohn gerichtet. »Ein Schritt nach dem anderen. Mehr können wir alle nicht tun, stimmt's?«

»Stimmt.« Sie stieß erleichtert die Luft aus. »Wie ist Gabe denn mit der Scheidung zurechtgekommen?« Eine Scheidung war oft schon für neurotypische Kinder sehr schwierig, weil ihr Tagesablauf und ihr Zuhause total auf den Kopf gestellt wurden, aber für Kinder im Autismus-Spektrum war es oft noch viel härter.

Die schmale, grimmige Linie, zu der sein Mund geworden war, sagte alles. »Es war nicht einfach für Gabe. Eine Weile hat er sehr damit zu kämpfen gehabt, und es haben sich einige neue Verhaltensmuster daraus entwickelt, nicht alle davon gut.«

»Das kann ich mir vorstellen. Ist das Hin und Her zwischen eurem Zuhause und dem seiner Mutter sehr schwer für ihn?«

Oh, verdammt. Sie hatte gar nicht dran gedacht, danach zu fragen, ob sie auch für Gabes Mutter arbeiten musste. Das stellte sie sich sehr unangenehm vor.

»Sie ist nicht Teil seines Lebens.«

»Sie …«

War sie tot? War sie nach der Scheidung gestorben? Hatte er seine Ex-Frau umgebracht?

Ooookay, immer langsam mit den haarsträubenden Schlussfolgerungen. Meine Güte!

»Sie ist einfach gegangen. Hat mir das volle Sorgerecht überlassen und alles. Sie ist ans andere Ende des Landes gezogen, Gabes Diagnose war zu viel für sie.«

Tori schlug sich unwillkürlich die Hand vor den Mund. »Das tut mir so leid.«

Er spannte die Kiefermuskeln an, und in diese umwerfenden Augen, in denen sie sich immer wieder verlor, trat ein harter Ausdruck. »Das muss es nicht. Uns geht es gut, mir und Gabe. Aber mein Job verlangt mir einiges ab, deswegen brauche ich deine Hilfe.«

»Was für eine Art Arzt bist du denn? Hast du Schichtdienst?«

»Ich bin Radiologe, und ja, manchmal muss ich in Schichten arbeiten. Aber ich bin Belegarzt, deswegen sind meine Arbeitszeiten flexibel. Außerdem kann ich einiges von zu Hause aus erledigen, was ich auch oft tue, wenn Gabe schläft. Ein typischer Arbeitstag für dich wäre zwischen acht Uhr morgens und sechs Uhr abends, aber manchmal werde ich dich sicherlich bitten müssen, etwas länger zu bleiben.«

Bevor sie realisierte, was sie tat, beugte Tori den Kopf nach vorn, schloss die Augen und vergrub die Nase in Gabes Haarschopf.

Als sie ihre Augen wieder öffnete, war Marks eindringlicher Blick auf sie gerichtet. In seinen tiefgrünen Augen schien ein Feuer zu lodern, und seine Nasenflügel weiteten sich. »Wie klingt Montag für dich?«

»Montag?«

»Um hier anzufangen.«

Wow. Gestern hatte sie noch nicht einmal gewusst, wovon sie den nächsten Wocheneinkauf bezahlen sollte, und jetzt hatte sie einen neuen Chef, der ihr doppelt so viel zahlte, wie sie mit ihren früheren Jobs verdient hatte, und noch dazu für ihr Studium aufkam.

»Meinst du denn, es ist in Ordnung für Gabe, wenn ich ihn in die Vorschule begleite?«

»Fragen wir ihn.« Mark glitt aus dem Sitzsack und kniete sich vor seinen Sohn. Dabei berührten sich ihre Knie, und Tori spürte glühende Funken durch ihren Körper jagen. Er legte eine große, braun gebrannte Hand auf Gabes Schulter. »Schau mich mal an, Kumpel.«

Gabe hob den Kopf, aber Tori konnte nicht sehen, ob er seinen Vater tatsächlich anblickte. Direkter Augenkontakt fiel Kindern mit Autismus-Spektrum-Störung oft sehr schwer. Marks andere Hand griff nach dem Bauklotz, den Gabe hielt. Der kleine Junge gab einen frustrierten Laut von sich und versuchte, die Hand wegzuziehen, aber Mark stoppte ihn.

»Schau mich an.« Marks Lächeln verwandelte Toris Inneres in geschmolzenes Wachs. »Gut. Möchtest du, dass Tori mit dir in die Schule geht?«

Gabes Kopf wirbelte herum, und er starrte Tori an. Diesmal ganz eindeutig mit Augenkontakt. Er grinste so breit, dass man all seine kleinen, perlweißen Milchzähne sah.

»Soll sie mit dir in die Schule gehen? Und danach vielleicht auch noch zu Hause mit dir spielen?«

Gabe nickte, dann fiel er Tori so stürmisch um den Hals, dass sie aus dem Sitzen nach hinten kippte und sie gemeinsam zu Boden gingen. Über sich hörte sie das warme, melodische Lachen von Mark *Dr. Dirty Dreams* Herron.

Kapitel 4

»Na, wie war der erste Tag?«, fragte Mark, als er am Montagabend in seine Küche kam, wo er Gabe und Tori in ein Memoryspiel vertieft vorfand.

Sein Sohn sah glücklich aus.

Tori blickte von dem Spiel auf, und ihr Lächeln hätte ihn fast aus dem Gleichgewicht gebracht. »Ziemlich gut.«

»Und wie lief es in der Vorschule?« Er setzte sich neben Gabe und wuschelte ihm kurz durch die Haare, bevor er ihm einen Kuss auf die Stirn drückte. Gabe hob nicht mal den Blick, er war viel zu vertieft in sein heiß geliebtes Ninja-Turtle-Memory.

Tori nickte, diesmal jedoch ebenfalls ohne ihn anzusehen. »Es gab ein paar Tränen, als der Sportunterricht kurzfristig abgesagt werden musste, weil in der Sporthalle eine Lampe von der Decke gefallen war. Aber als wir dann stattdessen eine Runde um die Schule gelaufen und durch ein paar Pfützen gehüpft sind, war wieder alles in Ordnung.«

»Das war's?«

Mark hatte nach Unterrichtsschluss in der Vorschule angerufen und mit Gabes Lehrerin gesprochen. Er wollte wissen, was sie von Tori und ihrem Umgang mit Gabe hielt. Man konnte nie vorsichtig genug sein, und auch wenn all ihre ehemaligen Arbeitgeber sie in den höchsten Tönen gelobt hatten, war ihm die Meinung der Lehrerin wichtig. Aber Mrs. Samuelson war ebenfalls voll des Lobes gewesen. Sie hatte ihm erzählt, dass Tori sogar ein Spiel für die ganze Klasse organisiert hatte, an dem Gabe leicht teilnehmen konnte, und dass er am Ende gewonnen hatte. Normalerweise konnte Gabe bei den Gruppenspielen nicht mitmachen, weil er nicht sprach. Er beherrschte zwar ein paar Wörter in Zeichensprache, war dabei aber nicht sehr konsistent, was die Kommunikation zusätzlich erschwerte.

Laut Mrs. Samuelson war Gabe heute jedoch den ganzen Tag gut gelaunt gewesen und hatte ohne irgendwelche Zwischenfälle oder frustrierten Ausbrüche mit den anderen Kindern gespielt. So einen guten Tag hatte er schon lange nicht mehr gehabt, wenn überhaupt schon jemals.

Jetzt hob Tori den Kopf und sah ihm direkt ins Gesicht, sie wirkte, als wäre sie nicht ganz sicher, ob sie etwas sagen sollte. »Ich hoffe, es macht dir nichts aus, aber weil heute ja unser erster gemeinsamer Tag war und alles so gut lief, sind wir auf dem Heimweg kurz beim Smoothie-Stand vorbeigegangen und haben uns als Belohnung einen Shake gegönnt«, sagte sie schließlich. »Ich weiß, du möchtest, dass wir nach der Schule direkt nach Hause gehen, einen gesunden Snack essen und dann mit dem Therapieprogramm anfangen, aber …« Sie sah zu Gabe hinüber. »Wir haben unsere Smoothies unten am Hafen getrunken und dabei die Boote beobachtet und sind erst danach nach Hause gegangen. Aber seitdem sind wir fleißig am Arbeiten.«

Mark spürte, wie sich sein Herz zusammenzog. Er fand es wundervoll, dass sie so viel Interesse an seinem Sohn zeigte und sich so sehr darum bemühte, dass Gabe einen tollen Tag hatte und die Umgewöhnung reibungslos verlief. Es war ihm völlig egal, dass sie Smoothies getrunken hatten und zum Hafen gegangen waren. Das Einzige, was für ihn zählte, war das zufriedene Lächeln im Gesicht seines Sohns, der den ganzen Schultag ohne Zwischenfälle gemeistert und etwas gegessen hatte. Das waren Marks einzige Ziele für Gabe, und Tori hatte sie an ihrem ersten Tag bereits übertroffen.

Doch sein Gesichtsausdruck, während er ihnen bei ihrem Spiel zusah, musste Tori verwirrt haben, denn sie holte ihn mit leicht zitternder Stimme aus seinen Gedanken.

»Ich habe extra darauf geachtet, dass eine gute Handvoll Spinat und ein bisschen Proteinpulver in seinen Smoothie kommt, er war also eigentlich ziemlich gesund. Und ich habe das ganze Wochenende damit verbracht, mich in die therapeutischen Übungen einzulesen, die seine Verhaltenstherapeutin mir geschickt hat, und konnte ein paar davon sogar am Hafen umsetzen. Natürlich angepasst an die Umgebung, aber Gabe hat trotzdem toll mitgemacht.«

Er lächelte sie an. »Ich bin überhaupt nicht böse, Tori. Du hast das großartig gemacht. Gabe hatte noch nie so einen erfolgreichen ersten Tag mit einer neuen Therapeutin. Mach einfach genau so weiter, und es wird keinerlei Probleme geben.«

Ihre hellblauen Augen schimmerten im Licht der modernen Hängelampe über dem großen Naturholztisch. »Er ist echt ein toller Junge.«

Mark sah auf seinen Sohn hinunter. »Das ist er.« Mit einem Seufzen erhob er sich von seinem Stuhl. »Leider ist er auch ein ziemlich mäkeliger Esser, deswegen bin ich wirklich froh, dass du zumindest ein bisschen Gemüse und Protein in ihn reinbekommen hast. Das Abendessen ist unser täglicher Kampf.« Er ging zum Kühlschrank und öffnete ihn. Er hatte überlegt, auf dem Heimweg etwas zu besorgen, aber sein Neujahrsvorsatz dieses Jahr lautete, sich nicht durch Faulheit und Erschöpfung davon abhalten zu lassen, seinem Sohn ein selbst gekochtes Essen zuzubereiten.

»Worauf hast du heute Lust, Kumpel? Nudeln mit Käsesoße? Spaghetti? Ein gegrilltes Käsesandwich mit Tomatensuppe? Kartoffelbrei und Hühnchen?« Das waren die vier Sachen, die Gabe zumindest meistens anstandslos aß.

Vor Kurzem hatte er sich ein Kochbuch mit Rezepten besorgt, die Gemüse so unauffällig in Mahlzeiten versteckten, dass Kinder es gar nicht merkten und trotzdem alle wichtigen Vitamine bekamen. So hatte er es schon geschafft, Blumenkohl in den Kartoffelbrei zu schmuggeln, Kürbis in die Käsenudeln und Spinat in die Spaghettisoße. Aber allmählich kam ihm Gabe auf die Schliche, weshalb sich gesunde Mahlzeiten immer schwieriger gestalteten.

»Also, eigentlich habe ich schon Abendessen gemacht«, sagte Tori zögerlich. »Ich hoffe, das ist okay.«

Mark wirbelte herum. »Du hast gekocht?«

Sie zuckte mit den Schultern, wodurch der weite Ausschnitt ihres grau gestreiften Oberteils verrutschte und eine Schulter mit schwarzem BH-Träger entblößte. Mark konnte gerade noch ein Stöhnen unterdrücken. »Gabe hat mir geholfen. Er hat sich Spaghetti gewünscht, also haben wir zusammen gekocht. Er ist ein ganz toller Hilfskoch und hat fleißig gerührt.«

Gabe neben ihr strahlte.

Sie legte eine Hand an den Mund und flüsterte: »Ich habe ihm für zehn Minuten das Tablet gegeben und ihn ein Video schauen lassen. In der Zeit habe ich Spinat, Paprika, Karotten und Brokkoli in die Soße püriert, ohne dass er es mitbekommen hat.«

Mark schüttelte ungläubig den Kopf. »Und er hat das gegessen?« So toll er es fand, dass das Abendessen schon gekocht war und er nicht mit knurrendem Magen darauf warten und erst noch seinen Sohn zum Essen überreden musste, so sehr genoss er eigentlich das gemeinsame Abendessen mit Gabe. Dabei konnten sie sich austauschen und einfach zusammen sein, es war *ihre* Zeit. Schon bevor Cheyenne sie verlassen hatte, war ihm das gemeinsame Abendessen heilig gewesen.

Tori schüttelte den Kopf. »Ich habe Gabe gefragt, ob er schon Hunger hat und essen will, bevor du kommst, oder ob er lieber warten will. Er wollte auf dich warten.«

»Wie hat er dir das denn gesagt?«

Sie machte in der Amerikanischen Zeichensprache das Zeichen für *Warten*. »Er hat es mir gesagt.«

»Du kannst Zeichensprache?«

»Nicht fließend, aber genug, um mich verständigen zu können. Wir haben uns heute viel in Zeichensprache unterhalten. Gabe ist echt gesprächig.«

»Ist er das?«

Mit einem merkwürdigen Gesichtsausdruck stand sie auf und ging zum Herd hinüber, auf dem zwei Töpfe standen. Sie drehte beide Kochplatten auf. »Spricht er mit dir denn nicht in Zeichensprache?«

»Nicht immer.« Mark ging zurück zu Gabe und setzte sich wieder neben ihn. Es fühlte sich seltsam an, Tori die Küche und das Abendessen zu überlassen, aber es schien ihr nichts auszumachen. Im Gegenteil, sie schien sich in seiner Küche ganz wie zu Hause zu fühlen.

Sie zuckte mit den Schultern, bevor sie einen Schrank öffnete und zwei Teller herausholte. »Komisch. Wir hatten heute überhaupt keine Verständigungsprobleme.«

»Er muss dich sehr mögen.«

Sie warf ihm über die Schulter ein Lächeln zu und öffnete dann die Besteckschublade. »Das will ich doch hoffen, ich mag ihn nämlich auch sehr.«

»Hat er die Soße schon probiert?«, fragte Mark, der hin und weg war von dieser Frau, die an einem einzigen Tag schon so viel bei seinem Sohn bewirkt hatte. Wenn Gabe die Soße probiert und gemocht hatte, war er gern bereit, vor ihr auf die Knie zu fallen und sie anzubeten.

Doch sie schüttelte den Kopf. »Noch nicht. Aber hoffen wir das Beste.«

Sein Blick fiel auf die zwei Teller, die sie vorbereitet hatte. Er stand auf und drückte sich vorsichtig durch den schmalen Spalt zwischen ihr und der Küchenzeile, darauf bedacht, sie nicht aus Versehen zu berühren. Ihre bloße Anwesenheit in seinem Haus brachte ihn schon völlig aus dem Konzept, wenn er sie auch noch berühren würde, wäre er vollkommen verloren. Aber er war ihr nah genug, um ihren Duft wahrnehmen zu können. Als er sich zum Hängeschrank drehte, schloss er die Augen und atmete tief ein. Gott, sie roch verdammt gut. Er hatte keine Ahnung, was das für ein Duft war, aber er roch blumig und feminin und passte perfekt zu ihr.

Er holte einen weiteren Teller aus dem Schrank und stellte ihn neben die anderen beiden.

Tori sah verwirrt zu ihm auf.

»Du hast für uns gekocht, also solltest du auch mit uns essen.«

Tori schüttelte den Kopf und wollte nach dem Teller greifen, aber er stoppte sie. Dabei berührten sich ihre Hände, und ein Stromstoß schoss durch seine Hand – von ihren feingliedrigen

Fingern seinen Arm hinauf und direkt in sein Herz, um schließlich irgendwo zwischen seinen Beinen zu landen.

»Ich will mich wirklich nicht aufdrängen oder stören«, sagte sie und zog ihre Hand schnell zurück. »Ich habe nur gekocht, weil es langsam spät geworden ist und ich es für eine gute Möglichkeit hielt, mit Gabe Zählen und Feinmotorik zu üben. Er hat alle Nudeln gezählt, bevor ich sie in den Topf getan habe, und hat dazu jede einzelne mit den Fingern hochgehoben.«

Das war eine großartige Idee. Wieso war er selbst noch nicht darauf gekommen? Er war immer auf der Suche nach neuen Wegen, Gabe in verschiedene Aufgaben im Haushalt zu integrieren und gleichzeitig seine Übungen in ihren Alltag einzubinden.

Jetzt musste Tori erst recht zum Essen bleiben.

Obwohl er wusste, was es ihm abverlangen würde, und in der Hoffnung, ihr keinen falschen Eindruck zu vermitteln – obwohl seine Gedanken, was sie betraf, sowieso alle falsch waren –, legte er Tori eine Hand auf die Schulter. »Bitte bleib noch. Wie du vorhin selbst gesagt hast, ihr hattet so einen tollen Tag, das sollten wir alle zusammen feiern. Und du hast dir Mühe mit dem Essen gegeben, also solltest du es auch genießen dürfen.«

Sie biss sich mit den Vorderzähnen leicht auf die Unterlippe. Wie gern er an dieser Lippe knabbern würde.

»Außer natürlich, du hast andere Pläne?«

Ihre goldene Kette war verdreht, und der kleine Herzanhänger lag in der kleinen Grube ihres langen, sexy Halses. Er sah, wie sich ihre Kehle bewegte, als sie schluckte und sich mit der Zunge über die Lippen fuhr.

Verdammt, er hatte seine Hand noch immer nicht von ihrer Schulter genommen. Und es war auch noch die Schulter, von der das Oberteil gerutscht war. Seine Hand lag also direkt auf ihrer seidig weichen Haut. Und auf ihrem BH-Träger.

»K-keine Pläne«, stammelte sie und leckte sich wieder über die Lippen. »Ich will euch nur nicht stören.«

Widerstrebend zog er seine Hand zurück. »Du störst überhaupt nicht. Wir haben dich gern hier.« Er drehte sich zu Gabe um. »Stimmt doch, Kumpel, oder?«

Gabes Antwortgrinsen war riesig.

Tori wischte sich mit ihrer Serviette über den Mund und lehnte sich in ihrem Stuhl zurück. Unauffällig musterte sie Mark. Sein dunkles Haar kräuselte sich wirr bis knapp unter seine Ohren, und an seiner Stirn standen ein paar widerspenstige Locken zu Berge. Eine jungenhafte, wilde Frisur, aber sie stand ihm hervorragend. Genauso wie der kurz gestutzte Bart, der sein Kinn bedeckte.

Er begegnete ihrem Blick und schenkte ihr ein unerwartetes Lächeln, das sein verwegen gutes Aussehen noch mehr betonte. »Tja, so wie es aussieht, kannst du wahre Wunder vollbringen. Sieh dir nur Gabes Teller an.«

Gabe war gerade dabei, mit dem Finger den allerletzten Rest Spaghettisoße von seinem Teller zu kratzen, Nudeln und Knoblauchbaguette hatte er schon längst verputzt.

»Ich gebe zu, ich habe eine Geheimzutat in die Soße gemischt, als er nicht hingeschaut hat. Die macht jedes Essen für Kinder einfach unwiderstehlich.«

Mark hob erwartungsvoll eine Augenbraue.

»Crack.«

Sein Grinsen wurde breiter und – wenn das überhaupt möglich war – noch umwerfender.

»Ich kenn einen Typen, der das Zeug billig verkauft. Nennt sich Schleimi, aber seine Ware ist echt gut. Er dealt meistens neben der Rosemont Grundschule, verschafft den ganzen Eltern da den nötigen Kick. Verdient sich dumm und dämlich daran.«

Sein warmes Lachen rollte über sie hinweg, und am liebsten hätte sie sich darin eingewickelt wie in einen Kaschmirschal.

»Dann richte Schleimi doch bei Gelegenheit gern meinen Dank aus. Ich bin mit absolut allem einverstanden, was mein Kind dazu bringt, sein Gemüse zu essen. Ich kann Gabe ja einfach ein Rezept für Methadon schreiben, wenn das Kokain irgendwann zum Problem werden sollte.«

Tori warf lachend den Kopf in den Nacken. Sie war froh, dass Mark einen ähnlichen Sinn für Humor hatte wie sie. Ken hätte sie jetzt angeschaut, als hätte sie den Verstand verloren. Er hatte ihre trockenen und manchmal durchaus morbiden Witze nie lustig gefunden.

»Hast du noch mehr Rezepte und Tricks auf Lager?«, fragte Mark, während er aufstand und ihre Teller in die Spülmaschine räumte.

Sie bedankte sich und folgte ihm dann mit Soßenschüssel und Brotkorb. »Ein paar Tricks habe ich noch, ja. Ich besitze ein Kochbuch mit Ideen, wie man Kindern Gemüse unterjubeln kann.«

Mark unterbrach das Einräumen der Spülmaschine, öffnete den Hängeschrank darüber und zog ein Buch hervor. »Meinst du das hier?«

Tori lachte. »Genau das. Aber die Autorin mischt immer nur

ein oder zwei Gemüsesorten in ein Rezept. Ich finde aber, entweder ganz oder gar nicht, und werfe gleich mehrere Sorten rein. Außerdem habe ich einige ihrer Rezepte etwas abgewandelt und mir auch selbst ein paar ausgedacht.«

Mit einem Kopfschütteln stellte Mark das Buch zurück an seinen Platz. »Ich habe schon ein paar von den Rezepten ausprobiert, aber entweder mache ich was falsch, oder Gabe hat den Super-Geschmackssinn, er verweigert nämlich trotzdem das meiste. Ich fürchte, er ist mir ziemlich schnell auf die Schliche gekommen.«

Tori kippte den Rest der Nudelsoße in ein Schraubglas und stellte es in den Kühlschrank. »Also, ich kann gern öfter für Gabe kochen.« Sie wandte sich Mark zu. »Und für dich natürlich auch, wenn du willst. Das macht mir nichts aus. Dann haben wir wenigstens etwas zu tun, wenn Gabe zu müde für richtige Übungen ist.«

»Ich kann doch nicht von dir verlangen, dass du uns bekochst.« Sein Tonfall verriet ihr, dass er eigentlich sehr gern von ihr bekocht werden würde, es aber für zu viel verlangt hielt.

Sie wusste, wie es war, nach einem langen Arbeitstag nach Hause zu kommen und dann auch noch kochen zu müssen. Über ihre drei Jobs verteilt hatte sie regelmäßig zehn bis zwölf Stunden gearbeitet und jeden Abend wieder gehofft, dass Ken wenigstens daran gedacht hatte, irgendwas aufzutauen. Doch sie war immer wieder enttäuscht worden. Ken hatte dann auf dem Sofa lümmelnd schon auf sie gewartet, völlig »fertig vom Lernen«, wie er behauptete, und ihr das Kochen und Putzen überlassen.

Ihre Ehe war nie ausgewogen oder gar fair gewesen.

»Ich weiß, wie es ist, wenn man zu müde zum Kochen ist«,

sagte sie schließlich. »Es macht mir wirklich nichts aus, das zu übernehmen. Wenn du das möchtest. Ich meine, ich koche ja eigentlich für Gabe, und das gehört doch sowieso zu meinen Aufgaben, oder?«

»Ja, schon ...«, sagte Mark zögernd. Sein Blick fiel auf Gabe, der mit müden Augen am Tisch saß. Der Kleine sah so aus, als würde er jeden Moment mit dem Kopf auf seinem Teller einschlafen. Er war den ganzen Tag so fleißig und brav gewesen, kein Wunder, dass er jetzt völlig erschöpft war.

»Ich sollte jetzt gehen«, sagte Tori, der Marks Blick nicht entgangen war. »Und euch nicht länger von eurer gewohnten Routine abhalten. Ich bin schon viel zu lange geblieben.«

Marks Blick flog sofort zu ihr zurück. »Nein, gar nicht. Ähm ...« Er fuhr sich mit der Hand durch die Haare, wirkte fast ein wenig nervös. »Bleib bitte noch kurz. Lass mich nur eben das Bad für Gabe einlassen und ihn bettfertig machen, dann komme ich noch mal raus und würde gern mit dir reden.« Der Blick, mit dem er sie ansah, war eindringlich, fast flehend. »Bitte?«

Sie nickte und räumte Gabes Teller vom Tisch. Er war so sauber geschleckt, dass man ihn fast in den Schrank zurückstellen konnte.

Mark schnappte sich den verschlafenen Gabe und setzte ihn sich auf die Hüfte. »Na komm, kleiner Mann. Ab in die Wanne mit dir, damit du schnell ins Bett kannst. Du hattest einen aufregenden Tag, kein Wunder, dass du müde bist.«

Plötzlich riss Gabe die Augen auf und sah besorgt zu Tori hinüber, seine Unterlippe begann leicht zu beben.

»Alles okay«, sagte sie und schenkte ihm ein beruhigendes Lächeln, während sie sich die Hände an einem Geschirrtuch abtrocknete. »Ich komme morgen wieder, und wir machen einfach alles noch mal. Aber jetzt geh erst mal mit deinem Papa mit und genieß dein Bad.«

Gabes Lider sanken wieder auf Halbmast, und er lehnte seine Wange an Marks Schulter. Aber er hob noch einmal die Hand und formte eine improvisierte, einhändige Version des Zeichens für »Gute Nacht«, bevor er und Mark um die Ecke verschwanden.

»Gute Nacht, Kleiner. Schlaf schön.«

Eine Welle von Unsicherheit überkam sie, während sie durch ihr Handy scrollend auf Mark wartete. Alles, was sie bisher getan hatte, schien zu seiner Zufriedenheit gewesen zu sein. Auch ihre Witzeleien beim Essen und sein Lachen waren doch sicher ein gutes Zeichen. Außerdem hatte er sie eingeladen, mit ihnen zu essen. Und trotzdem ... War irgendetwas vorgefallen, das ihr entgangen war? Hatte sie aus Versehen irgendeine Grenze überschritten? War er unzufrieden? Wollte er sie entlassen? Wieso hatte er sie gebeten, noch zu bleiben?

Hör auf, schon wieder viel zu viel in alles hineinzuinterpretieren.

Sie hatte sich schon Hals über Kopf in den kleinen Gabe verliebt und konnte sich nicht vorstellen, ihn wieder zu verlassen. Außerdem brauchte sie diesen Job. Sie wollte die nächsten Monate sparen, um sich eine eigene Bleibe leisten zu können, wenn die Freunde ihrer Eltern, in deren Wohnung sie momentan untergekommen war, im Frühjahr aus Arizona zurückkamen. Ein kleiner Notgroschen wäre mehr als willkommen, wenn sie in ihr neues Leben startete. Außerdem hatte sie schon einige E-Mails mit Janice Sparks gewechselt, und die Praktikumsstelle in deren Praxis klang einfach toll. Sie würde direkt mit Janice zusammenarbeiten und konnte so ihre Praxisstunden parallel zu ihrer Ausbildung absolvieren. Auf diese Art hätte sie das Zertifikat als Verhaltenstherapeutin in Rekordzeit in der Tasche.

Inzwischen war es schon kurz vor sieben. War sie noch offiziell im Dienst?

Zu Hause wartete noch eine Ladung Wäsche auf sie, und sie wollte sich in ein paar der Onlinemodule einlesen, die Janice ihr empfohlen hatte.

Plötzlich ploppte eine Nachricht von Ken auf dem Bildschirm ihres Handys auf. Sie löschte sie, ohne sie zu lesen. Dabei sah sie, dass er ihr auch zwei E-Mails geschrieben hatte, und löschte diese ebenfalls. Sie hatte ihm nichts mehr zu sagen. Wenn er mit ihr reden wollte, sollte er sich doch einen Anwalt besorgen. Sie musste erst noch ein wenig sparen, bis sie das selbst tun konnte.

Tori stieß laut den Atem aus. Verdammter Ken, jetzt waren sie schon getrennt, und er bereitete ihr immer noch Kummer.

Sie hörte, wie sich Marks Schritte im Flur näherten, schaltete hastig den Bildschirm ihres Handys aus und legte es umgedreht neben sich auf den Tisch.

Er kam mit dem lockeren Gang eines Mannes auf sie zu, der alles unter Kontrolle hatte. Ein Mann, der sich seines Standes bewusst war und das Wort *Nein* wohl nur selten hörte. »Der Kleine schläft tief und fest. Er konnte schon in der Wanne kaum noch die Augen offen halten und war dann nach nicht mal zwei Seiten aus seinem Lieblingsbuch weg. Was auch immer du getan hast, hat ihn echt ausgepowert.«

»Das liegt am Crack, ich sag's dir.«

Der Mann hätte wirklich Werbung für Zahnpasta machen

können, so umwerfend war sein Lächeln. »Muss wohl so ein. Vielleicht hat Schleimi Tryptophan reingemischt?«

»Das wäre doch mal was. Aufputsch- und Schlafmittel in einem.«

Er setzte sich ihr gegenüber an den Tisch und dehnte seinen Nacken, bis es leise knackte. Die Nähte des schwarzen T-Shirts, gegen das er sein Hemd getauscht hatte, spannten sich über muskulösen Armen und Schultern.

Tori wartete einfach ab. Wartete und starrte. Es war fast unmöglich, Mark nicht anzustarren. Der Mann war einfach zum Niederknien. Aus grünen Augen, so strahlend wie geschliffene Smaragde, erwiderte er ihren Blick. Sie hatte in ihrem ganzen Leben noch keinen Mann getroffen, der so sehr dem Ideal eines Alphatiers entsprach. Er war imposant, selbstsicher, einschüchternd und trotzdem einfach zum Dahinschmelzen. Er weckte seit Langem brachliegende Gefühle in Tori. Hatte sie überhaupt schon mal so empfunden? Sie konnte sich nicht erinnern, sich jemals so sehr, so intensiv zu Ken hingezogen gefühlt zu haben.

Mit einem tiefen Seufzer, der von einem langen, harten Tag zeugte, faltete Mark seine großen Hände vor sich auf dem Tisch. Sie starrte sie an und stellte sich vor, wie sie sich an ihrer Taille anfühlen würden, ihr sanftes Streicheln an ihren Brüsten. Wie es wäre, wenn diese Finger mit ihren Haaren spielen würden …

»Ich möchte mich noch mal bei dir bedanken«, begann Mark und riss sie damit aus ihren Träumereien. »Mir ist bewusst, dass ich dich auf eher unkonventionelle Art und Weise eingestellt habe, und ich weiß er sehr zu schätzen, dass du uns – Gabe und mir – trotzdem eine Chance gegeben hast. Er scheint total vernarrt in dich zu sein. Was auch immer du tust, hör auf keinen

Fall auf damit. Seine Lehrerin war übrigens auch sehr beeindruckt von dir.«

Er hatte mit Mrs. Samuelson gesprochen? Sein Gesichtsausdruck schien das zu bestätigen. Er verriet ihr außerdem, dass er immer ein Auge auf seinen Sohn haben würde und dass es in seinem Haus, was Gabe betraf, keine Geheimnisse gab.

Er ging jedoch nicht weiter darauf ein, sondern fuhr fort: »Ich würde gern dein Gehalt erhöhen, wenn du jetzt zusätzlich auch noch für uns kochst. Ich kann gar nicht in Worte fassen, wie dankbar ich bin, nach Hause kommen zu können, ohne mich noch um das Abendessen kümmern zu müssen. Ganz abgesehen von der Tatsache, dass Gabe anstandslos aufgegessen hat.« Er seufzte. »Ich kann mich nicht mal mehr dran erinnern, wann er das letzte Mal seinen Teller so leergeschleckt hat.«

»Er ist einfach ein tolles Kind.« Ihr fiel nichts anderes ein, was sie sagen konnte. Sein intensiver Blick brachte sie ganz durcheinander.

»Ich fände es schön, wenn du bleiben und mit uns essen würdest, wann immer du Zeit dafür hast. Das gibt uns die Möglichkeit, uns etwas besser kennenzulernen, und du musst nicht nach Hause gehen und dort noch einmal kochen. Du versorgst uns, also lass uns auch für dich sorgen.«

»Das ist wirklich nicht nötig …«

Er unterbrach sie. »Ich bestehe darauf. Nur, wenn du Zeit hast natürlich. Wenn du etwas vorhast …« Er schwieg kurz. »… oder ein *Date* hast, kannst du natürlich gern gehen, sobald ich zu Hause bin. Ich will nur nicht, dass du das Gefühl hast, gehen zu *müssen*. Wir können beim Essen Gabes Tag durchsprechen, seine Fortschritte und Herausforderungen, und natürlich auch über alle andere reden.«

Alles andere …

Sie konnte seinem Blick nicht länger standhalten und sah hinunter auf die Tischplatte. »Danke. Das ist wirklich sehr nett.«

Dieser Mann ließ alles in ihr auflodern. Eben noch war sie selbstbewusst und locker gewesen, hatte Witze über Heroin gemacht, und im nächsten Moment konnte sie kaum noch stillsitzen, weil die Schmetterlinge in ihrem Bauch einen regelrechten Tornado auslösten.

Die Atmosphäre im Raum hatte sich schlagartig verändert. Die Luft zwischen ihnen schien so schwer, als könnte man sie greifen. Pheromone hüpften wild zwischen den eierschalfarbenen Küchenwänden hin und her.

»Du bist übrigens eine hervorragende Köchin.«

Durch ihre dichten Wimpern sah sie zu ihm auf. »Danke.«

Wieso war sie immer so nervös, wenn er in ihrer Nähe war?

Vielleicht weil er ein achtunddreißigjähriger, attraktiver Arzt ist, mit dem du nur zu gern Doktorspiele spielen würdest. Nur ist er leider auch dein Boss, und du bist auf diesen Job angewiesen.

Sie blies sich eine Ponysträhne aus der Stirn, und ihr Blick huschte zu der Uhr am Ofen.

Mark folgte ihrem Blick. »Es wird wohl langsam spät. Ich will dich nicht länger aufhalten.«

Als er sich erhob, tat Tori es ihm gleich und ging zu der kleinen Bank an der Wand, auf der sie ihre Tasche abgelegt hatte. Schweigend gingen sie nebeneinander ins Foyer. Mark nahm ihren Mantel von der Garderobe, und sie dachte schon, er würde ihn einfach an sie weiterreichen, doch wie ein echter Gentleman hielt er ihn auf, damit sie hineinschlüpfen konnte.

Seine Fingerknöchel streiften ihren Hals, als sie die Arme in die Ärmel schob. Wieder schickte die Berührung einen Funkenstrom durch ihren Körper und ließ ihre Brustwarzen hart werden. Sie trat einen Schritt nach vorn, weg von der Hitze seines Körpers und seinem umwerfend männlichen Duft. Langsam drehte sie sich zu ihm um, knöpfte ihren Mantel zu und befreite ihr langes Haar aus dem Kragen.

Er beobachtete sie dabei, ohne ein Wort zu sagen.

Bildete sie sich die Spannung zwischen ihnen nur ein? Oder war da wirklich etwas? Sie war nicht sicher. War er immer so eindringlich? Wie sollte sie auf Dauer damit klarkommen?

Sie war vollkommen nüchtern, aber Marks Nähe verwandelte ihr Gehirn in Zuckerwatte und wirbelte ihre Gedanken durcheinander, als hätte sie ihren Kopf in einen Mixer gesteckt.

Er schob die Hände in die Taschen seiner hellblauen, verwaschenen und verdammt sexy Jeans und wippte auf seinen nackten Füßen leicht vor und zurück. »Dann sehen wir dich morgen.«

Sie hängte sich ihre Tasche über die Schulter und nickte. »Ja. Bis morgen.«

Er öffnete ihr die Tür, immer noch ganz Gentleman. »Hab noch einen schönen Abend.«

Sie musste einen dicken Kloß in ihrer Kehle herunterschlucken und machte einen Schritt nach vorn. Ihr Körper sträubte sich dagegen, die Wärme von Marks Haus zu verlassen, Mark selbst zu verlassen. Sie trat auf den Fußabstreifer vor der Tür. Vereinzelte Regentropfen fielen vom Dachvorsprung. Es war dunkel draußen, aber das Terrassenlicht ließ den Nebel im Garten warm leuchten. Mark lehnte sich an den Türrahmen, die Hände in den Hosentaschen, die Beine am Knöchel verschränkt.

Hatte sie je zuvor etwas so Attraktives gesehen?

Nein.

»Gute Nacht, Tori. Träum was Schönes.«

Ihre Brust hob und senkte sich hektischer als nach jeder Joggingrunde. »Ja … du auch.«

Dann ging sie zu ihrem Auto, fuhr zum nächsten Supermarkt und kaufte sich ein Vierundzwanziger-Pack AA-Batterien. Ihr Vibrator hatte keine Ahnung, was heute Nacht auf ihn zukam.

Kapitel 5

Er konnte die Schreie aus dem Haus bis in sein Auto hören, kaum dass der Motor verstummt war. Diese Schreie waren ihm nur allzu vertraut.

Armer Gabe.

Arme Tori.

Sie arbeitete nun schon einen knappen Monat mit Gabe, und es lief phantastisch. Sein Sohn hatte in den letzten vier Wochen größere Fortschritte gemacht als davor in Monaten und Jahren. Aber heute hatte ihm Tori eine Nachricht geschickt, dass Gabe einen ungewöhnlich schlechten Tag hatte. Seine Vorschullehrerin Mrs. Samuelson war krank, und eine Vertretung hatte den Unterreicht übernommen, was Gabe überhaupt nicht gefiel. Er hatte sich geweigert, etwas zu essen, einen seiner Klassenkameraden geschlagen und, wie Tori es ausdrückte, den ganzen Tag zu kämpfen gehabt. Mark war klar, dass das noch nett formuliert war. Vor ein paar Stunden hatte er die Schulleitung angerufen und sich lange mit ihr unterhalten. Die Vertretungslehrerin – die Arme – war völlig traumatisiert von Gabes Ausbrüchen und Trotzanfällen und weigerte sich, am nächsten Tag noch einmal zum Unterricht zu erscheinen. Mark hatte der Direktorin gesagt, dass stattdessen Gabe bis zur Genesung seiner Lehrerin zu Hause bleiben würde.

Vor etwa einer Stunde hatte Mark sich dann auch noch mal bei Tori gemeldet und erfahren, dass Gabe noch immer »zu kämpfen« hatte. Er weigerte sich, seine Übungen zu machen, und nicht einmal ein Ausflug in den Park, sein iPad oder das gemeinsame Kochen konnten ihn beruhigen.

In der ersten Zeit, nachdem Cheyenne sie verlassen hatte, waren solche Episoden keine Seltenheit gewesen. Die plötzliche Veränderung und der Verlust der vertrauten Bezugsperson hatten Gabe völlig aus der Bahn geworfen. Und Gabe mochte Mrs. Samuelson sehr, daher war seine Reaktion darauf, dass sie ohne Vorwarnung heute nicht da gewesen war, durchaus verständlich. Vermutlich dachte er, dass sie nie wiederkommen würde, genau wie seine Mom.

Mark war davon ausgegangen, dass Tori heute keine Zeit gehabt hatte, das Abendessen zu kochen, und hatte auf dem Heimweg Brathähnchen und Salat besorgt. Was auch immer ihn zu Hause erwartete, er wollte zumindest in Sachen Essen vorbereitet sein, um der armen Tori, die den ganzen Tag mit seinem aufgebrachten Sohn allein gewesen war, wenigstens etwas anbieten zu können.

Mark öffnete die Tür, die von der Garage direkt ins Haus führte. Sofort wurde das Geschrei noch lauter, es schien aus der Küche zu kommen. Er hängte seinen Mantel an die Garderobe und stellte seine Aktentasche ab, dann ging er um die Ecke in die Küche.

Gabe lag mit dem Rücken auf dem Boden und kickte sich mit einem Fuß unablässig im Kreis. Er hatte beide Hände in seine Haare vergraben und zog heftig daran. Tränen strömten in wahren Sturzbächen seine Wangen hinunter, und Rotz lief aus seiner Nase.

Wo zum Teufel war Tori?

»Ich bin hier, wenn du bereit für eine Umarmung bist, Gabe.

Aber wenn du noch einmal versuchst, mich zu schlagen, lasse ich dich sofort los. Es wird nicht geschlagen.«

Als Mark ihre Stimme hörte, ging er um die Kochinsel herum und entdeckte sie dahinter auf dem Boden sitzend. Auch sie hatte Tränen in den Augen, und eine lange Kratzwunde zog sich über eine Seite ihres Gesichts.

Verdammt!

Sie hob den Blick, und als sie ihn sah, traten noch mehr Tränen in ihre Augen. »Es tut mir leid«, sagte sie, wobei sie fast schreien musste, um gegen Gabes Heulen anzukommen. Sie ließ den Kopf hängen und wischte sich mit dem Handrücken die Tränen von den Wangen. »Ich habe alles versucht, ehrlich.«

Mark kniete sich neben sie und hob mit seinem Zeigefinger ihr Kinn an. Ihre himmelblauen Augen wirkten so traurig. Dachte sie etwa, dass sie ihn enttäuscht hatte? Oder Gabe? Ihre Unterlippe bebte, und sie schniefte. Am liebsten hätte er sie in die Arme geschlossen und ihr gesagt, dass alles in Ordnung war. Dass Gabe nun mal von Zeit zu Zeit diese Anfälle hatte und dass es kein Versagen war, wenn man ihn in einer solchen Situation nicht beruhigen konnte. Aber das konnte er nicht. Er konnte sie nicht einfach in die Arme ziehen. Konnte die Hände nicht durch ihr seidiges kastanienbraunes Haar gleiten lassen und ihr dabei ins Ohr flüstern, was er für sie empfand.

Stattdessen streckte er die andere Hand aus und fuhr mit dem Daumen vorsichtig über die Schramme auf ihrer Wange. »War das Gabe?« Der Kratzer war dunkelrot, an einer Stelle blutete er leicht.

Sie zuckte zusammen, als er die Wunde berührte, und schloss die Augen – und dann schmiegte sie ihre Wange in seine Hand.

Oha.

Er zog seine Hand zurück, und sie riss sofort die Augen auf. Eine unwiderstehliche Röte zog sich über ihren Hals, bis in die Wangen. Sie wusste genau, was sie getan hatte.

Gabes Schreie gingen in ein schrilles Kreischen über, und sie verzogen die Gesichter, der intime Moment war vergessen. Tori strich mit der Hand über die Stelle, wo eben noch sein Daumen gelegen hatte, und wischte das Blut weg. »Er hat es nicht absichtlich getan. Ich bin ihm deswegen auch wirklich nicht böse. Wenn überhaupt, hat ihn das nur noch mehr aus der Fassung gebracht – die Tatsache, dass er mir wehgetan hat.«

Mark presste die Lippen zusammen und streckte erneut die Hand nach ihr aus. Er konnte sich einfach nicht davon abhalten, er musste sie berühren. Er fuhr mit dem Daumen über ihre Wange und strich eine einsame Träne fort, dann reichte er ihr die Hand und half ihr auf die Füße.

»Habt ihr schon gegessen?«

Sie schüttelte den Kopf. »Nein. Es tut mir sehr leid, aber ich bin einfach nicht dazu gekommen, etwas zu kochen. Wenn du kurz bei Gabe bleibst, kann ich aber schnell irgendwas zusammenwerfen.«

»Musst du nicht. Ich habe was mitgebracht. In der Tüte da sind Brathähnchen und verschiedene Salate. Bedien dich einfach.«

Sie ging zu der Tüte und stellte die verschiedenen Schachteln auf den Küchentresen, während Mark sich neben seinen Sohn kniete. Gabe schien nicht mal bemerkt zu haben, dass sein Vater nach Hause gekommen war.

»Hey, Kumpel. Ich habe gehört, dass du heute einen echt schweren Tag hattest.« Über das laute Jammern des kleinen Jungen konnte er kaum seine eigenen Gedanken hören.

Wenigstens kreischte er nicht mehr.

Mark legte eine Hand auf Gabes Stirn. Er fühlte sich warm an, vielleicht hatte er sich irgendwas eingefangen? Wäre nicht das erste Mal.

Mark brachte sein Gesicht auf Augenhöhe mit Gabe, so dass dieser ihn ansehen musste. Erkennen blitzte in den grünen Augen auf, aber der Junge hörte nicht auf zu jammern.

Mark schaffte es, Gabes fuchtelnde Hände einzufangen und mit sanftem Druck vor dessen Brust zu verschränken. Dann hob er den Kleinen hoch, schloss ihn in die Arme und drückte ihn fest an seine Brust. Nach etwas Hin und Her gelang es ihm, Gabe so zu positionieren, dass er rittlings auf seinem Schoß saß, je ein Bein neben seiner Hüfte, die Arme noch immer fest zwischen ihre Oberkörper gepresst. Das Jammern und Stöhnen seines kleinen Jungen nahm langsam ab, und auch seine Atmung beruhigte sich. Endlich sank Gabes heiße Wange gegen Marks Schulter, und er spürte den warmen Atem an seinem Hals, ruhig und gleichmäßig.

Mark rieb in sanften, rhythmischen Kreisen über den schmalen Rücken seines Sohns und murmelte beruhigende Worte. So hatte er es schon gemacht, als Gabe noch ein Baby gewesen war. Er hatte damals sehr mit Koliken zu kämpfen gehabt und mehrere Monate lang nur so einschlafen können, an Marks Brust geschmiegt, mit leisen Worten und sanftem Streicheln.

Es war vollkommen egal, dass er als Arzt natürlich wusste, dass Babys in ihrem eigenen Bett und am besten auf dem Rücken schlafen sollten und bla, bla, bla. Aber Gabe war *sein* Kind, und sein Kind hatte gelitten. Also hatte Mark genau das getan, was jeder Vater tun würde, der sich wünschte, seinem Kind den Schmerz nehmen zu können: Er verbrachte jede Nacht in einem Sitzsack, seinen Sohn auf der Brust. Damals hatte es sich so angefühlt, als würde diese Phase niemals enden, als würde Gabe noch als Achtzehnjähriger auf Marks Brust schlafen. Tatsächlich waren es nur ein oder zwei Monate gewesen.

Mark vermutete, dass er es diesen Nächten zu verdanken hatte, dass sie von Anfang an eine so starke Verbindung gehabt hatten. All diese Nächte, die sie zu zweit im Wohnzimmer verbracht hatten, ihre Herzen im gleichen Rhythmus schlagend, ganz nah. Cheyenne hatte Probleme mit dem Stillen gehabt, deswegen hatte Gabe schon mit vier Monaten die Flasche bekommen. Wann immer Mark zu Hause war, war das Fläschchenmachen seine Aufgabe gewesen. Genauso wie das Windelnwechseln und eigentlich auch alles andere, das mit Gabe zu tun hatte. Er war Gabes sicherer Hafen, derjenige, der für ihn sorgte. Es war nicht so, dass Cheyenne keine gute Mutter gewesen wäre – zumindest zu Beginn –, sie war großartig gewesen. Aber Gabe und Mark verband etwas Besonderes. Wenn er die Wahl zwischen Mark und Cheyenne gehabt hatte, hatte sich Gabe immer für Mark entschieden.

Jetzt spürte Mark, wie sein Sohn tief Luft holte, während sein Körper sich zunehmend entspannte und immer schwerer gegen seine Brust sank.

»Ganz genau, Kumpel. So ist es gut. Tief atmen.«

Ab und zu gab Gabe ein leises Wimmern von sich, und sein Körper zuckte, während er sich um Entspannung bemühte.

Mark fuhr ruhig damit fort, seinen Rücken zu streicheln und leise vor sich hin zu murmeln. »Genau so. Du machst das ganz toll, kleiner Mann.«

Er war nicht sicher, wie lange er so dasaß, mit seinem Sohn auf dem Schoß, und sich sanft vor und zurück wiegte. Erst als Tori ihn irgendwann an der Schulter berührte, wurde ihm bewusst, dass er die Augen geschlossen hatte.

»Gabe ist eingeschlafen«, flüsterte sie.

Damit hatte Mark gerechnet. So lief es meistens ab. Leider würde er trotzdem keine ruhige Nacht haben, dank des Kortisolüberschusses in seinem Gehirn und weil er nichts gegessen hatte. Er war sicherlich vor Mitternacht wieder wach, und mindestens noch zweimal danach.

Mark nickte und stand vorsichtig auf, seinen Sohn dabei noch immer fest an sich gedrückt. Er sah Tori fragend an, und sie bestätigte ihm mit einem erhobenen Daumen, dass Gabe noch immer tief und fest schlief.

Mit einem Stöhnen – weil er eben langsam ein alter Mann war und sein Hintern nicht mehr auf den Boden gehörte – spürte er seine Knie knacken und ein unangenehmes Ziehen im Rücken. Außerdem wurde Gabe langsam ziemlich schwer. Morgen würde er jeden Muskel spüren.

Er trug seinen schlaffen Sohn in sein Bett, zog ihm Schuhe und Socken von den Füßen und deckte ihn zu. Dann löschte er das Licht und kniete sich neben Gabes Bett, das Gesicht nur wenige Zentimeter von dem seines Sohns entfernt. Er strich ihm die schweißnassen Haare aus der Stirn und beugte sich vor, um ihm einen Kuss zu geben. Und dann noch einen. Der erste war von ihm, seinem Vater, und der zweite war von einer Mutter, die er nicht mehr hatte.

»Ich liebe dich«, flüsterte er, bevor er sich vorsichtig erhob und zur Tür ging. »Für sie magst du zu anstrengend und eine zu große Herausforderung gewesen sein, aber für mich bist du perfekt, genau so, wie du bist.« Dann zog er die Tür zu und ging den Flur entlang zurück zur Küche.

Als er um die Ecke bog, ließ ihn das Bild, das sich ihm bot, mitten im Schritt innehalten. Ganz so, als ob sie hier zu Hause wäre, stand Tori summend in der Küche und schwang die Hüften zu ihrer leisen Melodie. Sie hatte ihm den Rücken zugewandt und werkelte am Küchentresen, vermutlich war sie dabei, das mitgebrachte Essen auf Teller zu verteilen. Sie hatte ein Bier für ihn geöffnet und neben Besteck und Salatschüsseln auf den Tisch gestellt.

Er vermisste es, jemanden zu haben, der ihn zu Hause erwartete. Jemanden, mit dem er seinen Tag teilen konnte, sein Zuhause, sein Leben. Ihm fehlte das Rumalbern beim Abendessen, die leisen Gespräche, nachdem Gabe im Bett war und sie es sich vor dem Fernseher gemütlich gemacht hatten. Er vermisste es, neben jemandem einzuschlafen. Er vermisste die Liebe.

Er räusperte sich. »Was ist das für ein Lied?« Er griff nach der Flasche auf dem Tisch und nahm einen tiefen Schluck, genoss den Geschmack des San Camanez Island Honigbiers. Davon würde er sich sicher noch ein paar gönnen, bevor der Abend zu Ende war.

Tori wirbelte herum. Sie war dabei, das Brathähnchen auseinanderzunehmen, und ihre Finger glänzten fettig. »Oh, ähm, keine Ahnung. Einfach ein Ohrwurm.«

Er nickte, unschlüssig, was er als Nächstes sagen sollte.

So schien es zwischen ihnen immer zu sein. Eine Weile konnten sie ungezwungen miteinander scherzen und lachen, bis sein Gehirn plötzlich von *anderen* Organen zur Seite gedrängt wurde und ihm einfach keine Worte mehr einfielen.

»Ich bin fast fertig«, sagte sie mit einem leisen Seufzen. »Hast du eigentlich absichtlich die mit den größten Brüsten ausgesucht? Die sind echt riesig!« Sie seufzte noch einmal, dann stieß sie ein triumphierendes *Ha!* aus. »Na endlich.«

Mark lachte leise in sich hinein. Die *Hühner*brüste waren das Letzte, wofür er sich interessierte.

Er schlenderte zu ihr hinüber und stellte sich neben sie. Es gab absolut keinen Grund, sich so dicht neben sie zu stellen und ihr zuzusehen, aber er wollte es. Er wollte ihr so nah wie möglich sein. Verdammt, er wollte es nicht nur, er *brauchte* ihre Nähe. Wenn Tori bei ihm war, spürte er tief in sich ein Ziehen, das er schon sehr lange nicht mehr empfunden hatte. Es zog ihn zu ihr. Brachte ihn dazu, sie berühren zu wollen. Sie beschützen zu wollen. In dem Moment fiel ihm der Kratzer auf ihrer Wange wieder ein. Er riss ein Stück Küchenrolle ab und hielt es kurz unter den Wasserhahn des Spülbeckens.

»Komm her«, sagte er und drehte sie zu sich um. »Ich muss das sauber machen.« Nein, musste er nicht, aber er nutzte eben jede Entschuldigung, um ihr nahe zu sein.

»Achtung, meine Finger sind voller Fett«, sagte sie, während sie sich ihm gehorsam zuwandte. Sie blinzelte ein paarmal, bevor sie ihn direkt ansah. »Mir geht's gut, Mark. Ich bin mir sicher, dass man es morgen kaum noch sehen wird. Und Gabe hat es wirklich nicht absichtlich getan.«

»Schhh. Lass den Doktor mal machen.« So sanft wie möglich wischte er mit dem nassen Küchenpapier das Blut weg und reinigte die Wunde, so gut es ging. Der Kratzer war nicht tief, aber eine kleine Narbe würde vermutlich trotzdem zurückbleiben, und ganz sicher war die Schramme morgen noch zu sehen. Vielleicht sogar die ganze Woche. Es machte ihn krank, dass ausgerechnet sein Sohn ihr das angetan hatte.

Sie blinzelte wieder und öffnete leicht die Lippen, so dass ihr sanfter Atem sein Handgelenk streifte.

Fühlte sie das auch? Diesen Sog? Dieses Ziehen? Das Bedürfnis, ihm nahe zu sein? Oder existierte das alles nur in seinem Kopf?

Die Wunde war längst sauber, und es gab keinen Grund mehr, mit dem Tuch ihre Wange abzutupfen, aber er tat es trotzdem, einfach um ihr noch länger nah sein, sie noch länger berühren zu können. Sie roch einfach umwerfend, blumig und feminin und ein wenig fruchtig. Er senkte den Blick und sah, dass ihre Brustwarzen hart gegen den Stoff ihres langärmligen schwarzen T-Shirts drückten.

Oh, verdammt nochmal.

Sein Schwanz zuckte heftig in der Anzughose.

»Ich …« Sie schluckte. »Ich glaube, es ist jetzt alles sauber, Mark.« Sie gab einen kehligen Laut von sich und trennte damit diese merkwürdige Verbindung zwischen ihnen. Dann trat sie einen Schritt zurück und wandte sich wieder zur Küchenzeile um.

»Du hast recht.« Er räusperte sich und machte ebenfalls einen Schritt zurück. »Halt die Wunde sauber und tu später vielleicht etwas antibiotische Salbe drauf, abgedeckt mit einem Pflaster oder einem Stück Mullbinde. Wir wollen ja nicht, dass es sich entzündet und am Ende eine Narbe hinterlässt.«

Tori warf ihm einen vielsagenden Seitenblick zu. »Das ist nun wirklich nicht meine erste Kratzwunde. Auch nicht die erste von einem Klienten übrigens. Ich glaube, ich kriege es hin, sie nicht verfaulen zu lassen.«

Er nickte und kam sich wie der letzte Idiot vor. »Okay. Ich gehe mich mal kurz umziehen. Bin gleich wieder da.«

Als Antwort bekam er nur ein Brummen. War das vielleicht der Anstrengung geschuldet, mit der sie nun das zweite Hühnchen auseinandernahm? So oder so zog er sich schnell in sein

Schlafzimmer zurück, um dieser atemberaubenden Frau in seiner Küche zu entkommen und ihrem betörenden Duft, der ihn wie eine dichte Wolke umhüllt hatte und tief in seine Haut, seine Haare und Lunge eingedrungen war.

Als er wenig später in bequemen Jogginghosen und einem grauen T-Shirt zurück in die Küche kam, war Tori gerade dabei, sich die Hände zu waschen. Er sah ihr zu, wie sie die Teller mit den zerlegten Brathähnchen zum Tisch trug und neben die Salatschüsseln stellte.

Galant zog er einen Stuhl für sie zurück. Sie warf ihm einen kurzen, skeptischen Blick zu, schien ihre Bedenken dann aber über Bord zu werfen und schenkte ihm ein strahlendes Lächeln, während sie sich auf den angebotenen Stuhl sinken ließ. Mark erwiderte das Lächeln und nahm ihr gegenüber Platz.

»Beeindruckend, wie du die Hühnchen zerlegt hast. Wo hast du das gelernt?« Er spießte mit seiner Gabel eine Brust und einen Schenkel auf und legte sie auf seinen Teller. Er musste ihre Unterhaltung unbedingt am Laufen halten, sonst würde sein Blick wieder zu ihrem Ausschnitt wandern, und seine Gedanken würden in wilde Phantasien abrutschen – sehr unanständige Phantasien.

»Mein Onkel Wes war Metzger und hatte eine eigene Farm. Ich habe mal einen Sommer dort verbracht, und er hat mir gezeigt, wie ein Huhn geschlachtet und zerlegt wird.«

Marks Gabel erstarrte auf dem Weg zu seinem Mund. »Du hast Hühner umgebracht?«

Sie nickte. »Jap. Dadurch versteht man erst richtig, wo das Fleisch, das wir essen, eigentlich herkommt und mit wie viel Arbeit das verbunden ist. Außerdem lernt man die Tiere zu respektieren, vor allem die Tatsache, dass sie ihr Leben geben, damit wir essen können.«

»Ich hätte erwartet, dass man nach so einer Erfahrung zum Veganer wird.«

»Nee. Ich achte jetzt nur sehr viel mehr darauf, wo mein Fleisch herkommt und wie die Tiere gehalten wurden. Wir stehen nun mal ganz oben in der Nahrungskette. Tiere essen andere Tiere. Damit habe ich kein Problem, ich bin nur gegen unnötige Grausamkeit. Ich kaufe nur Biofleisch aus Freilandhaltung, wo immer das möglich ist. Es ist mir wichtig zu wissen, dass mein Essen ein schönes Leben hatte und dann am Ende nur einen beschissenen letzten Tag.«

Mark zog die Nase kraus. »Ich habe leider nicht darauf geachtet, ob diese Hühner hier ein glückliches Leben hatten, tut mir leid.«

Ihr breites, ansteckendes Lächeln ließ ihre Augen leuchten und schien den gesamten Raum aufzuhellen. »Das ist okay. Ich bin mir sicher, die beiden hier hatten eine wunderbare Kindheit. Ich *entscheide* einfach, das zu glauben.«

Dann breitete sich Schweigen zwischen ihnen aus, während sie aßen. Wieder hatten sie gescherzt, gelacht, und Mark hatte sogar etwas aus ihrer Kindheit erfahren, aber wie jedes Mal war die Unterhaltung zu einem abrupten Ende gekommen. Woran lag das nur?

Das liegt daran, dass du scharf auf sie bist und dein Gehirn nach einer Weile eben immer in unanständige Gefilde abrutscht.

Mark tat sich noch mehr Salat auf. »Ich möchte mich dafür entschuldigen, dass Gabe dich gekratzt hat. Normalerweise ist er nicht so aggressiv, ehrlich.«

Das Lächeln, das sie ihm daraufhin schenkte, war zurückhaltend, und sie senkte den Blick, bis ihre langen Wimpern fast ihre Wangen berührten. »Das weiß ich doch. Er ist ein toller Junge. Ich weiß, dass er mir nicht wehtun *wollte*. Veränderungen sind schwierig, und er hängt wirklich sehr an Mrs. Samuelson. Als heute Morgen dann die Vertretungslehrerin in der Klasse stand, war mir sofort klar, dass wir einen schwierigen Tag vor uns haben würden.«

»Das ist wohl noch milde ausgedrückt.«

»Ich gebe ihn deswegen bestimmt nicht auf, falls du das damit andeuten willst. Wenn du gerade versuchst, mir die Chance zur Flucht zu geben, muss ich dich leider enttäuschen. Ich gehe nirgendwohin.« Sie schüttelte den Kopf und hob dann den Blick, sah ihn direkt an. »Ich bin dafür ausgebildet, mit Kindern wie ihm umzugehen. Und ich mag meinen Job. Ich habe Gabe sehr lieb, und er ist bei Weitem nicht der schwierigste Klient, den ich je hatte. Er hatte heute eben einen schlechten Tag. Also, solange du mich nicht feuerst …« Sie verstummte, biss sich auf die Unterlippe und senkte den Blick wieder. »Entschuldige bitte, ich wollte nicht so emotional werden. Es ist nur …« Sie sah wieder zu ihm auf. »Er ist so ein großartiges Kind, und ich will nicht, dass du denkst, dass mich ein schlechter Tag gleich vergraulen könnte. Ich arbeite gern hier. Ich *will* hier arbeiten.«

Eine Hitzewelle wogte durch seinen Körper und sammelte sich in seinem Bauch. Diese Frau war wirklich einzigartig. Ein Ausbruch wie heute Abend hätte Cheyenne völlig aus der Bahn geworfen. Tatsächlich war ein ganz ähnlicher Anfall, allerdings in einem Supermarkt, der Auslöser für ihre Scheidung gewesen. Tori hingegen meisterte all das mühelos. Ja, natürlich, es war ihr Job, aber es ging noch weit darüber hinaus. Es war ihre Bestimmung.

Ganz ähnlich wie bei Mark und seinem Beruf.

Er gab immer sein Bestes für seine Patienten, saß an ihrem Krankenbett, lernte sie kennen, rief sie persönlich an und gab ihnen seine Handynummer – eine, die für seine Patienten reserviert war –, damit sie ihn jederzeit erreichen konnten. Er war zwar kein Chirurg oder Allgemeinarzt, aber als Radiologe hatte er viel mit Krebspatienten zu tun und war oft der Überbringer von schlechten Nachrichten. Und wenn zehn Minuten mehr mit einem Patienten zu verbringen bedeutete, dass dieser sich etwas besser fühlte, dann tat er das, ohne zu zögern. Denn die Medizin, das Heilen, das Lebenretten, das war seine Bestimmung.

Schon als kleiner Junge hatte er häufig kranke oder verletzte Tiere nach Hause gebracht oder dabei geholfen, kleine Wunden seiner Freunde zu versorgen. Das Medizinstudium war für ihn selbstverständlich gewesen. Er hatte diesen Beruf nicht des Geldes oder des Ansehens wegen gewählt. Er hatte es getan, weil er es *musste*, weil ihm das Heilen im Blut lag, ihn ausmachte.

Und Tori lag offensichtlich die Arbeit mit Kindern mit speziellen Bedürfnissen im Blut. Am Herzen lag sie ihr auf jeden Fall.

Mark wollte gerade etwas sagen, als es an der Tür klopfte.

Wer zum Teufel kam denn um diese Uhrzeit noch vorbei?

Er warf einen Blick auf seine Uhr. Verdammt, es war ja gerade mal sieben. Wie alt war er denn bitte, dass er das schon »diese Uhrzeit« nannte? Tja, mit achtunddreißig ging man eben steil auf die Achtzig zu.

Irgendetwas über Kinder auf seinem Rasen und die Jugend von heute vor sich hingrummelnd stand er auf, bereit, jeden Staubsaugervertreter, der ihn von Tori wegholte, auf den Mount Everest zu schicken.

Er öffnete mit unfreundlichem Gesichtsausdruck die Tür, nur um drei seiner Freunde aus der Klinik vor sich stehen zu sehen, mit Bier, Chips und noch mehr Bier in den Händen.

Oh, verdammt!

»Du hast es vergessen, oder?«, fragte Will und drängte sich an Mark vorbei ins Haus. Will Colsen war wie Emmett Strong Arzt in der Notaufnahme, und Riley McMillan war Chirurg. Mark hatte sie zu sich eingeladen, um gemeinsam das heutige Footballspiel anzuschauen, hatte es dann aber über dem ganzen Drama mit Gabe komplett vergessen.

Und Tori war noch hier.

Mist.

Emmett und Riley traten ebenfalls ins Haus, beide leise vor sich hin lachend.

»Ähm … Jungs …«, sagte Mark.

»War ja klar, dass er uns vergessen würde«, sagte Riley scherzend.

Alle drei machten sich ohne Umschweife auf den Weg in die Küche.

Mark seufzte.

Nicht, dass er sich für Tori schämen würde, ganz im Gegenteil, aber er war noch nicht bereit, sie seinen Freunden vorzustellen. Riley und Will waren zwar verheiratet, und Emmett hatte nach seiner Scheidung kein Interesse an Dates, da drohte also keine Gefahr. Aber Mark hatte keine Lust, erklären zu müssen, wieso diese sexy Frau, die auch noch seine Angestellte war, mit ihm zu Abend aß, obwohl sein Sohn schon im Bett war.

»Oh, hallo!«

»Oha!«

»Ähm … hi.«

Mark holte tief Luft und trat dann hinter seinen Freunden in die Küche. Alle drei standen am Esstisch und starrten – ja, *starrten* – Tori an.

»Jungs, das ist Tori, Gabes Interventionstherapeutin und Lernassistentin. Tori, das sind meine Freunde und Kollegen, Will, Riley und Emmett.« Er deutete nacheinander auf seine Freunde.

Tori hatte gerade vom Hühnchen abgebissen, aber weil sie eben echte Klasse hatte, lächelte sie freundlich, hob kurz entschuldigend die Hand und kaute schnell zu Ende.

Sie schluckte den Bissen runter, und die Bewegung, die ihr langer, sexy Hals dabei machte, brachte Marks Schwanz abermals zum Zucken, selbst in Anwesenheit seiner Freunde.

»Hallo«, sagte Tori schließlich und stand auf, um allen dreien die Hand zu schütteln. »Freut mich, euch kennenzulernen.« Sie nahm wieder Platz. »Seid ihr auch alle Ärzte?«

Will und Riley nickten und konnten sich beide ein anzügliches Grinsen in Marks Richtung nicht verkneifen. Emmett schien ein wenig zurückhaltender zu sein. Obwohl auch er Tori anlächelte, war er nicht so sorglos und eifrig bei der Sache wie die beiden anderen.

Mark sah Tori an. »Es tut mir wirklich leid, ich habe vergessen, dass ich die Jungs für das Footballspiel heute Abend eingeladen hatte. Die ganze Sache mit Gabe hat mich total aus dem Konzept gebracht, wie dich ja sicherlich auch. Du hast schließlich das meiste davon abbekommen.«

Sie schüttelte den Kopf und stand auf, ihren Teller in der Hand. »Mach dir keine Gedanken. Danke, dass ich noch kurz mitessen durfte. Das Mittagessen ist heute ausgefallen, es war also dringend nötig. Ich räume nur noch schnell auf, und dann bin ich auch schon weg.«

Mark eilte um den Tisch herum, die Blicke seiner Freunde waren ihm für den Moment egal. Er nahm Tori den Teller aus der Hand, bevor sie die Chance hatte, den Geschirrspüler zu öffnen. »Du musst nicht abräumen. Geh einfach nach Hause. Du hattest einen echt anstrengenden Tag heute und hast dir ein wenig Erholung verdient.« Ihm kam plötzlich ein Gedanke, und er hob einen Finger. »Warte kurz.« Er ging hastig zu einem Schrank an der Wand und schob die Tür auf, hinter der ein deckenhohes Weinregal zum Vorschein kam. Er nahm eine Flasche des vorzüglichen argentinischen Malbec heraus, einer seiner Favoriten, und reichte sie Tori. »Hier. Den hast du dir verdient.«

»Nein, das kann ich nicht annehmen«, protestierte sie und drückte die Flasche zurück in seine Hände. »Ich habe doch nur meinen Job gemacht.«

»Ich bestehe darauf. Geh heim, entspann dich und genieß ein Glas davon – oder zwei. Du hast es wirklich verdient.« Er drückte ihr die Flasche in die Hände. »Ich habe übrigens entschieden, dass Gabe morgen zu Hause bleibt, da brauchst du deine Kraft.«

In ihren unfassbar blauen Augen blitzte es amüsiert. »Wir schwänzen? Na, dann sollte das doch ein entspannter Tag werden.«

Mark lachte leise. »Hoffen wir's.«

Ihr Blick glitt zu Marks Freunden. »Hat mich gefreut, euch kennenzulernen. Habt noch einen schönen Abend.« Dann nahm sie die Flasche, holte ihre Handtasche von der Bank an der Wand und ging Richtung Haustür.

Sollte Mark sie noch hinausbegleiten? Das tat er eigentlich immer, aber jetzt würde er seinen Freunden damit nur die Chance geben, noch mehr zu lästern und zu spekulieren.

Ach, was soll's. Seine Mutter hatte ihn nun mal zum Gentleman erzogen.

Im Laufschritt und begleitet vom Lachen seiner blöden Freunde, holte er Tori kurz vor der Tür ein. Sie war gerade in ihren Mantel geschlüpft und zog ihr kastanienbraunes Haar aus dem Kragen, so dass es offen über ihren Rücken fiel. Er wollte so gern mit den Fingern durch diese seidigen Strähnen fahren, ihr Kitzeln auf seiner Haut spüren, seinem Bauch, seinen Oberschenkeln, während sie …

»Danke noch mal für den Wein.« Ihr Lächeln würde ihn auch heute wieder bis in seine Träume verfolgen. »Malbec ist meine Lieblingssorte.«

»Meine auch.« Er hielt ihr die Tür auf und verfluchte in Gedanken seine Freunde, wünschte sich, dass sie ihn versetzt hätten und er und Tori immer noch zusammen am Esstisch säßen. So hatte er seinen Abend verbringen wollen … so wollte er jeden Abend verbringen.

Plötzlich drang das Klingeln ihres Handys aus ihrer Tasche. Sie zog es heraus und verzog genervt das Gesicht, dann drückte sie den Anruf weg und schob das Handy zurück.

Sie schenkte ihm ein breites Lächeln. »Nur Werbung.«

Er nickte. »Sehr nervig.«

Ihr Lächeln war so süß.

»Bis morgen.« Damit trat sie hinaus in die Kälte, und der Wind bauschte ihre Haare hinter ihr zu einer wirbelnden Wolke.

»Gute Nacht, Tori.«

Kapitel 6

»Mann, dich hat's ja echt erwischt«, sagte Riley lachend, schob sich eine Handvoll Chips in den Mund und lehnte sich auf der Ledercouch zurück.

»Sie ist aber auch echt süß«, fügte Will hinzu. »Weißt du, wie alt sie ist? Sie sieht so jung aus.«

Emmett schnaubte und nahm einen Schluck von seinem Bier.

Mark warf seinem besten Freund einen scharfen Blick zu. »Was? Wir sind nicht zusammen. Sie arbeitet für mich, sie arbeitet mit Gabe. Das ist etwas ganz anderes als bei Tiff und diesem Huntley oder wie er heißt. Also mach mal langsam.«

»Na, wie alt ist sie denn?«, frage Emmett. »Glaubst du nicht, sie will irgendwann noch mal heiraten, eigene Kinder haben? Bist du dazu bereit?«

Mark knurrte. »Ich habe keine Ahnung, wie alt sie ist. Und noch mal: Wir sind nicht zusammen. Ich gehe doch davon aus, dass sie wieder heiraten und Kinder kriegen will. Was zum Teufel hat das mit mir zu tun?«

Emmett zog eine Augenbraue hoch. »Du bist aber gerade ganz schön aufbrausend dafür, dass du *nur* ihr Arbeitgeber bist.«

Mark sah seinen Freund grimmig an. »Schau einfach das Spiel.«

»Oh, das tue ich. Aber ich schaue mir auch das Spiel zwischen euch an. Und irgendwas sagte mir, dass du nicht als Gewinner daraus hervorgehen wirst.«

Solange Gabe und Tori nicht verletzt wurden, hatte Mark kein Problem damit, zu verlieren.

»Aber jetzt mal im Ernst, wie alt ist sie?«, mischte sich Will ein.

Mark stand auf und ging nach nebenan in sein Büro. »Alt genug, um verheiratet und wieder geschieden zu sein. Alt genug, um ihren lügenden und fremdgehenden Mann durchs Zahnmedizinstudium gebracht zu haben«, rief er zu seinen Freunden hinüber, während er Toris Lebenslauf aus einem Stapel auf seinem Schreibtisch zog. Dann ging er zurück zu den anderen.

»Na ja, aber man kann ja schon mit achtzehn heiraten, und wenn ihr Mann älter war …«, wandte Will ein.

Mark warf ihm den Lebenslauf zu. Will streckte eine Hand aus und fing ihn auf, bevor er zu Boden flattern konnte. Er grinste breit.

»Also, hier steht, dass sie siebenundzwanzig ist«, sagte er dann. »Und …« Er warf einen Blick auf seine Armbanduhr. »Sie hat morgen Geburtstag.«

Marks Kopf schoss hoch, und er ließ fast die Bierflasche fallen, die er gerade öffnen wollte. »Was?«

Will gab ihm den Lebenslauf zurück. »Schau selbst nach. Sie wird morgen achtundzwanzig.«

Mark starrte das Geburtsdatum oben auf dem Lebenslauf an. Will hatte recht, es war das morgige Datum. Er musste irgendwas für sie vorbereiten.

»Achtundzwanzig ist nicht *so* jung«, meinte Will. »Zehn Jahre Altersunterschied sind gar kein Problem, wenn ihr auf einer Wellenlänge seid.«

»Sie sind auf *überhaupt* keiner Wellenlänge, wenn man Mark

glauben darf«, stellte Riley fest und warf Mark einen Blick zu. »Besorgst du etwas für sie?«

Marks Blick hüpfte zwischen seinen Freunden hin und her. »Sollte ich? Schon, oder? Blumen? Wein? Pralinen?«

»Zu romantisch.« Riley schnalzte mit der Zunge. »Du solltest ihr besser was Platonisches besorgen, so was wie ...« Er strich sich übers Kinn und kniff die Augen zusammen, ohne das Spiel auf dem Fernsehbildschirm aus dem Blick zu lassen. »Mhm ... Was schenkt man denn nur einer weiblichen Angestellten, die man flachlegen *will*, aber nicht flachlegen *kann*, weil sie eben die Angestellte ist?«

»Ich *will* sie nicht flachlegen«, knurrte Mark.

Seine drei Freunde sahen ihn an und sagten dann exakt gleichzeitig: »Schwachsinn!«

Mark ignorierte sie. »Was könnte ich ihr denn sonst schenken?«, fragte er stattdessen.

»Einen Gutschein für Starbucks?«, schlug Emmett vor. »Das kriegen Jojos Lehrerinnen immer zu Weihnachten, und die stehen da total drauf.«

Marks Augen wurden groß, und seine Gedanken begannen zu rasen. Vor ein paar Wochen hatte Tori erwähnt, dass sie eine bestimmte Sorte Bio-Earl-Grey-Tee liebte, den sie sich immer in dem kleinen, exklusiven Teeladen in ihrem Viertel besorgte. Sie war eines Tages mit einem Thermosbecher aufgetaucht, hatte ihren Tee genossen, während er und Gabe noch gefrühstückt hatten, und dabei erklärt, dass es die letzte Portion war, die sie noch hatte. Und dass der Tee im Moment einfach zu teuer für sie war.

»Du denkst ja echt angestrengt nach da drüben«, sagte Emmett mit argwöhnischer Stimme.

Mark schüttelte den Kopf. »Nein, mir ist nur gerade das perfekte Geschenk eingefallen.«

»Falls du dabei an essbare Unterwäsche denkst … Ich glaube, das würde ihr falsche Signale senden«, witzelte Will.

Mark verdrehte die Augen. »Keine Sorge. Aber jetzt weiß ich, was *du* zu deinem nächsten Geburtstag bekommst.«

Was sollte sie nur machen? Mark hatte Tori gestern Abend mitgeteilt, dass Gabe nach seinen Ausbrüchen bei der Vertretungslehrerin vorerst zu Hause bleiben würde, also verbrachte Tori ihren Morgen damit, sich Aktivitäten für den Tag zu überlegen. Außerdem war heute ihr Geburtstag, deswegen wollte sie den Tag zu etwas ganz Besonderem machen.

Einer neuen Jones-Familientradition folgend, hatte Tori für den Morgen einen Videoanruf mit ihren Eltern und ihrer Schwester organisiert, damit sie »zusammen« frühstücken konnten. Dabei hatte sie ihre Geschenke und Karten geöffnet und sogar eine Kerze auf ihren Pancakes ausgeblasen (eine Tradition, die ihre Mutter eingeführt hatte, als sie und ihre Schwester noch ganz klein gewesen waren).

Von ihrer Schwester hatte sie eine neue Handtasche aus dem kitschigen Boho-Laden am Pike Place bekommen, genau das Modell, das sie vor ein paar Wochen sehnsüchtig im Schaufenster angeschmachtet hatte. Ihre Eltern hatten ihr Geld und eine neue digitale Spiegelreflexkamera geschickt. Tori kamen vor lauter Freude die Tränen, als sie das Paket öffnete.

Sie und Ken hatten zur Hochzeit eine teure Kamera geschenkt bekommen, und das hatte die Leidenschaft für die Fotografie in ihr geweckt. Das Leben und die Welt ringsum waren plötzlich voll neuer Intensität gewesen, voller neuer Blickwinkel und neu entdeckter Schönheit, und sie war fast süchtig danach geworden, das alles einzufangen.

In den drauffolgenden Jahren hatten sich all ihre Geschenke an Freunde und Verwandte um Fotografie gedreht: entweder gerahmte Landschaftsaufnahmen oder ein Gutschein für ein Fotoshooting mit den Kindern oder zur Verlobung. Sie schenkte damit einen Teil von sich selbst, ihre Zeit, ihre Leidenschaft und ihr einzigartiges Auge für die Schönheit in alltäglichen Dingen.

Sie war am Boden zerstört gewesen, als Ken ihr kurz nach der Trennung gesagt hatte, die Kamera sei vom Regal gefallen und kaputtgegangen. Sie hatte ihm nicht geglaubt, aber auch nicht mit ihm diskutieren wollen. Ihr einstiger Kampfgeist hatte sie in dem Moment verlassen, als sie nach Hause gekommen war und ihre gepackten Taschen vor der verschlossenen Haustür fand.

Isobel hatte ihr gesagt, dass sie in der Scheidung unbedingt auf der Kamera bestehen sollte, aber ihre Eltern wussten, wie viel ihr die Fotografie bedeutete, und hatten ihr eine neue gekauft. Sie sagten, dass sie es nicht ertrugen, mit anzusehen, wie ihr die Leidenschaft für etwas genommen wurde, das ihr und anderen so viel Freude bereitete.

Mit Freudentränen in den Augen drückte sie die neue Kamera an ihre Brust wie ein Baby. Tatsächlich war die erste Kamera so etwas wie ihr Baby gewesen. Kein Tag war vergangen, an dem sie nicht wenigstens ein Bild gemacht hatte. Meistens Natur und Landschaften, aber wenn das Wetter zu schlecht war, um rauszugehen, hatte sie in ihrem gut ausgeleuchteten Badezimmer verschiedene Winkel und Belichtungstechniken geübt und in der Badewanne Fotos von der einzigen kleinen Zimmerpflanze gemacht, die ihre Pflege überlebt hatte, mit kleinen Wassertropfen auf den gummiartigen Blättern.

Mit beschwingtem Schritt und ihrer neuen Kamera in der neuen Kameratasche über der Schulter, lief sie Marks Auffahrt hinauf. Der Start in den Tag war schon mal phänomenal gewesen, und sie war fest entschlossen, ihre gute Laune beizubehalten. Sie wusste, dass Gabe heute trotz des schlechten Tags gestern so gut drauf sein konnte, als hätte er über Nacht auf Reset gedrückt.

An ihrem ersten Tag hatte Mark ihr gesagt, dass sie einfach aufsperren sollte, ohne vorher zu klopfen. Sie hatte schließlich einen Schlüssel, und würde sie in einem Krankenhaus oder Café arbeiten, würde ja auch niemand erwarten, dass sie klopfte. Also tat sie das auch heute. Sie drückte die Klinke runter und trat in das warme, einladende Haus. Ein Haus, das sie schnell lieben gelernt hatte und in dem sie gern ihre Zeit verbrachte.

Sie war sich nicht sicher, ob Marks Ex-Frau für die Einrichtung verantwortlich war oder nicht, aber der Stil passte perfekt zum Haus. Und zu Mark – ordentlich und modern, mit viel Weiß, Schwarz und Chrom, aber auch mit der genau richtigen Menge an dunklem Holz, warmen Farben und Akzenten in satten Erdtönen. Es war die perfekte Mischung aus modern und gemütlich-schick, die eigentlich nur ein professioneller Inneneinrichter hinbekam.

Aus der Küche drang gedämpfte Musik ins Foyer, als sie ihren Mantel aufhängte. Mark ließ morgens immer Musik laufen, während er das Frühstück machte, meist die Stones oder Pink

Floyd. Allerdings immer nur leise, weil Gabe keine lauten Geräusche mochte.

Tori bog um die Ecke und sah Vater und Sohn zusammen am Tisch sitzen und ihr Frühstück genießen: zwei Spiegeleier auf Toast, ein wenig Obst und eine kleine Schale Müsli für Mark und für Gabe Rührei ohne Salz und dazu eine halbe Banane. So wie jeden Morgen. Tori gefiel das, schließlich war auch sie ein Gewohnheitstier. Sie aß selbst jeden Morgen das Gleiche: ihr hausgemachtes Knuspermüsli mit Blaubeeren. Aber ihr fehlte der Earl Grey dazu. Die 100-Beutel-Packung Schwarztee aus dem Supermarkt war einfach nicht dasselbe.

»Guten Morgen«, sagte sie, setzte sich neben Gabe und strich ihm liebevoll über die Haare. »Wie war eure Nacht?«

Mark schluckte seinen Bissen Spiegelei herunter, bevor er ihr antwortete. »Gegen halb drei ist er weinend aufgewacht. Aber nachdem wir auf dem Klo waren und ein bisschen gekuschelt haben, ist er problemlos wieder eingeschlafen.«

Tori wandte sich Gabe zu. Marks tiefgrüne Augen ließen die anzüglichen Gedanken in ihrem Kopf Amok laufen. »Das ist super, Kumpel. Und wie geht es uns heute Morgen?«

Gabe hatte sie bisher noch keines Blickes gewürdigt. Er schob nur weiter lustlos sein Rührei auf dem Teller hin und her.

»So weit ganz gut«, antwortete Mark für ihn. »Nach dem Aufwachen war er allerdings nicht so gut drauf, weinerlich und grummelig. Aber ich glaube, das lag vor allem dran, dass er gestern kaum was gegessen hat und einfach hungrig war.«

»Dann solltest du jetzt aber was essen, Kleiner. Wir haben heute eine Menge vor. Da brauchst du deine Energie.«

Mark stand auf und ging hinter ihr vorbei, um seinen Teller wegzuräumen. »Ach ja? Wo soll es denn hingehen?«

Sein Duft, frisch aus der Dusche, so männlich und sauber, ließ es zwischen ihren Beinen kribbeln, und ihre Brustwarzen wurden steinhart. Er musste nicht so dicht an ihr vorbeigehen, dass sein Ellbogen ihren Rücken streifte, aber er tat es trotzdem.

War das Absicht gewesen?

Sie folgte Mark mit ihrem Blick. »Ich glaube, zuerst gehen wir zu diesem Indoor-Spielplatz in der Innenstadt. Man zahlt nur eine freiwillige Spende, um reinzukommen, und es gibt dort eine tolle sensorische Spielecke. Es sollte auch nicht zu viel los sein, weil heute ja eigentlich ein ganz normaler Schultag ist. Danach gehen wir in die *Emerald City Bäckerei*, da gibt es eine kleine Ecke nur für Kinder, mit einer coolen Modelleisenbahn und jeder Menge Bauklötzen.«

»Ist das die Bäckerei in der Nähe von *Grafton & Wilkes*?«, fragte Mark, während er seinen Teller abspülte.

»Genau. Die Cupcakes da sind einfach genial. Hast du schon mal den Red-Velvet-Cheesecake-Cupcake probiert?«

»Noch nicht.«

Sie leckte sich die Lippen. »Dann weißt du nicht, was dir entgeht.«

Er sah sie mit einem kleinen, neckischen Lächeln an. Es stand ihm verdammt gut und ließ sie an ein sexy Männermodel denken, das es nicht erwarten konnte, sein Geheimnis zu verraten. Und dieses Geheimnis war, dass er die eng anliegendsten, attraktivsten Boxershorts trug, die man sich vorstellen konnte, und dass sie nur seine Hose aufknöpfen musste, um sie zu finden.

»Und was steht nach dem Mittagessen auf dem Programm?«, fragte er.

Sie schüttelte den Kopf, um die unanständigen Gedanken zu vertreiben, die sich darin festgesetzt hatten.

Onkel John, Planschbecken. Hähnchenschenkel. Oben ohne.

»Alles okay bei dir?« fragte er mit einem noch hinreißenderen Lächeln voller Neugier und Besorgnis.

Sie schluckte schwer, zuckte mit den Schultern und nippte an dem unbefriedigenden Billigtee in ihrer Thermostasse, bevor sie antwortete. »Ins Aquarium. Dann geht's zurück nach Hause, und wir machen noch ein paar Übungen und dann das Abendessen. Bist du mit dem Plan einverstanden?«

»Klingt nach einem perfekten Tag. Aber du musst heute nichts kochen, ich bringe was mit.«

Ihr wurde die Brust eng. »Bist du sicher?«

Schon wieder dieses Lächeln. Gott, es würde noch irgendwann ihr Untergang sein. Oder zumindest das Ende ihrer Karriere. Es weckte in ihr das dringende Bedürfnis, vom Stuhl aufzuspringen, die Beine um seine Hüften zu schlingen und sein Gesicht mit Küssen zu bedecken, den ganzen Tag lang.

»Ja, ich bin mir sicher.« Seine Lippen zuckten nachdenklich. »Mir ist nach etwas ganz Besonderem zumute. Irgendwelche Vorschläge? Was ist dein absolutes Lieblings-Take-out?«

Tori zerbrach sich den Kopf, wann sie überhaupt das letzte Mal etwas zu essen bestellt hatte. Es schien Jahre her zu sein, denn momentan war es ein Luxus, den sie sich nicht leisten konnte.

»Mhm … Wenn ich wählen müsste, dann vermutlich was vom Thailänder. Ich liebe diese ganzen Geschmackskombinationen. Die sprechen einfach alle Sinne an, findest du nicht? Süß, salzig, sauer und scharf, und das in der perfekten Mischung. Aber worauf hast du denn Lust?«

Sein Blick, als sie ihm diese Frage stellte, ließ ihr Innerstes zerfließen. Es war, als wären sie auf exakt derselben Wellenlänge, und als hätte er auf genau dasselbe Lust wie sie. Und das hatte absolut nichts mit asiatischem Essen zu tun.

»Thailändisch klingt gut«, sagte er, ohne den Blick von ihr abzuwenden. »Hast du ein Lieblingsgericht?«

»Basilikumhühnchen ist sehr lecker. Je mehr Basilikum, desto besser, wenn du mich fragst. Panang-Curry ist auch eins meiner Standardgerichte, aber manche Restaurants kriegen das nicht so gut hin, das kann also auch voll daneben gehen.«

»Wo ist denn dein Lieblings-Thailänder?«

So viele Fragen. Und auch wenn sie nur über Essen und Restaurants sprachen, konnte man die Intensität, mit der er Fragen stellte, nicht leugnen. Es lag eine Spannung in der Luft, die sie nicht so recht einordnen konnte. Wenn sie ehrlich war, wollte sie das auch gar nicht, denn es machte ihr ein bisschen Angst.

Sie sah auf die Tischplatte hinunter. Sein eindringlicher Blick machte sie nervös. »Oje, ähm, ich war schon seit Ewigkeiten nicht mehr essen. Wenn es noch immer so gut ist wie früher, dann würde ich sagen, das *Siam I Am* in der Crownwood Street, in der Nähe vom Bingo-Palast. Ein winziger Laden im Vergleich zu den meisten anderen Thais in der Innenstadt, aber da gibt es mit Abstand das beste, authentischste thailändische Essen in der ganzen Stadt.« Sie hob den Kopf wieder, um ihn anzusehen. Er stand an die Küchentheke gelehnt und musterte sie.

»*Siam I Am*, ja?«

Sie nickte.

»Alles klar, danke für den Tipp. Ich werde mir mal die Website ansehen.«

»Oh, die haben keine Website. Man muss hingehen und direkt am Tresen bestellen. Es gibt nur Essen zum Mitnehmen, und wenn man nicht früh genug dran ist, muss man ziemlich lange warten.«

»Kann man auch per Telefon bestellen?«

Sie schüttelte den Kopf. »Nein. Ich hab ja gesagt, die sind da *sehr* authentisch. Wie in Thailand an einem Straßenstand, nur eben drinnen.«

»Ah, okay.« Er sah hinüber zu Gabe, der noch immer mit seinem Rührei herumspielte. »Ich bin mir nicht sicher, wie kooperativ der kleine Mann heute ist. Kann gut sein, dass du den ganzen Tag ein vor Hunger schlecht gelauntes Kind an der Backe hast.«

Die elektrische Spannung, die sich zwischen ihnen aufgebaut hatte, ebbte langsam ab, und Tori konnte wieder normal atmen. »Wäre nicht das erste Mal. Wir kommen schon zurecht. Zur Not gibt es ja immer noch den Smoothie Stand.« Sie wandte sich Gabe zu und machte das Zeichen für »fertig«. »Bist du fertig, Kumpel?« Sie griff nach seinem Teller und zog ihn weg. Er hielt sie nicht auf. »Fertig«, wiederholte sie, stand auf und ging zum Mülleimer, um seine Reste zu entsorgen. Sie hatte schon oft versucht, ihm Reste vom Frühstück oder Mittagessen noch mal anzubieten, aber Gabe schien immer zu wissen, wann ihm »altes« Essen vorgesetzt wurde. Dann rümpfte er die Nase oder bekam einen Anfall, bis sie das Essen wegräumte.

Mark grinste wieder breit. »Das ist die richtige Einstellung. Ich gehe mich mal fertig machen. Bleibt ihr noch ein paar Minuten, oder wollt ihr gleich aufbrechen?«

Tori musterte Gabe abwägend. Selbst nach der langen und größtenteils erholsamen Nacht schien der Junge völlig ausgelaugt. Der anstrengende Tag gestern zog heute einen erschöpften nach sich. »Ich glaube, wir bleiben noch ein bisschen hier.

Vielleicht können wir noch ein paar Übungen abarbeiten und dann kurz vor dem Mittagessen losgehen. Ich werde in einer Stunde oder so noch mal versuchen, ihn zum Essen zu überreden.«

Mark nickte. »Okay, dann schaue ich noch mal bei euch rein, bevor ich gehe.« Dann marschierte er mit seinem perfekten Hintern in dieser sexy Anzughose aus der Küche und den Flur hinunter, einen Rolling-Stones-Song vor sich hin pfeifend.

Sie spürte ihr Herz heftig in der Brust schlagen.

So sah also der perfekte Mann aus.

Sie schloss die Augen.

Onkel John. Planschbecken. Schwimmflügel. Hähnchenschenkel. Oben ohne. Haarige Brust. Riesenwampe. Ekelzehen.

Okay. Gut. Unanständige Gedanken erfolgreich abgewehrt.

Sie öffnete die Augen wieder und sah Mark vor sich stehen, der sie mit schief gelegtem Kopf ansah. In den Händen hielt er zwei Krawatten.

»Alles klar?«

Ihr Mund war staubtrocken. »Mhm.«

Dieses verfluchte Lächeln. Verdammt nochmal, wieso musste er sie immer so anlächeln?

Sein leises Lachen strömte über ihre nackten Arme und hinterließ Gänsehaut. »Okay, gut. Du sahst kurz so aus, als wäre dir übel. Entweder das, oder du bist im Stehen eingeschlafen.« Er hielt die Krawatten hoch. »Welche?«

Sein Hemd war schneeweiß, die Weste hatte dieselbe dunkle Farbe wie seine Hose. Diese Kombination hatte sie schon häufig an ihm gesehen und immer mit der schwarz-silber-gestreiften Krawatte dazu. Wieso fragte er sie ausgerechnet heute nach ihrer Meinung? Die Krawatte in seiner rechten Hand war sogar die gestreifte.

»Die gestreifte.« Sie deutete darauf.

Er sendete ihr heute sehr merkwürdige Signale.

Waren es überhaupt Signale? Oder interpretierte sie mal wieder zu viel in alles hinein?

Er nickte. »Super, danke. Ich habe heute ein wichtiges Meeting und will gut aussehen. Wenn alles glattgeht, werde ich vielleicht außerordentlicher Professor an der medizinischen Fakultät der Uni.«

Er gab ihr keine Gelegenheit, etwas darauf zu erwidern, denn er hatte sich schon wieder umgedreht und ging den Flur entlang zu seinem Schlafzimmer. Wieder vor sich hin pfeifend. Und ihr wieder einen herrlichen Blick auf seinen sexy Hintern gewährend, der sich bei jedem langen Schritt anspannte und noch runder wurde.

Ach verdammt. Da waren die unanständigen Gedanken wieder, und sie waren unanständiger als jemals zuvor.

Hallo, Professor Herron. Ich bin ein ganz unartiges Mädchen, denn ich werde meine Arbeit viel zu spät abgeben. Ich war die ganze *Nacht wach und habe für die Anatomieprüfung gelernt. Gibt es irgendwas, das ich tun kann, um meine Note aufzubessern? Vielleicht wenn ich mich* ganz besonders *anstrenge …?*

Mist.

Sie brauchte mehr Batterien.

Kapitel 7

Toris Magen knurrte, als sie Gabes Käsesandwich in der Pfanne wendete. Sie war sich nicht sicher gewesen, ob sie Gabe etwas zum Abendessen machen sollte oder nicht, aber wenn Mark sich wirklich etwas vom Thailänder mitbrachte, war vermutlich nichts dabei, das Gabe freiwillig essen würde. Vielleicht puren Reis, aber selbst das war unwahrscheinlich. Also hatte sie entschieden, Gabe ein Sandwich zu machen, etwas pürierten Kürbis in den Käse gemischt und das Ganze vor dem Braten in Ei getunkt, um es proteinreicher zu machen. Sie hoffte, dass Mark damit einverstanden war. Zumindest wusste sie, dass Gabe dieses Sandwich mochte. Sie hatte es schon einmal für ihn gemacht, und er hatte damals mit Handzeichen sogar einen Nachschlag verlangt.

Sie hatten einen guten Tag gehabt. Gabe war zwar die meiste Zeit recht müde gewesen, aber immerhin gut gelaunt, und er hatte auf dem Spielplatz, in der Bäckerei und im Aquarium Spaß gehabt. Tori hatte ihnen beiden je einen Mini-Cupcake gegönnt und Gabe verraten, dass heute ihr Geburtstag war, und ein Geburtstag ohne Kuchen war eben kein richtiger Geburtstag. Er hatte sie angegrinst und sich hingebungsvoll daran gemacht, den Zuckerguss über sein ganzes Gesicht zu verteilen.

Dieselbe Melodie vor sich hin summend wie Mark heute Morgen, drehte sie die Temperatur der Kochplatte etwas herunter und wippte mit den Hüften. Zwischen die nicht loszuwerdenden Mark-Phantasien mischte sich die Frage, was sie selbst heute Abend essen sollte. Schon seit dem morgendlichen Gespräch mit Mark hatte sie Lust auf Thailändisch, aber sie konnte es sich nicht leisten, etwas zu bestellen, und hatte keine Zutaten zu Hause, um etwas Vergleichbares zu kochen. Zwar wollte ihre Schwester sie am morgigen Samstag zum Essen einladen, aber sie gingen immer zum Garnelen-All-You-Can-Eat-Buffet im *Sea Shanty*, wenn eine von ihnen Geburtstag hatte. So viele Garnelen, wie man wollte, für nur dreißig Dollar pro Person – wer würde da nicht essen, bis er platzte?

Aber ihre Eltern hatten ihr ja Geld zum Geburtstag geschenkt. Vielleicht sollte sie auf dem Heimweg doch bei *Siam I Am* vorbeifahren und sich ein Panang-Curry gönnen. Das würde kein allzu großes Loch in ihre Reserve reißen. Und wenn sie den Reis dazu selbst kochte, sparte sie noch mal drei Dollar, und das Essen würde vermutlich auch noch für morgen Mittag reichen.

Das Wasser lief ihr schon im Mund zusammen.

Schließlich hatte sie heute Geburtstag, da hatte sie sich etwas Besonderes verdient. In den letzten Wochen hatte sie gespart wie besessen und war froh, an den meisten Abenden bei Mark essen zu dürfen. Also konnte sie sich doch wohl heute mal ein Curry für dreizehn Dollar leisten. Und vielleicht eine Frühlingsrolle oder zwei. Man wurde schließlich nur einmal achtundzwanzig.

Das Geräusch der zufallenden Garagentür riss sie aus ihren Gedanken, und Gabes Schritte hallten durch die Küche, als er in vollem Tempo seinem Vater entgegenlief.

»Hey, Kumpel. Hattest du einen schönen Tag? Willst du mir tragen helfen?«

Tori drehte sich nicht um, hörte aber die Schritte der beiden näher kommen, während sich das Rascheln von Plastiktüten mit dem Brutzeln des Sandwichs in der Pfanne mischte.

Noch mehr Rascheln, und auf einmal stand Gabe neben ihr und hielt ihr einen gigantischen Blumenstrauß entgegen.

Sie schaltete den Herd aus und packte das Sandwich auf einen Teller, bevor sie sich zu ihm hinunterbeugte. »Was ist das denn?«

»Happy Birthday!«, rief Mark und trat mit einer edel aussehenden Geschenktüte hinter Gabe.

Tori riss die Augen auf. »Was? Woher wusstest du das denn?«

Sein Lächeln war ein wenig schief und einfach nur zum Niederknien. »Von deinem Lebenslauf.«

Natürlich. Dieser Mann brachte sie einfach völlig aus dem Konzept.

Er reichte ihr die Geschenktüte. »Das ist für dich.«

Sie schüttelte den Kopf. »Das ist doch nicht nötig. Ich habe heute Morgen extra nichts gesagt, weil es wirklich keine große Sache ist. Es ist ja nicht mal ein runder Geburtstag. Nur ein neuer Tag, ein neues Jahr.«

Ein Jahr näher am Tod. Und sie würde vermutlich allein sterben.

Wow. Wo kam denn der düstere Gedanke plötzlich her?

»Und ich habe genug Essen von *Siam I Am* mitgebracht, um eine ganze Armee durchzufüttern. Also hilf Gabe schnell beim Händewaschen, während ich alles auspacke.«

Toris Mund stand offen. Niemand, nicht einmal Ken, hatte sie jemals mit so etwas zu ihrem Geburtstag überrascht. Ja, natürlich, ihre Eltern feierten immer mit ihr, aber das war etwas anderes. Keiner ihrer Ex-Freunde, und ihr Ex-Mann am allerwenigsten, hatte sich jemals groß für ihren Geburtstag interessiert, obwohl sie sich andersherum immer extra viel Mühe gegeben hatte.

Sie biss die Zähne zusammen und räusperte sich. Ihre wild aufwallenden Gefühle machten das Schlucken schwer. Sie würde jetzt nicht weinen. »Danke«, sagte sie schließlich, auch wenn es nur als Krächzen aus ihrem Mund kam.

Sein Lächeln war das beste Geschenk von allen, ganz egal, was in der Tüte war. Dieses Lächeln würde ihr für die nächsten 365 Tage vollkommen reichen.

Sie nahm Gabe den Blumenstrauß ab. »Vielen Dank, Kleiner. Die sind wunderschön. Komm, wir gehen mal Hände waschen.« Sie griff nach seiner Hand, legte den Strauß auf den Küchentisch und führte Gabe in das kleine Bad gleich neben der Küche, wobei sie sich fragte, womit sie bloß so viel gutes Karma gesammelt hatte, um einen Boss wie Mark Herron zu bekommen.

»Er schläft ja gleich über seinem Cupcake ein«, sagte Mark mit einem leisen Lachen, lehnte sich in seinem Stuhl zurück und unterdrückte den Impuls, seine Hose aufzuknöpfen. »Kleiner Mann, bist du fertig?« Er machte das Zeichen für »fertig«.

Gabe wiederholte es, wenn auch deutlich verschlafener.

Ja! Ein kleiner Sieg. Er hatte schon seit Ewigkeiten nicht mehr auf die Zeichen seines Vaters geantwortet. Was auch immer Tori mit ihm machte, es schien zu funktionieren.

Mark grinste. »Dann bleibt mehr für mich.« Mit seiner Gabel spießte er die restliche Hälfte des Red-Velvet-Cheesecake-Cupcakes seines Sohns auf und zog Kuchen und Teller über den

Tisch zu sich herüber. »Du hattest recht, Tori, diese Dinger sind echt gut. Die machen fast schon süchtig.«

Toris helle Augen funkelten, und ihr Lächeln ließ den ganzen Raum erstrahlen. »Hab ich dir doch gesagt. Gabe hatte heute Mittag übrigens schon einen Mini-Cupcake. Ich habe ihm gesagt, dass zu jedem richtigen Geburtstag Kuchen gehört, und da ich nicht erwartet habe, heute noch einen zu bekommen, dachte ich mir eben, wieso nicht. Ich hoffe, das macht dir nichts aus?«

Er zuckte mit den Schultern. »Überhaupt nicht. *So* streng bin ich nun auch wieder nicht. Heute ist ein besonderer Tag, da darf man mal über die Stränge schlagen.« Er schaufelte sich den Rest des Cupcakes in den Mund und ließ sich vom Zucker ein wenig die Sinne benebeln. Gott, war das gut. Am Sonntag würde er eine Meile extra laufen müssen, aber das war es absolut wert.

»Noch mal vielen lieben Dank, Mark, für das Essen, die Blumen und die Cupcakes. Das war wirklich nicht nötig. Ich arbeite doch noch gar nicht so lange für dich, das ist doch viel zu viel.«

Sie knetete ihre Finger im Schoß und hatte offensichtlich Mühe, seinem Blick standzuhalten, eine Angewohnheit, die sie schon öfter an den Tag gelegt hatte, wenn sie nervös war.

Wieso war sie jetzt nervös?

Machte *er* sie etwa nervös?

Auf welche Art machte er sie nervös?

»Du bist genau das, was wir gebraucht haben, Tori, und bist genau im richtigen Moment aufgetaucht. Das alles ist nur ein kleines Dankeschön von mir. In den paar Wochen, die du mit Gabe verbracht hast, hat er schon so viel erreicht. Also, danke *dir*.« Ihr bescheidenes Lächeln und die Röte, die ihr jetzt in die Wangen stieg, sorgten dafür, dass sich sein Magen zusammenzog und seine Lust erwachte. »Und hier, das gibt es auch noch …« Er schob die Geschenktüte zu ihr hinüber. Sie hatte noch nicht hineingesehen.

Langsam, fast schon widerstrebend stellte sie die Tüte auf ihren Schoß und zog das blaue Seidenpapier heraus, das den Inhalt verbarg. Dann sah sie hinein und holte scharf Luft. Ihr Blick schoss zu ihm. »Mark … Das ist wirklich nicht nötig!«

Na ja, entweder das oder essbare Unterwäsche …

Sie zog einen Jahresvorrat ihres Lieblingstees aus der Tüte. Ihm war klar, dass sie wusste, wie viel der Tee kostete – und das war nicht wenig. Aber das war egal. Der Ausdruck in ihren Augen und dieses Lächeln waren jeden Penny wert.

»Woher wusstest du das?« Sie öffnete die Teedose und atmete den Duft von schwarzem Tee und Bergamotte tief ein.

»Du hast vor ein paar Tagen erwähnt, dass dein Vorrat leer ist, und so, wie du die letzte Tasse davon genossen hast, war mir klar, dass der Tee etwas Besonderes ist.«

In ihren Augen glänzten Tränen. »Früher bei meiner Oma gab es immer Earl Grey. Sie hat keine andere Sorte getrunken und immer nur den teuren losen Tee. Als sie gestorben ist, hat sie mir ihre Lieblingstasse, Teekanne und ihren gesamten Teevorrat vererbt. Das vor ein paar Tagen war die letzte Tasse von ihrem Tee. Deswegen war ich so traurig. Also wirklich: vielen, vielen Dank.«

Konnte diese Frau noch umwerfender werden?

Für einen Moment sahen sie sich direkt in die Augen, und Mark hätte schwören können, dass da etwas zwischen ihnen in der Luft hing.

Waren seine Geschenke doch zu viel gewesen? Fand sie sein Verhalten unangemessen?

Der Bann wurde jäh gebrochen, als Gabes Kopf von seiner Hand rutschte und um ein Haar auf dem Tisch aufgeschlagen wäre.

Mist, er hatte seinen Sohn fast vergessen.

Er schüttelte den Kopf und erhob sich. »Ich gehe ihn mal schnell baden und bettfertig machen.« Er hob Gabe hoch und trug ihn Richtung Badezimmer.

»Ich räume derweil hier zusammen.«

Wie ein verheiratetes Paar erledigte jeder seine Aufgabe, als würden sie das jeden Abend so machen. Er brachte das Kind ins Bett, während sie die Reste vom Abendessen wegräumte.

Die pure häusliche Glückseligkeit.

Aber das war nicht die Realität, daran musste er sich immer wieder erinnern.

Sie war nichts Gabes Mutter. Sie war nicht seine Frau.

Sie war seine Angestellte.

Verdammt, aber es war wirklich nicht einfach. Sie machte sein Leben so viel leichter. Machte es so leicht, sie zu mögen.

Wäre mit ihr alles so leicht?

Was meinst du mit alles?

Als Mark in die Küche zurückkehrte, drückte Tori gerade mit dem Knie die Klappe des Geschirrspülers zu und drehte sich zum Spülbecken um.

»Der Kleine schläft tief und fest.«

»Ich wünschte, ich könnte auch so schnell so tief einschlafen.«

»Ja, ich auch. Ich brauche immer Ewigkeiten mit den ganzen Gedanken, die in meinem Kopf rumoren.«

Tori tauchte die Hände in das warme Seifenwasser, um die Pfanne zu schrubben, in der sie Gabes Sandwich gemacht hatte. Sie hatte den Eindruck, dass sie mit jeder Nacht etwas länger brauchte, um einzuschlafen. Das lag vornehmlich daran, dass die Gedanken und Phantasien, die jetzt schon seit Wochen ihren Kopf füllten, am aktivsten waren, wenn sie nur in T-Shirt und Unterwäsche im Bett lag und die Decke anstarrte. Gedanken und Phantasien, die sich alle um Mark drehten. Darum, was für ein toller Mann er war.

Was für ein toller Vater.

Im Flur hing ein Foto von ihm und Gabe am Strand, auf dem er nur Badeshorts trug, und Tori starrte dieses Bild viel zu oft an. Ein Oberkörper wie in Stein gemeißelt. Perfektion im Fotoformat. Und apropos Format … sein *Format* war durchaus beeindruckend, so viel konnte sie auf dem Bild erkennen – nachdem sie sich Gabes Spielzeuglupe geschnappt und Marks Badehose genauer inspiziert hatte.

Nein, sie war *überhaupt* nicht besessen.

Er füllte ihre Phantasien, ihre Tagträume, ihre nächtlichen Träume und jeden Moment dazwischen. Die Gedanken an seine Lippen, seine Zunge, seine Hände, seinen Körper hielten sie nachts wach, während ihre Hände am Oberkörper entlang nach unten glitten und sie ihrer Vorstellungskraft freien Lauf ließ. Bis ihre Finger den Weg unter das Gummiband ihres Höschens fanden, über den schmalen Haarstreifen und in die feuchte, pulsierende Hitze zwischen ihren Beinen.

Als sie den Job angenommen hatte, war ihr bewusst gewesen, dass es schwer werden würde, für so einen attraktiven Mann zu arbeiten, aber ihr war nicht klar gewesen, *wie* schwer. Und mit jedem Tag mehr, den sie mit Mark und Gabe verbrachte und beobachtete, wie er mit seinem Sohn umging, wie er ihn verwöhnte und sich ihm voll und ganz widmete, wurde ihr bewusster, dass sie sich nicht nur körperlich zu Mark hingezogen fühlte. Sie war dabei, sich in ihn zu verlieben.

Die letzten Wochen kamen ihr wie ein Traum vor. Sie hatten alle drei so leicht in diese behagliche neue Routine gefunden. Sie kam jeden Morgen, um Gabe abzuholen und in die Schule zu bringen. Es wurde immer gescherzt und gelacht, wenn sie mit ihrem Tee bei ihnen am Küchentisch saß und ihnen beim Frühstücken zusah. Dann ging sie mit Gabe zur Schule und schickte Mark den ganzen Tag über Fotos und kurze Updates. Zurück zu Hause, aßen Gabe und sie einen kleinen Snack, bevor sie entweder zum Schwimmunterricht oder in den Park gingen oder eine seiner Therapeutinnen für eine Stunde vorbeikam. Mark kam gegen 18:00 Uhr nach Hause, und sie aßen zusammen zu Abend. Dann badete Mark seinen Sohn, las ihm vor und brachte ihn ins Bett, während Tori die Küche aufräumte und das Essen für den nächsten Tag vorbereitete.

Sie wusste, dass sie damit weit über ihre eigentlichen Aufgaben hinausging, aber das machte ihr nichts aus. Sie war gern bei Mark zu Hause, war gern Teil seiner Welt, seines Lebens. Auf jeden Fall war es besser, als allein in einer Wohnung zu sein, die nicht einmal ihre eigene war, und vor dem Fernseher einen Salat oder eine der unzähligen eingefrorenen Suppen und Aufläufe zu essen, die ihre Mutter ihr nach Weihnachten aufgedrängt hatte. Und Mark schien ihre Gesellschaft ebenfalls zu genießen, nicht nur ihre Hilfe. Manchmal wirkte er todmüde, wenn er nach Hause kam, begrüßte sie aber dennoch mit einem Lächeln, das sie noch tagelang in ihren Träumen verfolgte.

Jetzt stupste er sie sanft an. Drängte sich neben sie ans Spülbecken, nahm das Geschirrtuch zur Hand und begann abzutrocknen.

Sie schluckte. In den letzten Wochen hatte sich zwischen ihnen etwas verändert. Vielleicht bildete sie es sich nur ein, aber die Blicke, die Mark ihr zuwarf, und die Art, wie er mit ihr scherzte und immer wieder Gelegenheit fand, ihr nah zu sein, legten nah, dass dieses Gefühl nicht einseitig war. Nein, das war keine Einbildung.

Er spürte es auch.

Die Anziehung.

Die Chemie zwischen ihnen.

Die Sehnsucht.

Und hatte er sie nicht gerade erst mit Geschenken, leckerem Essen und Kuchen überhäuft? Tat man so was für die Interventionstherapeutin seines Sohnes?

Du denkst schon wieder viel zu viel darüber nach …

»Hast du was Schönes vor am Wochenende?«, fragte Mark.

»Nicht viel. Morgen Abend gehe ich mit meiner Schwester ins *Sea Shanty*, noch nachträglich zu meinem Geburtstag.«

»Das Garnelen-All-You-Can-Eat?«

»Genau! Dann muss ich ein paar Übungen für den Onlinekurs abarbeiten, und danach gibt es noch eine Diskussionsrunde. So was ist online echt nervig, denn während ich eine Frage tippe, machen zehn andere Leute das auch, und während ich versuche, alles mitzulesen, verliere ich den roten Faden und lösche am Ende meine eigene Frage.«

Sein warmes Lachen strich über ihre Haut wie ein lauer Sommerwind, angenehm und mehr als willkommen. »Dann hoffe ich, du hast auch noch was Angenehmes geplant, vom Essen mit deiner Schwester mal abgesehen. Du weißt doch, was man sagt: Arbeit allein macht nicht glücklich. Verbring deine Freizeit nicht nur mit Lernen. Nimm dir auch Zeit, um mal Spaß zu haben.«

Sie blies die Backen auf und stieß dann langsam die Luft aus.

Spaß.

Spaß?

Das letzte Mal, dass sie wirklich Spaß gehabt hatte, war an dem Abend gewesen, als sie Mark kennengelernt hatte. Bei ihrer »Goodbye Ken«-Party.

»Ach ja? Und was machst du so, um *Spaß* zu haben?« Sie hatte nicht beabsichtigt, dass ihre Frage so herausfordernd klang.

Er lachte auf. »Nicht genug.«

O Mann. Sie wusste, was sie mit *ihm* tun würde, um Spaß zu haben. Ihre Gedanken drifteten schon wieder ab.

Zu seinen Bauchmuskeln.

Seiner breiten Brust.

Seinen Armen.

Ihrer Zunge, die über diese ganze Pracht glitt.

Nein. Nein. Nein.

Onkel John, der oben ohne in einem Planschbecken Hähnchenschenkel mit Blauschimmelkäse isst, und seine ekligen Zehennägel.

Sie schloss die Augen und nahm ein paar tiefe Atemzüge.

Okay, gut, die Bilder von Mark und all den Arten, auf die sie mit ihm Spaß haben könnte, waren aus ihrem Kopf verschwunden.

Noch immer dieselbe Pfanne schrubbend, die sie schon seit gefühlt zehn Minuten bearbeitete, warf sie Mark aus dem Augenwinkel einen Blick zu.

Er hatte die Augen auf das Besteck gesenkt, das er gerade abtrocknete, und ein kleines Lächeln umspielte seine Lippen.

Sie arbeiteten schweigend weiter, und es war nichts zu hören außer dem sanften Schwappen des Spülwassers und dem leisen Klirren des Kochbestecks, das Mark abtrocknete. Doch die aufgeladene Stimmung wurde mit jedem Moment greifbarer. Er hätte nicht so dicht neben ihr stehen müssen, und trotzdem tat er es. So dicht, dass sich ihre Ellbogen immer wieder berührten und danach unweigerlich ihre Schulter gegen seinen Oberarm stieß. Gegen seinen *harten*, muskulösen Oberarm. Er hatte seinen Anzug wieder gegen die graue Jogginghose und ein schwarzes T-Shirt eingetauscht, und diese Kombination ließ Toris Gedanken immer wieder in unerlaubte Tiefen abrutschen.

»Ich glaube, die Pfanne ist jetzt wirklich sauber«, sagte er mit einem leisen Lachen. »Außer, du willst das Teflon abschrubben?«

Tori verdrehte die Augen, zog die Pfanne aus dem Wasser, ließ kurz klares Wasser darüber laufen und stellte sie dann aufs Abtropfgitter. Doch Mark griff genau im selben Moment danach, und ihre Hände berührten sich.

Diese harmlose Berührung genügte, um Funken durch ihren Körper schießen zu lassen, von ihrer Hand bis zu ihren Zehenspitzen und wieder zurück, um sich schließlich tief in ihrem Bauch zu sammeln und eine Hitze auszustrahlen, die bis zwischen ihre Beine reichte.

Sie sah, wie er hart schluckte.

Verdammt, sogar sein Hals war sexy, mit starken Sehnen und prominentem Adamsapfel, der beim Sprechen sachte auf und ab hüpfte.

»Was hast du denn am Wochenende vor?«, fragte sie rasch, um die Unterhaltung aufrechtzuerhalten. Wann immer sie schwiegen, übernahm ihre Phantasie die Zügel und führte sie geradewegs nach Sexytown. Und das war wirklich ein dreckiges Pflaster.

Sie zog den Stöpsel, und er hob eine Schulter und reichte ihr das Geschirrtuch, damit sie sich die Hände abtrocknen konnte. »Samstags bin ich immer bei meiner Pokerrunde, und am Sonntag wollte ich mit Gabe vielleicht ins Flugzeugmuseum gehen. Er ist immer so gern dort.«

Stimmt, sein Väter-Club und die dazugehörige Pokerrunde.

Wie es da wohl zuging? Saßen sie alle zusammen und zogen über ihre Ex-Frauen her? Über Frauen im Allgemeinen? Oder war es eher eine Art Selbsthilfegruppe für alleinerziehende Väter? Oder waren sie alle klischeehafte Männer und redeten überhaupt nicht über ihre Gefühle, sondern tranken nur Bier, aßen fettiges Essen, brummten sich an und spielten Poker?

Vermutlich Letzteres.

»Klingt nach einem lustigen Wochenende. Spielt ihr eigentlich um Geld oder nur zum Spaß?«

Er hängte das Handtuch zurück an seinen Platz und sah sie an. »Wir spielen um Geld.«

Sie schürzte die Lippen. »Wow. Vielleicht schaffe ich es ja mal nach Las Vegas, wenn ich wieder etwas Geld habe. Einmal diese Aufregung miterleben, die Action … Bist du denn gut im Pokern?«

Er lächelte verschmitzt. »Ich gewinne zumindest mehr, als ich verliere.«

»Das ist gut.«

Sie musste jetzt wirklich los, nach Hause, weit weg von diesem verführerisch duftenden alleinerziehenden Vater mit dem Shirt, das viel zu eng war, um noch irgendwas ihrer Vorstellungskraft zu überlassen, und Sweatpants, die sie ihm am liebsten mit den Zähnen vom Leib gerissen hätte.

»Na ja, ich … ähm … ich glaube, ich sollte dann mal gehen. Die Fische warten auf ihr Abendessen.« Sie fuhr mit der Handfläche über die kühle Quarzarbeitsplatte im Versuch, wieder auf den Boden der Tatsachen zurückzukommen und ihren Körper etwas abzukühlen. Sie glühte förmlich. Der Blick, mit dem Mark sie ansah … Er machte ihr falsche Hoffnungen. Er brachte sie auf dumme Ideen.

Auf die dumme Idee, das Falsche zu tun. Das absolut Falsche.

Das absolut Falsche, das so viel *Spaß* machen würde.

Aber nein, das durfte sie nicht tun.

Nein.

Niemals.

Nicht mit ihrem Boss.

Nicht mit einem alleinerziehenden Vater.

Er ließ sie nicht aus den Augen, während er kaum merklich nickte. »Du hast vermutlich recht.«

War das Enttäuschung in seiner Stimme? Bat sein Blick sie zu bleiben? Bat er sie, sich nackt auszuziehen und über die Küchentheke zu beugen?

O Gott … Onkel John, der oben ohne mit Schwimmflügeln und einem Schwimmreif in einem Planschbecken sitzt und Hähnchenkeulen isst, seine riesige Wampe voller Barbecuesoße.

Puh. Krise abgewendet.

Mit der Hand noch immer auf dem Küchentresen, um die Balance zu halten, die ihr plötzlich abhandengekommen zu sein schien, versuchte sie, an ihm vorbeizugehen. Doch dabei stieß sie mit den Fingern gegen einen Gegenstand, der klappernd auf den Fliesenboden fiel.

»Mist«, murmelte Tori. Sie sah nach unten und erkannte, dass sie ausgerechnet Marks Handy auf den Boden befördert hatte. »O nein!«

»Ist schon okay.« Er beugte sich vor, um es aufzuheben.

Tori hatte sich zeitgleich nach unten gebeugt, und gerade als sie die Hand auf das Handy legte, schloss Mark seine Finger um ihr Handgelenk. Wieder schossen Funken durch ihren Körper, kaum dass Mark ihre Haut berührt hatte. Ein Stromstoß, so stark, als hätte sie eine Gabel in eine Steckdose gesteckt. Sie sprang zurück, ließ dabei das Handy wieder fallen und zog ihre Hand aus seinem Griff.

»Tut mir leid.« Er richtete sich wieder auf.

Tori versuchte, den Kloß in ihrem Hals herunterzuschlucken und mit ihm die Emotionen, die Erregung, die pure animalische Lust, die sie für den Mann empfand, der ihr gegenüberstand. »N-nein. Mir tut es leid. Ich hoffe, ich habe das Display nicht kaputt gemacht.«

Er hob das Handy auf und drehte es in seiner großen, sexy Hand um, während ein spitzbübisches Lächeln an seinen appetitlichen Lippen zupfte. »Nicht ein Kratzer.«

Sie fuhr sich mit der Zunge über die Lippen. »Das ist gut.«

Sein Blick bohrte sich in den ihren. »Ja.«

Toris Mund stand leicht offen, und sie atmete stoßweise, als wäre sie gerade eine Meile gerannt. Ihr Herz schlug rasend schnell, und ihre Handflächen wurden feucht.

Marks Blick brannte sich bis in ihr Innerstes. »Tori …«

»Ja?«

»Ach, verdammt!«

Und dann war er bei ihr.

Sie hieß ihn willkommen.

Ermutigte ihn.

Endlich.

All ihre Phantasien und Träume wurden endlich wahr, als er eine Hand in ihre Haare schob und seine Lippen auf ihre presste, sie dabei nach hinten gegen die harte Kante der steinernen Arbeitsplatte drängte. Sie bestanden nur noch aus Händen, Lippen und Zungen, griffen nacheinander, vergruben sich ineinander, zogen und zerrten. Das, was hier passierte, war in keinster Weise *romantisch*. Es war Sex. Purer, ungezähmter, animalischer Sex.

Er knetete ihre Brust, während er an ihrem Nacken knabberte und mit der Zunge in sinnlichen Achterlinien ihren Hals entlangfuhr. Sie ließ die Hände von seinen Schultern bis zum Saum seinen Shirts hinabgleiten, schob den Stoff gerade weit genug hoch, um seine Haut unter ihren Fingerspitzen zu spüren. Er stöhnte in ihre Halsbeuge, als sie ihn aus seiner Boxershorts befreite und zu streicheln begann, selbst erregt von der seidigen Haut unter ihren Fingern.

Sie tat alles blind, vertraute ihrem Gefühl. Als sie die Augen schloss und Mark die Kontrolle überließ, erwachten all ihre anderen Sinne umso stärker. Sein heftiger, heißer Atem auf ihrer Haut, ihr donnernder Puls in ihren Ohren, sein berauschend männlicher Duft. Jedes Geräusch, jede Berührung, jeder Geruch steigerte ihre Lust noch weiter. Steigerte ihr Verlangen danach, von Mark genommen zu werden, bis ins Unerträgliche. Sie wollte ihm endlich all das geben, wovon sie in den letzten einsamen Wochen phantasiert hatte.

Ein kleiner Tropfen hatte sich an der Spitze seines Penis gebildet, und Tori verteilte ihn sanft mit dem Daumen kreisend. Sein Stöhnen wurde lauter, wilder.

Plötzlich fand sie sich mit beiden Füßen auf dem Küchenboden wieder, und Mark entzog sich ihren Armen. Dann kniete er sich vor sie und befreite sie von Schuhen und Jeans, seine Bewegungen hatten etwas Verzweifeltes an sich. Ihr Höschen hatte sie noch an, aber es war ein hautfarbenes Spitzenteil, und sie war nicht sicher, ob er es übersehen hatte oder ob es ihm in seiner Lust einfach egal war. Er griff sie um die Hüften und setzte sie wieder auf den Tresen, zog sie so weit nach vorne, dass die Spitze seines Penis zwischen ihre Oberschenkel stieß.

Gott, das fühlte sich so gut an. Sie schloss erneut die Augen und grub die Zähne in ihre Unterlippe.

Mit den Fingern schob er den weichen Stoff ihres Höschens beiseite und erkundete, was darunterlag.

Sie war tropfnass.

Tori schnappte nach Luft, heiße Wirbelstürme fegten durch ihren Körper. Sie schob ihre Hüfte noch weiter vor, bettelte nahezu darum, dass er weiter vordrang, tiefer. Sie versank in seinen Berührungen, ihre Knochen, sämtliche Faser ihres Körpers waren nur noch Wackelpudding.

»So verdammt feucht«, murmelte er, lehnte sich vor und fuhr mit der Zungenspitze ihre Ohrmuschel entlang.

Tori öffnete den Mund. Ihr Atem ging schnell und flach, und immer wieder entfuhr ihr ein leises Stöhnen. Es war unmöglich, es zurückzuhalten. Es fühlte sich einfach zu gut an.

»Mark …«, sagte sie atemlos.

Er hob den Kopf. In seinen Augen loderte Feuer. Er brannte für sie. Ohne zu zögern, hob er ihren Po mit einer Hand an und schob mit der anderen ihr Höschen beiseite. Mit fahrigen Händen griff sie nach seinem Schwanz und brachte ihn in Position. Goldene Funken glühten in seinen grünen Augen, bevor er sie schloss. Er grub beide Hände in ihren Po und stieß nach vorn.

»O Gott«, stöhnte Tori. Endlich, nach einer viel zu langen Zeit der Abstinenz, fühlte sie sich wieder vollkommen ausgefüllt. Und das von dem umwerfendsten Mann, den sie sich vorstellen konnte. Sie schlang die Beine um seine Hüfte und verschränkte die Knöchel hinter seinem Rücken, als er sich über sie beugte, um tiefer eindringen zu können, während sie sich auf dem kalten Steintresen zurücklegte.

Marks Stöhnen und lautes Atmen dicht neben ihrem Ohr war alles, was sie hören konnte, und es spornte sie nur noch weiter an. Er war völlig gefangen in dem Moment, genau wie sie, viel zu versunken in der Lust, um zu küssen oder zu streicheln.

»Du brauchst mal wieder richtig guten Sex«, hatte ihre Schwester gesagt, nachdem Ken sie rausgeworfen hatte. »Verbann diesen Dreckskerl aus deinem Kopf, deinem Herzen, deinem Körper und vor allem deinem Bett. Beginne mit den beiden letzten und arbeite dich dann langsam vor.«

Genau das tat Tori jetzt. Sie hatte richtig guten Sex.

Mark ließ eine Hand zwischen ihre Schenkel und unter den zur Seite geschobenen Stoff ihres Höschens gleiten. Seine Finger fanden ihre Klitoris, und er begann sie zu reiben.

Sie schnappte lautlos nach Luft. Es fehlte nicht mehr viel, und sie war völlig verloren.

Sie war so nah dran.

»O Gott, du fühlst dich so gut an«, knurrte er.

»Ich … ich …«

Das war es!

Eine Million winziger Sterne explodierte hinter ihren zusammengekniffenen Augenlidern, als die Königin aller Orgasmen durch ihren Körper wogte. Sie erstarrte in seinen Armen, spannte die Muskeln in ihrem Inneren an, hielt ihn fest, um diesen lustvollen Moment in die Länge zu ziehen, und genoss seine Stöße gegen ihre Muskeln, ihre Neuronen, ihre Seele.

Ihre Zehen verkrampften sich, und ihr Kopf fiel nach hinten. Sie sog diesen Moment in sich auf und wollte ihn nie wieder loslassen. Wollte, dass er nie endete. Das erste Mal seit Langem fühlte sie sich wieder begehrenswert, sexy, fühlte sich wie eine junge Frau und nicht wie eine alte Jungfer, dazu verurteilt, allein mit sechs Dutzend Katzen zu leben und süchtig nach Fernseh-Shopping zu werden.

Ein lautes Aufstöhnen und Keuchen neben ihrem Ohr. Die Muskeln in ihrem Innern spannten sich wieder, umschlossen ihn tief in ihr, um seinen Höhepunkt noch zu steigern und auch den letzten Tropfen aus ihm herauszuholen.

Danach rührte sich keiner von ihnen. Sie blieben noch für einen Moment in ihrem postkoitalen Kokon gefangen, während sich ihr Herzschlag und Atem langsam wieder normalisierten.

Sie wusste nicht, was sie sagen sollte, ob sie *überhaupt* etwas sagen sollte, aber das Klingeln seines Telefons neben ihnen auf der Theke nahm ihr die Entscheidung ab.

Mark zog sich aus ihr zurück und rückte hastig seine Hose zurecht, bevor er nach seinem Handy griff. Ohne sie noch einmal anzusehen, nahm er den Anruf entgegen und entfernte sich in Richtung seines Büros, sagte etwas darüber, dass er neue MRT-Aufnahmen benötigte, weil ihm die ersten nicht genügend Aufschluss gaben.

Tori ließ sich von der kalten Arbeitsplatte gleiten und schlüpfte wieder in Jeans und Sneaker.

Sollte sie auf ihn warten?

Mussten sie über das reden, was eben passiert war?

Was war da überhaupt gerade passiert?

Du hattest versauten, heißen Küchensex mit deinem Boss, Dr. Dirty Dreams, und zwar genau da, wo du seinem Sohn immer die Erdnussbutter-Marmeladen-Sandwiches machst.

Bei dem Gedanken holte Tori eilig das Desinfektionsspray sowie ein paar Küchentücher aus dem Vorratsschrank und desinfizierte den Tresen.

Sie konnte versaut sein.

Aber sie war auch ordentlich.

Marks Stimme drang aus seinem Büro bis zu ihr in die Küche. Er klang nicht sehr erfreut.

Sie wollte ihren gemeinsamen Moment nicht zerstören, ihren Orgasmus-Rausch nicht zunichtemachen. Also schlich sie sich wie ein Collegemädchen nach einer harten Partynacht aus dem Haus und in die eisige Februarnacht.

Sie zitterte, als sie in ihrem Auto saß und darauf wartete, dass der Motor warm wurde.

Marks Bett war bestimmt wunderbar warm. Marks Körper war es auf jeden Fall.

Sie pustete sich den Pony aus der Stirn und schüttelte den Kopf. Es war nur eine einmalige Sache. Am Montag würde er ihr bestimmt sagen, dass es ein riesengroßer Fehler gewesen war, womit er natürlich recht hätte.

Würde er sie deswegen entlassen? Sollte sie am Wochenende schon mal nach einem neuen Job suchen?

Der Rausch ihres Orgasmus hatte nicht lange angehalten. Jetzt empfand sie nur noch Angst. Angst und Reue.

Sie hatte mit ihrem Boss geschlafen.

Was hatte sie nur angerichtet?

Kapitel 8

Es war Samstagabend, und Mark fand sich wie jede Woche mit seinen Freunden an Liams Pokertisch wieder. Er und Gabe hatten den Tag mit Einkaufen, einem Friseurbesuch und einem frühen Abendessen bei Marks Eltern verbracht, bevor er aufgebrochen war.

Sosehr er sich auch bemüht hatte, er hatte Tori den ganzen Tag und die gesamte letzte Nacht nicht aus dem Kopf bekommen. Was hatten sie nur getan? Was hatte *er* getan?

Den Anruf aus der Klinik hatte er annehmen müssen – und zwar ungestört –, aber er hatte gehofft, dass sie warten würde und sie danach über das sprechen konnten, was zwischen ihnen passiert war.

Danach hatte er kaum schlafen können. So gut es sich auch angefühlt hatte, seiner Leidenschaft für sie, seiner Lust, seinem Verlangen endlich nachzugeben, wusste er doch, dass es falsch war und dass er dadurch vermutlich das Beste verlieren würde, das seinem Sohn – und ihm selbst, wenn er ehrlich war – seit über einem Jahr passiert war. Sie konnte ihn wegen sexueller Belästigung verklagen, seinen guten Namen durch den Schmutz und die Medien ziehen. Die Klinik würde ihn feuern, die Universität gar nicht erst anstellen. Und das alles nur, weil er seinem Schwanz für eine Sekunde das Denken überlassen hatte.

»Was ist los mit dir?«, fragte Adam.

Mark schüttelte den Kopf. »Nichts.«

»Du schaust total verträumt in die Gegend«, sagte Zak grinsend. »Wenn ich's nicht besser wüsste, würde ich sagen, du bist verliebt.«

Mark räusperte sich und bemühte sich um eine neutrale Miene. Wie sah man denn aus, wenn man verliebt war? Er musste sich und sein Gesicht schleunigst wieder unter Kontrolle bekommen.

»Was hast du angestellt?«, fragte Emmett in so väterlichem, so fürsorglichem Ton, dass sich Marks Magen zusammenzog.

»Nichts«, wiederholte Mark, wich Emmetts Blick aber aus.

»Du hast mit ihr geschlafen.«

Verdammt, sein Freund kannte ihn einfach zu gut. Er hätte nicht zulassen sollen, dass die Jungs Tori kennenlernten. Sie hatten ihm seitdem keine Ruhe gelassen.

»Mit wem?«, fragte Scott, die Augen vor Neugier geweitet.

Zak wackelte mit den Augenbrauen. »Ja, mit wem?«

Mark stieß die Luft aus. »Mit Tori, Gabes Interventionstherapeutin.«

»Die Kleine, die du angelogen hast, um sie in dein Haus zu bekommen?«, fragte Adam.

Gott, es klang noch viel schlimmer, wenn er das so sagte. Er hatte sie nicht *angelogen*. Nicht wirklich. Er hatte nur die Wahrheit etwas gedehnt, um sie dazu zu bringen, seinen Sohn kennenzulernen.

Marks Kopf tat weh.

»Alter, das ist echt nicht gut«, sagte Emmett. »Wie war sie denn danach drauf?«

»Ich weiß es nicht.« Er ließ den Kopf hängen und starrte auf den ausgeblichenen grünen Filzbelag des Pokertischs. »Sie ist gegangen.«

»Gegangen? Was meinst du damit?« Emmetts Stimme war ein paar Oktaven nach oben gesprungen. »Hast du sie rausgeschmissen?«

»Nein, aber die Klinik hat direkt danach angerufen, also habe ich meine Hose hochgezogen und bin nach nebenan gegangen, um den Anruf entgegenzunehmen. Als ich zurück in die Küche gekommen bin, war sie weg.«

»Du hast sie in der Küche gevögelt!« Zak hob anerkennend sein Bier. »Nicht schlecht, Alter.«

Mark verdrehte die Augen. Emmett am anderen Ende des Tischs ebenfalls. Es war ihm anzusehen, dass er sich beherrschen musste, Mark keine Standpauke zu halten. Wieso musste sich Emmett denn immer wie sein verdammtes Gewissen aufführen?

Weil du deinem Schwanz das Denken überlassen hast, deswegen.

»Und du hast seitdem nicht mehr mit ihr gesprochen?«, fragte Scott.

Mark schüttelte den Kopf. Er fand einen Anruf oder eine SMS in dieser Situation unangemessen. Sie mussten persönlich über das reden, was passiert war. Er musste ihr Gesicht sehen und ihre Stimme hören können, um herauszufinden, wie es ihr damit ging, wie sie sich fühlte.

Würde sie am Montag überhaupt kommen?

»Liebst du sie?«, fragte Emmett mit weit hochgezogenen Augenbrauen und nahm einen Schluck Bier.

Mark verzog das Gesicht zu einer Grimasse, die hoffentlich seine Verwirrung zum Ausdruck brachte. Er wusste nicht, was er für sie empfand. Er wusste nur, dass er gern bei ihr war, dass er die Art mochte, wie sie mit seinem Sohn umging, wie sie roch, wie klug und witzig und süß sie war. Dass es ihm gefiel, nach Hause zu kommen, wo sie auf ihn wartete, zusammen mit seinem Sohn, mit ihr zu Abend zu essen, mit ihr zu reden, Zeit mit ihr zu verbringen. War das Liebe? Er konnte sich nicht mehr daran erinnern, wie sich wahre Liebe überhaupt anfühlte. Zwischen ihm und Cheyenne war es schon lange vor der Scheidung nicht mehr rund gelaufen. Kurz nachdem Gabe mit zwei Jahren seine Diagnose bekommen hatte, war es in ihrer Ehe steil bergab gegangen. Sie hatten noch zwei Jahre lang gute Miene zum bösen Spiel gemacht, in getrennten Zimmern geschlafen, eher wie Mitbewohner als wie ein Liebespaar zusammengelebt. Also wusste er tatsächlich nicht mehr, was Liebe war. Und er wusste auch nicht, ob er bereit war, sein Herz noch einmal für jemanden zu öffnen, sein eigenes Herz … und das von Gabe.

»Liebe gibt es nicht«, sagte Liam tonlos und ohne mit der Wimper zu zucken. Er wirkte so eiskalt, dass Mark ihn für einen Psychopathen gehalten hätte, würde er ihn nicht besser kennen.

»Nicht die Leier schon wieder.« Adam schnaubte. Sie alle hatten sich Liams Philosophie schon zur Genüge anhören müssen. Er glaubte nicht mehr an Liebe, Ehe oder Monogamie. Und wenn er erst mal mit dem Thema angefangen hatte, ließ er sich nicht mehr stoppen.

»Das ist alles nur eine riesige Täuschung. Kreiert von Grußkartenherstellern und Juwelieren mit ihren Valentinskarten und Verlobungsringen. Die Ehe ist nur dazu da, Besitz zu definieren, und Monogamie ist ein soziales Konstrukt, dem fünfundneunzig Prozent der anderen Primaten, der anderen *Säugetiere*, nicht folgen. Es ist falsch. Es ist unnatürlich.«

Es wurde mit den Augen gerollt, und genervtes Stöhnen erklang von allen Seiten des Tischs.

»Was ist mit der Liebe, die man für sein Kind empfindet?«, fragte Emmett und nahm einen Schluck von seinem Bier. »Das kann doch wohl keine Täuschung von Hallmark und Cartier sein.«

Liam hob einen Finger, und seine Grübchen vertieften sich, als sein Grinsen breiter wurde. »Die einzige Ausnahme. Ja, die Liebe für die eigenen Nachkommen, die eigenen Gene gibt es wirklich. Ich meine, erinnere dich doch nur mal an diese arme Orca-Mutter, die ihr totes Baby drei Wochen oder so mit sich rumgetragen hat. Das ist wahre Liebe.«

»Also existiert die Liebe doch?«, hakte Mark nach. Er war froh, dass jetzt alle mit einem anderen Thema beschäftigt waren. Er hatte keine Lust, seinen Riesenfehler mit Tori weiter durchzuexerzieren.

Die Männer grinsten sich über den Pokertisch hinweg an. Liam liebte es, seine Theorien zu verteidigen.

»Es gibt sie, aber nur in Bezug auf die eigenen Kinder. Lust hingegen ist ein wichtiger Bestandteil der menschlichen Natur, der Natur aller Säugetiere. Die Lust auf Sex, die Lust auf Blut, auf Rache, auf Geld, die Lust danach, sein genetisches Erbmaterial weiterzugeben. Lust treibt uns alle an. Das Verlangen nach Erfüllung. Aber Liebe: nein. Sie ist nur ein Schleier, der die wahre Emotion der Lust vertuschen soll und den Wunsch, sich fortzupflanzen und nicht allein zu sein. Menschen sind soziale Geschöpfe. Wir sind gern mit anderen zusammen. Und über die Jahre, Jahrzehnte, Jahrhunderte haben wir eben die verdrehte Ideologie entwickelt, dass wir unser ganzes Leben mit nur einer Person verbringen sollen. Und das hat sich zum Konzept von Bindung und Ehe weiterentwickelt, dazu, dass Frauen als Besitz angesehen werden, und am Ende natürlich zum Konzept der

Liebe. Ein Konzept, in dem das Herz, ein Organ, das dazu da ist, Blut und Sauerstoff durch unseren Körper zu pumpen, so viel Macht über unsere Emotionen hat, dass es kontrolliert, was wir für einen Menschen empfinden.«

»Das ist doch nur eine Metapher«, sagte Emmett trocken. »Eigentlich ist der Mandelkern des Gehirns dafür verantwortlich.«

»Wie auch immer. Das Ganze ist ein Witz. Wir alle sind immer noch Tiere. Dazu gemacht, zu ficken und uns fortzupflanzen. Das ist alles. Liebe. Gibt. Es. Nicht.«

Adam zog die Augenbrauen hoch und blies die Backen auf, bevor er die Luft wieder ausstieß. Das Grübchen an seinem Kinn wirkte dabei tiefer als sonst. »In diesem Sinne, ich bin raus. Wir sehen uns nächste Woche, Jungs.« Er stand auf, warf seine Karten auf den Tisch, griff sich seine leere Flasche, um sie in die Küche zu bringen, und verließ den Raum.

Mark erhob sich ebenfalls. Er hatte genug für einen Abend. »Nimmst du ein Uber?«, fragte er Adam, nachdem er ihm in die Küche gefolgt war, um seine Bierflasche ebenfalls zum Restmüll zu stellen.

Adam nickte. »Ja, hab gerade eins bestellt. Willst du mitfahren?«

»Ja, gern.«

»Hast du auch genug von der Negativität da drüben?«

Mark seufzte. »Ein wenig.«

»Wo musst du denn hin?«

Mark warf einen Blick auf seine Uhr. Es war erst halb elf. Die Babysitterin stand bis zwei Uhr morgens zur Verfügung, wenn er wollte. Er müsste Karen nur schreiben und Bescheid geben, dass er etwas später kommen würde als sonst.

Adam sah ihn mit erhobener Augenbraue an, während er die übrig gebliebene Guacamole mit Frischhaltefolie abdeckte und sie in Liams Kühlschrank stellte. »Fährst du noch zu ihr?«

»Sollte ich? Nur um zu sehen, ob bei ihr alles in Ordnung ist nach gestern? Das war echt ein Riesenfehler, oder?«

Adam zuckte mit den Schultern. »Das weißt du erst, wenn du sie fragst. Wo wohnt sie denn?«

»An der Ecke von Cliff und Palmer, in der Nähe der griechisch-orthodoxen Kirche in der Westmont Street.«

»Das liegt auf meinem Weg.«

Mark warf seinem Freund einen Blick zu. »Ich hole meinen Mantel. Sag Bescheid, wenn das Uber da ist.«

»Liam und seine Anti-Liebes-Tiraden«, sagte Adam kopfschüttelnd, als sie wenig später durch die dunklen Straßen der Innenstadt von Seattle fuhren.

»Kann man ihm wirklich einen Vorwurf machen?«, fragte Mark.

Adam verzog das Gesicht. »Nein, aber es ist trotzdem echt deprimierend.«

»Stimmt.«

»Gut, dass es wenigstens Eheverträge gibt.«

Mark schnaubte und sah aus dem Fenster. »Da hast du absolut recht.«

Man konnte Liam aus seinem Hass auf Liebe, Ehe und Monogamie wirklich keinen Vorwurf machen. Seine Ex-Frau Cidrah hatte ihm übel mitgespielt. Kurz nach der Geburt ihres Sohns Jordan hatte sie eine Affäre mit ihrem Spinning-Lehrer angefangen. Sie hatte es fast ein Jahr lang geheim gehalten und nach außen die brave Hausfrau und liebende Mutter gegeben. Während sich Liam in der Kanzlei halb zu Tode geschuftet und Sechzig-Stunden-Wochen gearbeitet hatte, um Partner zu werden, hatte Cidrah Jordan stundenlang in der Kinderbetreuung ihres Fitnessstudios geparkt, um ihren Spinning-Lehrer im Dampfbad des Studios zu vögeln.

Als ihre Scheidung dann endlich durch gewesen war, war aus Liam ein verbittertes, ehehassendes, zynisches Wrack geworden, und nun traute er keiner Frau mehr über den Weg.

Keiner seiner Freunde hatte Richelle, Liams Bettgeschichte, bisher kennengelernt, und Liam hatte nicht vor, das zu ändern. Zwischen ihnen gab es nur Sex, sonst nichts. Sie war sein Mittwochabend-Snack (wie Scott es nannte). So sehr Liams Tiraden den anderen auch auf die Nerven gingen, sie konnten sie ihrem Clubgründer nicht übel nehmen. Sein Herz war gebrochen, und sie waren nicht sicher, ob es eine Frau auf dieser Welt gab, die es wieder heilen konnte.

Adam zog mit einem Räuspern Marks Aufmerksamkeit wieder auf sich. »Das hier habe ich letztens übrigens gefunden. Sieht gut aus.« Er reichte Mark eine Broschüre. »Ein neues Tanzstudio, das bald aufmacht. Da gibt es alle möglichen Kurse für Kinder. Ich habe Mira davon erzählt, und sie war total begeistert, also habe ich sie gleich mal für den Dienstagskurs angemeldet. Und die bieten da auch einen Kurs an, der extra für Kinder im Autismus-Spektrum ausgelegt ist.«

Mark klappte die Broschüre auf, und Adam beugte sich zu ihm herüber, um auf einen der aufgelisteten Kurse zu tippen. Und tatsächlich stand dort, dass dieser Kurs eigens für autistische Kinder zwischen vier und sieben Jahren entwickelt worden war. Gabe fiel also genau in die Zielgruppe. Ob ihm Tanzen wohl Spaß machen würde? Zu Hause hatte er noch nie wirklich getanzt, aber es schien ihm immer zu gefallen, wenn Mark Musik auflegte.

»Sollen da die Eltern oder Betreuer dabei sein?«, erkundigte sich Mark und fragte sich, ob Tori wohl bereit wäre, mit Gabe dorthin zu gehen.

Adam zog eine Schulter hoch. »Keine Ahnung. Sie machen ja auch erst im Mai auf, ich fand nur, dass das gut klang. Du kannst ihnen ja mal eine E-Mail schicken.«

»Mhm … Die Benson Tanzschule.« Er drehte die Broschüre um und entdeckte auf der Rückseite das Foto einer hübschen Brünetten in Ballettposition. Die Bildunterschrift gab sie als Tanzlehrerin und Eigentümerin des Studios aus, Violet Benson. Er müsste sie erst googeln, bevor er Gabe für den Kurs anmeldete, aber die Sache klang durchaus nach etwas, das seinem Sohn Spaß machen könnte. Er faltete die Broschüre zusammen und steckte sie in seine Manteltasche. »Danke für den Tipp. Ich denk drüber nach.«

»Kein Problem. Also, willst du dieser Tori jetzt sagen, dass es nur eine einmalige Sache war?«, fragte Adam, der das Thema oft schneller wechselte als ein Rennfahrer den Gang. Ihr Uber fuhr direkt unter der Space Needle entlang, und das Wageninnere war für einen Moment hell erleuchtet.

Mark gab einen unbestimmten Ton von sich, sah seinen Freund aber nicht an. »Ich weiß es nicht.«

Draußen vor dem Fenster schien der Nachthimmel von Milliarden von Sternen erleuchtet. Die Luft war kühl und frisch, mit einer Ahnung von Schnee. Wenn es nicht bald zuziehen würde, würde es heute Nacht frieren.

»Magst du sie denn?«, fragte Adam weiter.

»Ja, schon.«

»Wäre es denn schlimm, wenn ihr beide …«

»Ich weiß es nicht.«

»Na, dann solltest du das schnellstmöglich herausfinden, wir sind nämlich da.«

Das Uber hielt vor einem dreistöckigen Wohnhaus aus rotem Backstein. Ein paar Fenster waren erleuchtet, und Toris Auto stand in der Auffahrt.

Adam pfiff durch die Zähne. »Nicht schlecht, die Hütte. Bezahlst du sie so gut?« Er lachte.

Mark verdrehte die Augen. »Sie passt auf das Haus von Bekannten auf.«

Adam sah ihn nur vielsagend an.

»Ach, halt die Klappe.«

Adam hob abwehrend die Hände und schüttelte mit einem wissenden Grinsen den Kopf. »Wir wissen doch beide, was du tun wirst, Alter.«

Mark öffnete die Tür und stieg aus, beugte sich dann aber noch mal vor, um seinem Freund einen bösen Blick zuzuwerfen.

Adam grinste anzüglich. »Aber denk dran: kein Latex, kein Sex.«

»Ach, verpiss dich.«

Mark warf die Tür zu, während Adam laut lachte.

Verdammt, hatten sie gestern Abend überhaupt ein Kondom verwendet?

Panik kroch kalt seinen Rücken hoch. Nein, hatten sie nicht.

Verdammte Scheiße.

Er war in seinem ganzen Leben noch nie so unvorsichtig gewesen.

Wie hatte er das vergessen können? Wie hatte er bis jetzt nicht mal daran denken können?

Weil vor lauter Orgasmen und Brüsten und der Hoffnung, von beidem noch mehr zu bekommen, nichts anderes mehr in deinen Kopf gepasst hat.

Immerhin hatte er jetzt gleich zwei Gründe, in ihrer Einfahrt zu stehen. Aber keiner davon war gut.

Mark sog die eisige Nachtluft in seine Lunge. Sie roch phantastisch und war das perfekte Mittel, um seinen Kopf von der Negativität zu befreien, die wie eine schwere Wolke über Liams Pokertisch gehangen hatte. Ganz zu schweigen vom Bier. Er musste jetzt nüchtern sein. Das Uber fuhr weiter, und bis der Wagen in der Dunkelheit verschwand, war Adams breites Grinsen im Rückfenster sichtbar.

Mark rieb sich mit beiden Händen übers Gesicht und durch die Haare, während er auf das Haus zuging.

Was zum Teufel tat er hier eigentlich?

Er sollte sich einfach ein neues Uber rufen und nach Hause fahren.

Er sollte Tori lieber eine Nachricht schreiben und kurz fragen, ob es ihr gut ging.

Eine Handynachricht reichte doch, oder?

Nein, das reichte nicht. Nicht nach dem, was passiert war. Und erst recht nicht, nachdem er nun realisiert hatte, dass sie kein Kondom benutzt hatten.

Seine Füße schienen derselben Meinung zu sein, denn sie trugen ihn zügig Toris Tür entgegen.

Er klopfte dreimal.

Klopf. Klopf. Klopf.

Mark warf einen kurzen Blick auf seine Uhr. Es war kurz nach elf, und die Lichter im Haus brannten noch. War sie eine Nachteule? Er kannte Tori bei Weitem nicht gut genug, um das wissen zu können. Vielleicht ließ sie auch nur die Lichter an, weil sie allein lebte und sich so sicherer fühlte.

Er spitzte die Ohren, lauschte auf ein Geräusch auf der anderen Seite der Tür. Aber da war nichts. Die Haustür hatte auch keine Scheibe, durch die er Bewegung hätte sehen können.

Sollte er noch einmal klopfen?

Klopf. Klopf. Klopf. Dieses Mal ein bisschen fester, ein wenig lauter.

Ein lautes Rumpeln aus dem Haus ließ ihn innehalten. Hatte er sie aufgeweckt? Was hatte sie wohl an, wenn sie im Bett war? Schlief sie vielleicht nackt, so wie er? Eine Million Gedanken, neunzig Prozent davon schmutzig, rasten durch seinen Kopf, als plötzlich die Tür geöffnet wurde.

»Mark!«

Er ließ seinen Blick langsam über ihren Körper wandern, konnte sich nicht davon abhalten. Er wollte sich jede Kurve, jede Sommersprosse ganz genau einprägen. Sie sah umwerfend aus. Ihr kastanienbraunes Haar war zu einem unordentlichen Dutt gebunden, ein paar freche Strähnen hatten sich gelöst und umspielten ihre Schläfen und Ohren. Sie trug kein Make-up, und ihre Haut war so rosig, als wäre sie gerade aus der Dusche gestiegen. Ein viel zu großes, verschlissenes Foo-Fighters-T-Shirt hing ihr fast bis zu den Knien, und ihre Zehen mit rot lackierten Nägeln und ein paar Zehenringen gruben sich in den Teppich, als eine kalte Brise ins Haus wehte.

»Hi«, war alles, was er hervorbrachte. Er hörte im Geiste die Tür ins Schloss fallen, als sich sein Gehirn für den Rest der Nacht verabschiedete. Sein Schwanz drückte gegen den Reißverschluss seiner Jeans, im schmerzhaften Versuch, sich zu befreien.

»Ist alles in Ordnung?«, fragte sie und sah ihn unter ihren langen, dichten Wimpern hervor an.

Er schluckte hart. »Ich …« Sie machte ihn völlig sprachlos. Er war nicht länger Dr. Mark Herron, angesehener Arzt der Radiologie. Er war zu einem bloßen Tier herabgesunken, seinen Trieben ausgeliefert. Er brauchte sie. Er musste sie haben.

Mit einer Hand stieß er sich am Türrahmen ab zu ihr ins Haus, schob die andere dabei schon in ihren Nacken und presste seine Lippen auf die ihren. Nur noch am Rande bekam er mit, wie er mit einem Fuß die Tür zukickte.

Tori wehrte sich nicht. Sie hieß ihn willkommen.

Mark drängte sie gegen eine Wand, legte beide Hände an ihre Wangen und erkundete mit der Zunge ihren Mund, neckte sie, brachte sie dazu, sich ihm zu öffnen, ihn einzulassen, ihn sie genießen zu lassen.

Sie wimmerte gegen seine Lippen, schmolz unter seinen Berührungen und beugte sich seinen Wünschen. Sie drückte sich an ihn, krallte beide Hände in seinen Mantel. Er konnte ihr verzweifeltes Drängen spüren. Ihr Verlangen spiegelte sein eigenes wider. Er musste ihre Haut auf seiner spüren.

»Wo ist dein Schlafzimmer?«, fragte er, während er mit den Lippen ihre Wange und ihren Hals entlang wanderte.

»Den Flur runter.« Ihre Worte waren kaum mehr als ein atemloses Stöhnen.

Ohne die Lippen von ihrem Körper zu lösen, dirigierte er sie rückwärts durch den Flur, drückte mit jedem Schritt einen neuen Kuss auf ihre entblößte Haut.

Sie zog ihm den Ledermantel aus und ließ ihn zu Boden fallen. Dann folgte sein Pullover. Ihre Hände fanden seine Gürtelschnalle genau in dem Moment, als sie ihr Schlafzimmer erreichten, aber Mark hielt sie zurück.

Sein Schwanz zuckte protestierend.

Sie machte einen halben Schritt zurück und sah mit Neugier in ihren unfassbar blauen Augen zu ihm auf. Für einen kurzen Moment flackerte verletzte Unsicherheit darin auf. Dachte sie etwa, er hätte es sich anders überlegt?

Niemals.

Er hob sie hoch, trug sie zu ihrem Bett und legte sie sanft auf die Matratze.

»Mark …«, sagte sie mit Verwirrung in der Stimme. Sie ballte die Hände zu Fäusten, grub ihre Finger in die Bettdecke, als müsste sie sich davon abhalten, nach ihm zu greifen.

Er zog seine Stiefel, Socken und das Polohemd aus, bis er in nichts als seiner Jeans vor ihr stand. Ihr Blick schien ihn zu verschlingen, wanderte seinen Körper entlang, von Kopf bis Fuß, ganz so wie er es eben erst bei ihr getan hatte. Eine hitzige Röte stieg in ihre Wangen, und ihre Pupillen weiteten sich.

Er lächelte. Sie war sogar noch schöner, wenn sie erregt war.

»Ich will dich schmecken«, sagte er und stieg auf allen Vieren zu ihr aufs Bett. »Dazu hatte ich gestern keine Gelegenheit.«

Sie fuhr mit der Zunge über ihre Lippen.

Er begann bei ihren Füßen und ließ die Hände langsam ihre Beine hinaufwandern. Ihre Haut war so verdammt weich. Wie Samt unter seinen Fingern. Muskulöse Beine, wunderschöne Porzellanhaut, so hell, als hätte man sie in weiße Schokolade getaucht.

Mhm … Schokolade. Die Idee musste er sich für später aufheben.

Später?

Hastig verdrängte er die Gedanken an die Zukunft und konzentrierte sich ganz aufs Hier und Jetzt. Auf die umwerfende Frau vor ihm, die ihn noch immer mit ihren atemberaubenden Augen verschlang, jede seiner Bewegungen mit Vorfreude und Begierde verfolgte. Ihre Schneidezähne gruben sich in ihre Unterlippe, und sie schloss kurz die Augen, als seine Hände ihre Oberschenkel hinauf wanderten, streichelnd und massierend. Erforschend.

»Mark …« Ihre Stimme war nicht mehr als ein Flüstern. »Bitte …«

Er senkte den Kopf und küsste ihren Oberschenkel. Erst die eine, dann die andere Seite. Ganz langsam und wohl wissend, wie sehr er sie damit quälte, schob er den Saum ihres T-Shirts nach oben über ihren Bauch.

Sie trug ein dunkelrosa Höschen, und er sah, dass sich bereits ein feuchter Fleck zwischen ihren Beinen gebildet hatte. Sie war schon jetzt nass.

Genau wie gestern Abend. Sie hatten kaum Vorspiel gehabt, aber als er sie genommen hatte, war sie mehr als bereit für ihn gewesen. War es bei ihr immer so?

Er küsste immer weiter ihre Oberschenkel entlang, fuhr mit der Zunge über ihre Haut und schmeckte sie. Es spürte, wie sie unter ihm zitterte und sich wand, als er ihre Schenkel weiter auseinander drückte, sich selbst auf den Bauch sinken und seine Zunge immer weiter auf ihr Höschen zuwandern ließ.

Dann küsste er sie genau auf die Stelle, an der unter dem dünnen Baumwollstoff ihre Klitoris lag, und ihre Hüfte schnellte nach oben.

Der feuchte Fleck auf ihrer Unterwäsche wurde sofort noch größer.

Mark sah an Toris Körper hinauf. Sie hatte die Augen geschlossen, den Mund leicht geöffnet, und ihre Brüste hoben und senkten sich hektisch. Ihre harten Nippel zeichneten sich deutlich unter dem hellgrauen T-Shirt ab. Er sehnte sich danach, sie zu berühren, sie zu schmecken.

Er hakte die Finger unter das Gummiband ihres Höschens und zog es vorsichtig ihre Beine hinunter. Sie half ihm dabei, indem sie den Po anhob und den Rücken durchdrückte, und gab ihm damit den perfekten Einblick in ihre feucht schimmernde Pussy. So nass und bereit für ihn.

Sie hatte nur einen schmalen Streifen Haare, der von der Stelle, an der die Schamlippen verschmolzen, ihren Venushügel hinauflief. Endlich war ihm nichts mehr im Weg. Er strich mit der Nasenspitze über ihren Hügel, atmete dabei tief ein. Sie roch fruchtig und etwas nach Vanille, vielleicht von ihrem Duschgel, und es war köstlich.

Er war sicher, dass sie genauso gut schmecken würde.

Am liebsten wollte er direkt eintauchen, sein Gesicht in ihrer Süße versenken und ihren Duft in sich aufnehmen, so dass er ihn niemals wieder vergessen würde. Doch er hielt sich zurück. Geduld. Er wollte diesen Augenblick genießen. Sie genießen. Gestern Abend war alles so schnell gegangen. Es war zwar verdammt heiß gewesen, aber kurz. Er hatte davor schon sehr lange keinen Sex mehr gehabt und sich auch schon länger nicht mehr selbst befriedigt. Es war ihm fast ein wenig peinlich, wie kurz es tatsächlich gewesen war. Heute Nacht musste er das also wettmachen.

Er ließ seine Zunge nach vorne schnellen, direkt auf ihre Klitoris. Nur die Spitze. Er streifte kurz darüber, und wieder hob sie ihm ruckartig ihre Hüfte entgegen. Drückte den Rücken durch und bog sich nach oben, gierig nach mehr.

Er lachte leise.

Noch ein schneller Zungenschlag, gefolgt von einem sanften Kreisen. Sie stöhnte und wand ihre Hüften hin und her.

Mit zwei Fingern schob er ihre Schamlippen auseinander und fuhr mit der Zunge durch ihre Spalte, wobei er sich auf ihre Klitoris konzentrierte, den Rest aber nicht außer Acht ließ. Sie presste ihren Schoß gegen seinen Mund.

Geduld.

Sie beide brauchten Geduld.

Sie hatte so viel mehr verdient als einen schnellen Fick. So viel mehr als beiseitegeschobene Kleidung und die kalte Steinplatte seines Küchentresens unter ihrem Hintern. Mehr als ein kurzes Kneten ihrer Brust und seine Jogginghose, die er gerade weit genug runtergezogen hatte, um sie hart und schnell nehmen zu können.

Er ließ einen Finger in sie hineingleiten und bog ihn nach oben, fuhr ihre sanft geriffelte Innenwand entlang, auf der Suche nach diesem weichen, mandelförmigen »Knopf«, der sie völlig um den Verstand bringen würde. Der sie in Ekstase versetzen und seinen Mund mit ihrer Erregung füllen würde.

Sie schmeckte so verdammt gut.

Er schob einen weiteren Finger in sie hinein.

Tori stöhnte. »O Gott …« Ihre Muskeln zogen sich zusammen, zogen seine Finger noch tiefer. Er stieß in sie, ließ die Finger kreisen, reizte und streichelte sie, bis sein Mittelfinger ihren G-Punkt streifte. Ihre Beine zuckten.

Er fuhr mit der Zunge über ihre Klitoris und drückte gleichzeitig auf ihren G-Punkt. Ihre Hüfte sprang nach oben, und ihr Bein zuckte erneut.

Sie wäre eine furchtbare Pokerspielerin. Sie konnte nichts verbergen. Er sah, wie nah sie ihrem Höhepunkt schon war.

Er schloss die Lippen um ihre Klitoris und begann zu saugen. Heftig zu saugen. Ihr lustvolles Stöhnen und die Art, wie sich ihre Muskeln um seine Finger zusammenzogen und ihr Schoß ihm entgegendrängte, sagten ihm, dass sie ganz knapp vor dem Abgrund stand. Er musste sie nur noch hinüberbringen. Verdammt, er wollte sie nicht nur hinüberbringen, er wollte sie mit aller Macht hinüberwerfen und sie fliegen sehen.

Als er sicher war, dass ein letztes hartes Saugen ausreichen würde, drückte er mit seinen Fingern noch fester nach oben gegen ihren G-Punkt.

Sie explodierte.

Mark Herron war ein Gott.

Oder zumindest hatte er die Zunge eines Gottes.

In ihre Bettdecke gekrallt, verkrampften sich Toris Finger beinahe schmerzhaft, während sich ihr Körper unter Marks Berührungen wand. Dann legte er die Lippen um ihre Klitoris.

Ja.

Mehr davon.

Mehr von seinem Mund auf ihrer Haut.

Mehr von seinen Fingern in ihr.

Mehr von seiner Hingabe für sie.

Mehr von allem.

Nach dem, was gestern passiert war, hatten sie den ganzen Tag über Angst und Sorgen geplagt. Sie hatte sich Sorgen um ihren Job gemacht, um Gabe und darüber, ihn zu verlieren. Der kleine Junge war ihr in den letzten Wochen so sehr ans Herz gewachsen, und ihrer Meinung nach hatten sie wirklich große Fortschritte gemacht. Es wäre schlimm für sie, ihn jetzt zu verlieren, ihn, ihren Job und die Möglichkeit, Mark jeden Tag zu sehen, mit ihm zu reden. Und das nur, weil sie gestern Abend eine falsche Entscheidung getroffen hatte.

Aber anscheinend war diese Entscheidung in Marks Augen gar nicht so falsch gewesen.

Er hatte sein Gesicht in ihrem Schoß vergraben, seine Zunge auf ihrer Klitoris, seine Finger tief in ihr, und tat alles, um ihr einen zweiten Orgasmus zu entlocken. Er würde ihn bekommen.

Er würde viele bekommen.

Sie legte die Hände über dem T-Shirt auf ihre Brüste und spürte die Brustwarzen. Sie waren hart wie kleine Kieselsteine. Und wahnsinnig empfindlich. Sie wollte seinen Mund dort spüren. Nass und heiß und so unglaublich gut.

Sie ließ die Hände über ihre erhitzte Haut nach unten wandern bis zu Marks Kopf. Sein Haar war seidig und dicht. Er verwöhnte sie noch immer hingebungsvoll mit Mund und Fingern, stieß immer wieder in sie hinein, fuhr mit der Zunge durch ihre Spalte und umkreiste ihre Klitoris. Sie war zum Zerreißen gespannt vor lauter Erregung, trotz des Orgasmus, den er ihr schon beschert hatte. Sie brauchte mehr von ihm. Sie brauchte ihn mit Haut und Haar.

Sie zog sanft an seinen seidigen Strähnen und brachte ihn dazu, mit seinem Mund ihren Körper hinauf zu wandern. Langsam, fast zu langsam, folgte er ihrer wortlosen Bitte und schob ihr Shirt immer weiter hoch, während er die nasse, heiße Zunge über ihre Hüfte, ihren Bauch, ihren Brustkorb gleiten ließ.

Sein kurzer Bart fühlte sich ganz weich auf ihrer Haut an, während sein Mund immer weiter nach oben wanderte und Stromstöße des Verlangens durch ihre Adern sandte.

Tori schloss die Augen und legte den Kopf zurück, genoss die Hitze seiner Zunge, seiner Lippen, seines Mundes. Erst als er die Lippen um eine ihrer Brustwarzen legte, riss sie die Augen wieder auf.

Ja!

Er saugte die harte Spitze in seinen Mund. Eine Welle aus Schmerz und Lust raste durch ihren Körper und brach auf ihrer Klitoris, die Marks Berührung schon jetzt vermisste und nach mehr von seiner ungeteilten Aufmerksamkeit verlangte. Er hob die rechte Hand und knetete ihre andere Brust, nahm den Nippel zwischen die Finger und zog sanft daran. Sie bog den Rücken durch, drängte sich in seine Berührungen. War hingerissen davon, wie jedes sanfte Zwicken und Ziehen, Saugen und Beißen ihr Verlangen nach ihm noch steigerte. Sie wollte ihn endlich in sich spüren.

»Mark …«, flüsterte sie wieder. »Bitte.«

Seine Augen öffneten sich flatternd, und er sah aus seinen durchdringenden grünen Augen zu ihr auf. Seine Pupillen waren riesig, die Lider halb geschlossen. Das ausdrucksstarke Smaragdgrün brannte vor Leidenschaft, während er ihren empfindlichen Nippel zwischen seinen Zähnen hin und her rollte.

Sie ließ ihre Hände über seinen Rücken gleiten. Er hatte noch immer seine Jeans an. Die musste er dringend loswerden.

Angetrieben von Lust und Verlangen, schob sie die Hände zwischen ihre Körper und öffnete seinen Gürtel. Gestern Abend war alles so schnell gegangen, und sie waren so sehr im Moment gefangen gewesen, dass sie keine Gelegenheit gehabt hatte, ihn anzusehen. Sie wollte ihn in der Hand spüren, ihn streicheln, ihn sehen.

Mark hob die Hüfte an, um ihr zu helfen, und in wenigen Sekunden hatte sie ihn aus seiner Jeans und den Boxershorts befreit. Er war schon hart. Ein feucht schimmernder Tropfen hing an der Spitze, und wie schon am Abend zuvor strich sie mit dem Daumen darüber und verteilte ihn in sanften Kreisen. Er stöhnte in ihre Brust, hob den Kopf und küsste ihren Nacken. Sein heißer Atem auf ihrer Haut ließ sie beben.

»Tori«, murmelte er. »Kondom?«

Verdammt. Er hatte recht.

Gestern hatten sie keins benutzt. Das war ihr ziemlich schnell klar geworden, nachdem sie zu Hause angekommen war.

Sie hielt mitten in der Bewegung inne, öffnete die Augen und sah zu ihm hinunter. Er hielt ebenfalls inne und hob den Kopf.

»Darüber wollte ich noch mit dir sprechen«, sagte er. Sein Blick wurde plötzlich ernst. »Wir haben gestern keins benutzt.«

Sie nickte. »Ich weiß.«

»Das tut mir so leid. Ich bin sonst nie so unvorsichtig. Aber ich bin gesund, das kann ich dir versprechen. Brauchst du die Pille danach? Soll ich sie dir besorgen? Kann ich irgendwas tun?«

Seine Sorge und Aufrichtigkeit berührten sie. Sie strich über die Stoppeln auf seinem Kinn. »Ich trage eine Spirale, und ich bin auch gesund. Ich habe mich auf alles testen lassen, gleich nachdem Ken mich rausgeworfen hat. Er ist schließlich fremdgegangen.«

Die Anspannung in seinen Schultern ließ sichtlich nach, und sein Lächeln wärmte sie durch und durch.

Marks Lider sanken wieder auf Halbmast, und er beugte sich über sie. »Dann ist also alles in Ordnung?«

»Das ist es.« Sie leckte sich die Lippen, ihr Mund musste dringend daran erinnert werden, wie gut Mark küsste. Der letzte Kuss war nur Minuten her, doch es kam ihr vor wie Stunden.

»Wunderbar.« Er legte sich auf sie und drückte sie mit seinem Gewicht in die Matratze. Sie spreizte die Beine, und er ließ sich dazwischen sinken, sein Schwanz perfekt vor ihrem Eingang positioniert.

Er stützte sich auf die Unterarme und sah sie an. Toris Herz klopfte wie verrückt, als dieser attraktive, großartige, unglaubliche Mann mit so viel Leidenschaft im Blick auf sie herunterblickte.

Sie wusste, dass es nicht mehr war als pure Lust. Die unleugbare Anziehung zwischen zwei einsamen, sexuell aufgeladenen Menschen. Aber konnten sie dieser Anziehung nicht einfach nachgeben? Hatte sie es nicht verdient, glücklich zu sein? Hatte sie es nicht verdient, sich gut zu fühlen?

Dank Mark fühlte sie sich mehr als nur gut. Sie fühlte sich schön, sinnlich und seiner Zuneigung wert.

Er senkte den Kopf, und seine Lippen streiften ihre. Sie schmeckte ihre eigene Erregung und fuhr mit der Zunge darüber, gierig nach mehr. Er beantwortete ihr Drängen, indem er seine Zunge tief in ihren Mund schob und sie mit einem intensiven Kuss verschlang. Ein Kuss wie gestern Abend, bevor der Rest ihres Quickies in einem unwiderstehlichen Nebel aus Stöhnen und Stoßen versunken war. Ein Kuss wie der, mit dem er nur Minuten zuvor an der Tür über sie hergefallen war. Er schmeckte nach Bier, aber sein Blick war wach und fokussiert, er war also nicht betrunken. Er war bei seinem Väter-Pokerabend gewesen, und irgendetwas hatte ihn dazu bewogen, seine Freunde zu verlassen und zu ihr zu kommen.

Sie hatte ihn dazu gebracht.

Seine Sehnsucht nach ihr.

Die Anziehung zwischen ihnen.

Ihre … Chemie.

Er wollte sie.

Tori schmolz unter seinem Kuss dahin, der zugleich aufregend und vertraut war. Als hätte er nach langer Zeit endlich den Weg nach Hause gefunden. Wie war das möglich? Wie konnte sich dieser Kuss so natürlich anfühlen? Wie konnten ihre Körper so vertraut miteinander sein, nach so kurzer Zeit? Er fuhr fort, mit der Zunge ihren Mund zu erkunden. Immer wieder biss er sanft in ihre Unterlippe oder saugte kurz an ihrer Zunge, brachte sie fast um den Verstand und ihre Hüfte dazu, sich ihm entgegen zu recken. Sie musste ihn endlich in sich haben.

Seine goldbraune Haut fühlte sich unter ihren Fingern wie Seide an. Maskuline Perfektion, glatte Flächen und scharfe Kanten, Muskeln, die sich anspannten und zuckten. Er war sprichwörtlich der Stoff, aus dem Träume – Phantasien – gemacht waren.

Seine Lippen waren hart und weich zugleich. Wieder fiel er über ihren Mund her, hitzig und hungrig. Er nahm alles, was sie ihm anbot, und noch mehr. Mit einer Sicherheit, als hätten sie das schon unzählige Male getan.

»Ich habe mich schon so lange nach dir gesehnt«, murmelte er gegen ihre Lippen, biss in die untere und zog gerade genug dran, um ihr ein Stöhnen zu entlocken und sie dazu zu bringen, ihre Finger in seine steinharten Rückenmuskeln zu graben.

»So lange kennst du mich doch noch gar nicht.«

»So fühlt es sich aber an.«

Ihre Stimmen waren atemlos, die Worte mischten sich stoßweise unter ihr Stöhnen.

»Klug, sexy, wunderschön, geduldig. Du bist einfach perfekt, Tori. Du bist genau zur richtigen Zeit in mein … in Gabes Leben gekommen. Als wir dich am meisten gebraucht haben.«

Sie hielt inne, die Hände auf seinem Rücken, und öffnete die Augen.

»Du hast meine Familie wie eine sexy frische Brise zu neuem Leben erweckt.«

Okay, war er vielleicht *doch* betrunken?

Sie hatte gedacht, sie würden nur ein beiderseitiges Bedürfnis befriedigen und dass der gestrige Abend dafür einfach noch nicht ausgereicht hatte. Natürlich hatte sie Gefühle für ihn, aber … was taten sie hier eigentlich?

Er war ihr Boss.

Ihr höllisch heißer, maskuliner, starker, brillanter Boss, der gerade dabei war, ihre Klitoris mit seiner Schwanzspitze zu verwöhnen.

»Mark …« Unruhe machte sich in ihr breit.

»Schhh …« Er stemmte sich hoch und sah ihr direkt in die Augen. Das Blut in ihren Adern schien zu kochen, Feuer loderte in ihrem Inneren. »Denk nicht zu viel darüber nach, lass dich einfach fallen.« Dann senkte er den Kopf und fiel über ihren Mund her.

Sie hätte in seiner feuchten Hitze ertrinken mögen. Sie hob die Hüfte, und Mark verstand ihre Aufforderung. Er drang in sie ein, füllte sie aus. Endlich.

Ihr Stöhnen mischte sich in ihrem Mund, während seine Zunge ihre liebkoste. Sie krallte die Hände in seinen Rücken, zog ihn noch näher, noch tiefer.

Er schob eine Hand zwischen ihre Körper und legte sie auf ihre Brust, spielte mit ihrem Nippel, als wäre er ein Instrument.

Sie verlor sich vollkommen in seiner Zuwendung, im Genuss. Jedes Mal, wenn er seinen Schwanz zurückzog, sehnte sich ihr Körper danach, wieder von ihm ausgefüllt zu sein. Mit jedem Vorstoß zogen sich ihre Muskeln um ihn zusammen, wollten ihn nie wieder gehen lassen. Er ließ sein Becken kreisen, so dass sein Schambein über ihre Klitoris rieb. Er biss in ihre Unterlippe, zog an ihrem Nippel, stieß noch einmal tief in sie – und sie ließ sich fallen.

Das Pulsieren, die Reibung ließ tief in ihr einen süßen, wundervollen Orgasmus erblühen wie eine Rose. Eine glorreiche Welle jagte die nächste, von ihren Zehenspitzen bis zum Haaransatz erweckte die Lust sämtliche Nerven zum Leben und bildete neue Synapsen.

Sie merkte, dass auch er kurz davor war zu kommen, und wollte ihm über die Ziellinie helfen. Sie umschloss ihn mit den Muskeln, so fest sie konnte, bog ihren Rücken durch und presste ihre Brust in seine Hand. Mit den Lippen wanderte sie zu seinem Ohr und fuhr mit der Zunge über seine Ohrmuschel.

»Komm für mich«, flüsterte sie.

Mark knurrte. »Heilige Scheiße.« Er spannte jeden Muskel an, knurrte noch einmal, und dann fühlte sie ihn tief in sich pulsieren, sich ihr völlig hingeben.

Ihr dritter Orgasmus kam wie aus dem Nichts, überrollte sie, als Mark sich gerade langsam von seinem Rausch erholte. Sie wimmerte, als sich ihre Zehen verkrampften und die Wellen der Lust abermals durch ihren Körper wogten, von ihrer Mitte nach außen.

Er legte seine Stirn auf ihre.

Als sie die Augen aufschlug, sah sie direkt in die seinen.

Als er sie anlächelte, bildeten sich kleine Fältchen um seine Augen. »Du bist unglaublich.«

Sie wusste, dass es nicht nur die Hitze ihres letzten Orgasmus war, die ihr nun in die Wangen stieg. Für einen Moment schloss sie die Augen wieder. Mark Herron war bei ihr zu Hause – na ja, in ihrem temporären Zuhause zumindest –, und noch dazu in ihrem Bett. Er war *in* ihr.

War das wirklich real?

Sie wollte sich zwicken, um zu überprüfen, ob alles nur ein Traum gewesen war.

Aber jetzt noch nicht. Diese Phantasie war einfach zu wundervoll, um sie schon gehen zu lassen.

Der Druck seiner Lippen auf ihren riss sie aus ihren Gedanken, und sie schlug die Augen wieder auf.

»Ist alles okay?«, fragte er und rutschte ein klein wenig zur Seite, damit er nicht mehr mit seinem vollen Gewicht auf ihr lag.

»Besser als nur okay«, sagte sie mit einem Seufzen.

Er küsste sie wieder. »Gut.«

Sie rückte sich behaglich in den Kissen zurecht, was Mark offenbar als Zeichen nahm, dass er zu schwer für sie war. Er ließ sich neben sie sinken, wobei er aus ihr herausglitt.

Sofort fühlte sie sich leer. Die Phantasie begann sich langsam aufzulösen. Sie sah in sein Gesicht, das vollkommen entspannt war, mit einem zufriedenen, müden Lächeln.

Was taten sie hier?

»Oh, oh«, sagte er und verschränkte die Hände hinter seinem Kopf. »Was ist los?«

Tori setzte sich auf und zog die Decke über ihre Brüste. »Was tun wir hier, Mark?«

So viel zum Thema Orgasmus-Endorphine. Die waren verpufft, kaum dass sich Mark aus ihr zurückgezogen hatte.

»Was meinst du?«, fragte er.

Sie deutete von ihm zu ihr und wieder zurück. »Das hier. Uns. Was tun wir hier?«

»Na ja, im Moment machen wir eine kleine Pause, bis ich wieder einsatzbereit bin.«

Sie riss die Augen auf. *Noch mal?* »Du weißt, was ich meine.«

Mark setzte sich ebenfalls auf und nahm ihre Hand. »Ich weiß es nicht. Ich weiß nur, dass ich dich nicht mehr aus dem Kopf bekomme. Ich sehne mich schon nach dir, seit ich dich das erste Mal gesehen habe, und in den letzten Wochen habe ich mich ernsthaft in dich verliebt.«

»Aber du bist doch mein Boss …«

Sein Daumen strich mit sanftem Druck über ihre Handfläche. Wer hätte gedacht, dass eine Handmassage so erotisch sein konnte? »Ich weiß. Aber ich kann nicht ändern, was ich für dich empfinde.« Er hob fragend eine Augenbraue. »Darf ich davon ausgehen, dass du dasselbe empfindest?«

Sie biss sich auf die Lippe und sah durch ihre dichten Wimpern zu ihm auf. »Darfst du.«

Sein Grinsen war jungenhaft und einfach zum Verlieben. »Ich weiß nur, dass ich schon sehr lange nicht mehr so viel für jemanden empfunden habe, und mit Gabe läuft es auch phantastisch. Ich will dich nicht verlieren …« Er legte eine Hand an ihre Wange. »Weder als Therapeutin für Gabe … noch aus meinem Bett.«

Sie schluckte. »Wie soll das denn laufen?«

Er zuckte mit den Schultern. »Wie immer wir es wollen.«

»Bist du denn immer noch mein Boss?«

Wäre es nicht seltsam, den Tag über für ihn zu arbeiten, nachts mit ihm zu schlafen und sich am Ende des Monats einen Gehaltsscheck abzuholen? Würde das nicht bedeuten, dass er sie für den Sex bezahlte? War das moralisch vertretbar? Dass sie mit ihrem Boss schlief?

»Du denkst aber sehr angestrengt nach. Was geht in deinem Kopf vor, dass du so ein Gesicht machst?«

»Ist das, was wir hier tun, moralisch korrekt? Bin ich dadurch nicht irgendwie eine Prostituierte?«

Seine Augen wurden groß, und sein Daumen erstarrte in der Bewegung. Doch dann warf er den Kopf in den Nacken und lachte laut. »Nicht, solange du in deinem Lebenslauf nicht etwas verschwiegen hast.« Er warf ihr einen gespielt misstrauischen Blick zu, als könnte sie plötzlich was extra verlangen, wenn er einen Blowjob wollte.

»Nein. Ich meine, wenn du nach wie vor mein Boss bist, mich nach wie vor bezahlst, bedeutet das dann nicht, dass du mich zumindest indirekt für Sex bezahlst?«

Er presste seine Lippen zu einer schmalen Linie zusammen. »Ah. Nein.«

»Ist es moralisch vertretbar, was wir tun?«

Mark stieß die Luft durch seine Nase aus. »Vielleicht nicht, aber wir sind beide erwachsen und wissen, was wir tun. Und dein Job hängt nicht davon ab, ob wir miteinander schlafen.«

Sie zog eine Augenbraue hoch. »Dann ist es also nur ein nettes Extra für uns beide?«

Sein Grinsen wurde noch breiter. »So könnte man es nennen. Von Montag bis Freitag zwischen acht und sechs Uhr bist du meine Angestellte, und ich bezahle dich. Nach achtzehn Uhr und an den Wochenenden kannst du mich gern völlig umsonst vernaschen.«

Toris Lippen zuckten. »Dich umsonst vernaschen?«

Sein breites Grinsen wurde spitzbübisch, und er wackelte mit den Brauen. »Ja. Mich vernaschen. Mach mit mir, was du willst.«

Er streckte die Arme nach ihr aus, und sie setzte sich rittlings auf ihn. Sie konnte spüren, wie er bereits wieder hart wurde.

»Was ich will?«, vergewisserte sie sich, legte eine Hand auf seine Brust und drückte ihn zurück auf die Matratze.

Er nickte.

Sie biss sich auf die Lippe. »Ich will dich und noch jede Menge Orgasmen.«

Er umfasste ihre Hüfte und positionierte Tori direkt über seinem steifen Schwanz. »Die Idee gefällt mir.« Dann zog er sie auf sich, drang tief ein und beanspruchte sie ganz für sich.

Kapitel 9

Es war inzwischen Mitte März, aber das Wetter war noch einmal umgeschlagen, und eine dünne Schneeschicht bedeckte den Boden. Die ersten Frühlingsblumen, die schon mutig die Köpfchen aus der Erde gestreckt hatten, waren traurig darunter verschwunden. Tori liebte ihre neue Praktikumsstelle bei Janice Sparks, die Arbeit mit Gabe lief hervorragend, und zwischen ihr und Mark war alles, nun ja … einfach orgasmisch toll. Sie hatte das Gefühl, dass es in ihrem Leben endlich wieder bergauf ging und alles nach Plan lief. Jetzt musste sie nur noch die Scheidung von Ken hinter sich bringen, und ihr Leben wäre phantastisch.

»Mach deine Augen zu«, hatte sie Freitagabend zu Mark gesagt, nachdem Gabe im Bett gewesen war und sie sich für einen gemütlichen Filmabend aufs Sofa gekuschelt hatten. Sie war kurz im Bad gewesen und hatte sich dann gedacht, dass sie ihm sein Geschenk ebenso gut jetzt geben konnte.

Er schloss gehorsam die Augen und setzte sein wie immer unwiderstehliches Lächeln auf. »Hast du etwas Unanständiges vor?«, fragte er und hob die Augenbrauen.

Sie verdrehte die Augen. »Noch nicht.«

»Oh … Wollen wir nachher noch mal die Augenbinde auspacken? Das schien dir am Mittwoch ja ziemlich gut gefallen zu haben.«

Hitze wallte in ihr auf, und ihre Brustwarzen wurden hart. Es hatte ihr gefallen. Es hatte ihr sogar sehr gefallen. Er hatte sie am ganzen Körper mit einer Feder gestreichelt und gekitzelt, bis sie nur noch einen Zungenschlag vom Orgasmus entfernt gewesen war.

Sie kniete sich neben ihn aufs Sofa und stellte die Schachtel auf seinen Schoß. »Es hat mir gefallen. Aber jetzt musst du erst mal das hier auspacken, danach können wir gern zum sexy Teil des Abends übergehen.« Vor lauter Spannung machte sie kleine Hüpfer auf ihren Knien.

Mark öffnete die Augen und sah auf die Schachtel in seinem Schoß hinunter, dann hob er den Blick zu ihr. »Wofür ist das denn?«

Sie zuckte mit den Schultern, die Lippen zu einem kleinen Grinsen verzogen. »Nur ein Dankeschön. Mach es auf.«

Er nahm den Deckel von der Pappschachtel und entdeckte darin eine gerahmte Fotocollage mit lauter Bildern seines Sohns. In den letzten Wochen hatte Tori jeden Tag ihre neue Kamera mit zur Arbeit gebracht und Fotos von Gabe geschossen. Es waren ein paar richtig gute dabei, und nachdem sie sie am Computer ein wenig bearbeitet, die Belichtung optimiert und kleine Unvollkommenheiten ausgebessert hatte, hatte sie sie drucken und rahmen lassen.

Marks Augen wurden groß, als er den Rahmen mit einer Vorsicht aus der Schachtel hob, mit der man normalerweise nur wertvolles Kristall oder Neugeborene behandelte.

»Tori …« Er schluckte schwer, und sein Adamsapfel hüpfte. Seine Augen wurden feucht. »Ich weiß gar nicht, was ich sagen soll.«

»Es ist nur eine Kleinigkeit. Ich habe mit den Einstellungen meiner neuen Kamera rumgespielt, und Gabe ist einfach so ein tolles Model. Er liebt es, sich in Pose zu werfen und dann die

Fotos anzuschauen. Und ich habe ihn auch selbst ein paar Fotos machen lassen. Er hat echt Talent.« Sie griff in den Pappkarton und holte zwei kleine Fotoalben heraus. »In dem hier sind noch mehr Fotos von Gabe, falls du noch welche rahmen oder deinen Eltern geben möchtest. Und in dem anderen Album sind alle Fotos, die Gabe geschossen hat. Er hat wirklich ein gutes Auge. Vor allem für Stillleben.«

Mark betrachtete die Bilder, während er mit der Hand über den schwarzen Holzrahmen strich. »Du hast es geschafft, seine allerbesten Seiten einzufangen.« Sein Blick suchte ihren, und was sie darin sah, jagte ihr eine Heidenangst ein. War das etwa Liebe? Er beugte sich vor und küsste sie. »Danke. Die Fotos sind wundervoll.«

»Ich wollte mich damit für all das bedanken, was du in den letzten Monaten für mich getan hast. Mein Leben ist dank dir jetzt so viel besser. Bevor ich dir und Gabe begegnet bin und du mir diesen Job angeboten hast, habe ich ernsthaft darüber nachgedacht, zurück nach Bellevue zu meinen Eltern zu ziehen. Ken hatte mir alles genommen.«

Sein Blick bohrte sich in ihren, und er legte eine Hand an ihre Wange. »Und dafür wird er noch bezahlen. Liam könnte dich bei der Scheidung vertreten, er ist wirklich gut. Er würde Ken an die Kehle gehen. Oder er kann dir jemand anderen aus seiner Kanzlei empfehlen, wenn dir das lieber ist.«

Sie schmiegte ihre Wange in seine Hand und schloss die Augen. »Ich will nur endlich wieder auf eigenen Füßen stehen. Es geht mir nicht darum, Ken auszunehmen oder so. Ich will einfach nur meine Unabhängigkeit zurück.«

»Und die wirst du bekommen. Wir werden sie dir zurückholen. Die Dinge stehen doch jetzt schon viel besser als vor ein paar Monaten, als wir uns kennengelernt haben, oder? Du kannst etwas sparen, studierst wieder. Dir geht es richtig gut.«

»Ja, schon, aber mein Freund finanziert mir das Studium, und außerdem bezahlt er mich auch für …« Sie senkte den Blick.

Er hob mit einer Hand ihr Kinn sanft an. »Sieh mich an.«

Sie konnte sich ihm nicht widersetzen. Wenn er wollte, konnte Mark so viel Dominanz ausstrahlen, dass sie aus jeder Pore zu kommen schien.

»Er bezahlt dich für was?« Um seine Lippen zuckte ein Lächeln, und er zog die Augenbrauen hoch. Sie wusste, dass er nur Spaß machte, aber da war auch ein Funken Ernst in seinen Augen.

»Komm schon, Mark. Du musst zugeben, dass unsere Situation ein wenig seltsam ist.«

»Inwiefern seltsam?«

Sie stieß die Luft aus und entzog sich seiner Berührung. Selbst etwas so Harmloses wie seine Finger unter ihrem Kinn ließ jede Zelle in ihrem Körper erbeben und nach mehr verlangen.

»Du. Ich.« Sie deutete von ihm zu sich. »Das hier. Ich meine, ich bleibe montags und mittwochs nach der Arbeit noch ein paar Stunden hier, wir haben Sex, und dann gehe ich nach Hause. Freitags bleibe ich, so wie heute, über Nacht, gehe aber, bevor Gabe am nächsten Morgen aufwacht. Es ist wirklich schön, mit dir in einem Bett zu schlafen und mehr Zeit mit dir zu verbringen, aber ich fühle mich irgendwie schmutzig, wenn wir das so verstecken müssen. Dann kommst du samstags nach deinem Pokerabend zu mir, wir verbringen fast die ganze Nacht zusammen, bis du dann im Morgengrauen gehst, wenn ich noch schlafe, damit du zu Hause bist, bevor Gabe aufwacht. Es fühlt sich an, als wäre ich deine geheime Affäre. Als ob wir etwas Verbotenes tun und nicht offen dazu stehen können, was zwischen uns ist. Als ob es nur um den Sex geht.«

Seine Augenbrauen schossen in die Höhe.

Tori beeilte sich zurückzurudern. »Nicht, dass der Sex nicht toll ist, das ist er auf jeden Fall …« Sie blies sich eine Ponysträhne aus der Stirn und schüttelte den Kopf. »Ach, ich weiß doch auch nicht.«

Ihr Handy vibrierte. Sie nahm es vom Couchtisch, warf einen kurzen Blick darauf und löschte die eingegangene Textnachricht, ohne sie zu lesen. Ken kapierte es einfach nicht.

Mark stellte seine Geschenkschachtel auf den Tisch, nahm ihre Hände in seine und zog sie auf die Füße. Dann ließ er ihre linke Hand noch mal kurz los, um nach einer kleinen Fernbedienung zu greifen und ein paar Knöpfe zu drücken. Der Fernseher ging aus, und langsame, verführerische Musik erfüllte den Raum. Er zog sie mit sich zu der großen Fensterfront, die die Stadt überblickte. Vor dem Hintergrund Millionen kleiner Lichter erhob sich die Space Needle hell leuchtend zu ihrer Linken.

»Tanz mit mir.« Es war keine Frage. Er zog sie in seine Arme, und sie begannen sich zur Musik zu bewegen.

Sie schmiegte sich an ihn, überließ ihm die Führung.

»Du bist nicht nur meine *Affäre*«, flüsterte er, die Lippen dicht neben ihrem Ohr. Er beugte sich ein wenig nach hinten, um ihr in die Augen sehen zu können. »Du bist meine Freundin, meine feste Freundin. Das zwischen uns ist kein schmutziges kleines Geheimnis, wir müssen nichts verbergen. Wir sind nur dabei, unseren Weg zu finden, herauszufinden, ob wir funktionieren. Wir müssen doch keine Plakatwand an der Autobahn mieten, um unseren Beziehungsstatuts offiziell zu machen. Es *ist* offiziell, nur eben privat.«

Sie zog eine Augenbraue hoch. Konnte er ihre Skepsis spüren?

Er seufzte und nahm wieder ihre Hände. »Hör zu, Gabe vergöttert dich, aber wie du selbst weißt, sind Veränderungen schwer für ihn und werfen ihn leicht aus der Bahn. Deswegen müssen wir das langsam angehen. Er kennt dich als seine Therapeutin, aber wenn er dich plötzlich auch am Wochenende sieht und mitbckommt, wie wir kuscheln und uns küssen, könnte ihn das verwirren. Es war wirklich schwer für ihn, als Cheyenne uns verlassen hat. Ich will ihm keine falschen Hoffnungen machen, wenn die Chance besteht, dass du doch noch irgendwann feststellst, dass das alles zu viel für dich ist.«

Sie machte sich von ihm los und hörte auf zu tanzen. Mit zusammengezogenen Brauen sah sie zu ihm auf. »Also ist alles meine Schuld?«

Die Frustration war deutlich in seinen Augen zu lesen. »Nein, aber ich habe das eben alles schon mal mitgemacht. Ich passe doch nur auf meinen Sohn auf. Bitte versteh das.«

Es war schwer, wütend auf ihn zu sein, wenn er seinen über alles geliebten Sohn so vehement beschützte. Sein Blick wurde wieder weich, und er zog sie zurück in seine Arme, begann sich mit ihr erneut im langsamen Takt der Musik zu bewegen.

Er strich mit seinen Lippen sanft über ihre, bevor er weitersprach. »Ich habe dich gern ganz für mich allein. Gefällt es dir denn nicht, wenn ich samstags vor deiner Tür stehe mit einem Paar Handschellen in der Hosentasche und einer Flasche Wein in der Hand?«

Sie hatte Mühe, ein Lächeln zurückzuhalten. Er hatte recht. Sie hatten beide viel Spaß in ihren gemeinsamen Nächten. Am Sonntag kam sie dann immer erst spät aus dem Bett, weil sie so müde von all den Orgasmen war.

»Wir sind doch beide gebrannte Kinder, oder?«

Sie nickte. Ja, das waren sie. Er hatte ihr alles von Cheyenne erzählt und davon, wie sie ihn und Gabe verlassen hatte. Sie waren beide am Boden zerstört gewesen. Und sie selbst hatte sich an Ken so sehr verbrannt, dass sie immer noch Rauch roch, wenn sie an ihrer alten Wohnung vorbeifuhr.

»Und genau deswegen müssen wir das langsam angehen. Erst mal den kleinen Zeh ins Wasser halten. Unseren Spaß haben und die Zeit genießen, bis wir bereit für den nächsten Schritt sind.«

Der da wäre?

Es war, als hätte er ihre Gedanken gelesen. »Außerdem arbeiten wir ja auch an deiner Unabhängigkeit, richtig?« Seine Hand glitt ihren Rücken hinab zu ihrem Po. Er zog sie enger an sich, um ihr zu zeigen, wie sehr er sie begehrte. Sein Schwanz war hart und lang und drückte immer wieder gegen ihre Hüfte, während sie weitertanzten.

»Tun wir. Tu ich.«

»Und ich will dir helfen, deine Unabhängigkeit zurückzubekommen. Ich will dir dabei helfen, dein Ziel zu erreichen, Verhaltenstherapeutin zu werden und deine eigene Praxis zu eröffnen, deine Träume zu verwirklichen.«

Seine ermutigenden Worte ließen ihr Herz schneller schlagen. Ken hatte sie nie so unterstützt. Ja, er hatte ihr versprochen, ihr nach seinem Abschluss durch Studium und Ausbildung zu helfen, aber er hatte auch immer wieder die Meinung geäußert, dass sie doch eigentlich gar nicht arbeiten müsse, denn wer solle dann auf die Kinder aufpassen. Er hatte keinen Zweifel daran gelassen, dass er sie lieber barfuß und schwanger in der Küche gesehen hätte statt als Karrierefrau.

»Tori.« Mark hörte auf zu tanzen. Sie sah in seine umwerfenden Augen hoch. »Wir sind noch nicht sehr lange *zusammen.* Lass uns doch einfach genießen, was wir haben.« Er schloss die Hand um ihre Pobacke und drückte seinen harten Schwanz gegen ihren Schoß. »Befriedige ich dich denn nicht? Soll ich dir zeigen, wie viel du mir bedeutest? Wie sexy, unwiderstehlich und versaut du sein kannst? Wie unersättlich meine Lust auf dich ist?«

Sie biss sich auf die Lippe.

Er zog ihre Lippe unter ihren Zähnen hervor und fuhr mit dem Daumen darüber.

Ihr Puls beschleunigte sich. Ihr Höschen wurde feucht.

Durch ihre langen Wimpern sah sie zu ihm auf. »Bring mich in dein Bett.«

Sein Grinsen ließ ihre Nippel so hart werden, dass es fast schmerzhaft war. »Mit Vergnügen.« Dann schwang er sie in seine Arme und trug sie den Flur hinunter, wobei er nur kurz innehielt, um die Musik auszuschalten und das Licht zu löschen.

Kapitel 10

Mark griff nach der kalten Flasche Sauvignon Blanc und ließ ein paar Tropfen in Toris Bauchnabel rinnen. Sie lag nackt und mit verbundenen Augen auf seinem King-Size-Bett, Arme und Beine von sich gestreckt und erhitzt von all den Orgasmen, die er ihr bereits beschert hatte. Ihr Haar lag um ihren Kopf ausgebreitet wie Strähnen aus schokobrauner Seide, und sie hatte beide Hände in der Bettdecke vergraben.

In seinem ganzen Leben hatte er noch nie etwas so Schönes gesehen.

Als die kalte Flüssigkeit ihre warme Haut berührte, quietschte sie und wand sich, wodurch der Großteil des Weins aus ihrem Nabel und seitlich an ihrem Bauch hinablief.

»Vorsicht.« Er lachte leise. »Du verschüttest ja alles.«

»Das ist ja eiskalt!« Sie tat so, als würde sie mit den Zähnen klappern. »Was ist das?«

»Wein.«

»Du verschwendest den guten Wein? Das ist ja fast schon ein Sakrileg.«

»Es ist nur Weißwein. Was den angeht, bin ich nicht ansatzweise so ein großer Snob wie beim roten. Ich finde, Weißwein ist nur trinkbar, wenn er kalt wie ein Eisberg ist, und selbst dann nur gerade so.«

Sie leckte sich die Lippen. »Das stimmt. Die Flasche Malbec, die du mir gegeben hast, war dagegen wirklich unglaublich lecker.«

»Es geht nichts über einen vollmundigen trockenen Roten.« Er beugte sich wieder über sie und fuhr mit der Zunge von ihren Knöcheln bis zu den Oberschenkeln hinauf. Schließlich war er zwischen ihren Beinen angelangt, und ihr schmaler Landingsstrip lockte ihn weiter. »Aber auf Brünette stehe ich auch.« Er ließ seine Zunge über ihre Schamlippen gleiten. Ihr Becken hob sich ihm ruckartig entgegen, und noch mehr Wein lief aus ihrem Bauchnabel.

»Du bist gemein.« Sie tauchte einen Finger in ihren Bauchnabel, steckte ihn sich in den Mund und leckte das süße Elixier ab, als wäre es Schokoladensoße auf seinem Schwanz.

»Das machst du doch mit Absicht«, knurrte er und malte mit der Zunge kleine Achten auf die Innenseite ihrer Schenkel, dann biss er sie, gerade fest genug, um ihr Adrenalin zum Kochen zu bringen. »Du weißt doch, dass ich noch ein paar Minuten brauche, bis ich wieder startklar bin.«

Sie saugte noch einmal an ihrem Finger, ein anzügliches Grinsen auf den Lippen, zog ihn dann mit einem hörbaren *Plopp* aus ihrem Mund und leckte ihn sauber. »Ich mache doch gar nichts. Ich wollte nur wissen, wie der Wein schmeckt.«

Er schnalzte mit der Zunge gegen ihre Klitoris, und ihre Beine zuckten. »Das Spiel kann ich auch spielen …« Er schnalzte noch einmal, und wieder zuckten ihre Beine.

»Der Wein wird bestimmt schon ganz warm«, mahnte sie.

Damit hatte sie nicht unrecht, und er hasste warmen Weißwein.

Er glitt an ihrem Körper entlang nach oben, beugte den Kopf über ihren flachen Bauch und tauchte erst mit der Zunge in ihren Nabel, um den süßen Wein aufzuschlürfen, bevor er auch die feinen Rinnsale aufschleckte, die an ihren Seiten hinabgeflossen waren. Nachdem er fertig war, nahm er die Weinflasche vom Nachttisch und hielt sie ihr an die Lippen. »Trink.«

Sie tat, wie ihr geheißen. Dann goss er ein wenig Wein in die Kuhle an ihrem Hals und über ihre Brüste. Er genoss den Anblick der Gänsehaut, die sich um ihre Brustwarzen ausbreitete. Auch er nahm einen Schluck aus der Weinflasche, behielt ihn einem Moment im Mund und saugte dann einen ihrer steifen Nippel zwischen seine Lippen, ließ die kühle Flüssigkeit um die sensible Knospe wirbeln, ein Mix aus Temperaturen und Gefühlen, der ihre Lust noch steigern sollte.

Tori öffnete leicht den Mund und wand sich auf dem Laken hin und her.

Er liebte es, dass er sie so leicht erregen konnte, dass sie so sehr auf seine Berührungen reagierte, seine Anwesenheit, seine Zuwendung. Seine Ex-Frau war nie so schnell oder so stark erregt gewesen. Tori war in weit mehr als einer Hinsicht eine frische Brise in seinem Leben.

Er zwirbelte und kniff den anderen Nippel mit den Fingern, zupfte an der Spitze wie an den Saiten einer Harfe.

Sie stöhnte, als er den anderen Nippel mit den Zähnen leicht nach oben zog, bog den Rücken durch und drückte sich ihm entgegen, damit er noch mehr von ihr nehmen konnte. Mit kleinen Küssen wanderte er ihre Brust hinauf, knabberte an ihrem Nacken und nippte an dem Wein in ihrer Halskuhle, behielt den Schluck aber wieder im Mund.

Er legte seine Lippen auf ihre und schob seine Zunge dazwischen, ließ den Wein in ihren Mund fließen, schmeckte ihn auf ihrer Zunge und genoss das einzigartige Aroma, das sie dem Wein verlieh.

Sie hob die Hände und fuhr mit den Fingern durch sein Haar, zog an den Spitzen, bis ein sachter Schmerz seine Kopfhaut wärmte. Der Schmerz machte ihm nichts aus, erst recht nicht, weil er dadurch wusste, dass Tori sein Verwöhnprogramm in vollen Zügen genoss.

Sie griff fester zu und zog an seinen Haaren, bis er den Mund von ihrem löste. Er entfernte ihre Augenbinde, und sie sah ihn direkt an. Hitze kroch unter seine Haut, in seinen Bauch, in sein Herz. Seine Brust zog sich zusammen, als ihm klar wurde, wie viel er für diese Frau empfand. In so kurzer Zeit war es ihr gelungen, sein Herz zu stehlen. Aber er musste vorsichtig sein, es war alles noch viel zu frisch.

Sie hielt ihn fest, mit den Händen in seinen Haaren, ihre Gesichter nur um Zentimeter voneinander entfernt. »Ich …« Ihre Kehle hüpfte, als sie schwer schluckte.

Er hielt den Atem an. So weit waren sie noch nicht. Auch wenn er tief in seinem Herzen wusste, dass er sie liebte, waren sie noch nicht an dem Punkt in ihrer Beziehung angelangt, an dem sie das aussprechen konnten. Es war doch alles noch viel zu frisch. Zu neu. Zu roh.

Es wäre sein Tod, wenn sie die Worte jetzt sagen und er zögern oder gar nichts erwidern würde. Der Blick in ihren Augen würde ihn umbringen.

»Ich will jetzt mal oben sein.«

Oh, Gott sei Dank.

Er lächelte zu ihr hinab, die Sorge, dass sie *diesen Schritt* tun könnte, bevor sie dafür bereit waren, war sofort von seinem Herzen genommen. Sie wollte nur ihren heißen Körper auf seinen schwingen und ihn wie das Cowgirl reiten, das in ihr steckte, wie er wusste. Er konnte es kaum erwarten, ihre Brüste hüpfen zu sehen, während sie an seinem Schwanz auf und ab glitt.

»Aber gern doch.« Er rollte sich von ihr herunter und legte sich auf den Rücken, genauso nackt wie sie, und verschränkte die Arme unter dem Kopf. »Vernasch mich. Tu mit mir, was du willst.«

Mit einem frechen Grinsen, von dem er nie genug bekommen würde, setzte sie sich auf und schwang ein Bein über seine Hüfte, positionierte ihre Spalte genau über seinem steil aufragenden Schwanz. Sie zögerte keine Sekunde, sondern nahm ihn sofort tief in sich auf. Ihr gemeinsames lustvolles Stöhnen hallte durch sein schwach erleuchtetes Schlafzimmer.

»Verdammt, du bist wunderschön«, murmelte er, während er ihre Bewegungen beobachtete, die einem professionellen Striptease in Sachen Anmut und Erotik in nichts nachstanden. Sie fühlte sich so wohl in ihrem Körper, mit ihrer Sexualität, und ihre Furchtlosigkeit machte sie nur noch attraktiver. Sie streckte sich und schob sich mit beiden Händen die Haare aus dem Gesicht. Ihr Rücken bog sich leicht durch, und ihre Brüste wölbten sich nach oben, ihre Himbeer-Nippel waren hart und steif, schienen ihn herauszufordern, sie wieder in seinen Mund zu saugen.

Sie schloss die Augen und biss sich auf die Unterlippe.

Es war ein Anblick zum Niederknien.

Ein Anblick nur für ihn.

Sie war sein.

Er stemmte seinen Oberkörper hoch, vorsichtig drauf bedacht, die Frau auf ihm nicht aus dem Gleichgewicht zu bringen, und vergrub sein Gesicht zwischen ihren Brüsten. Sie roch einfach göttlich. Nach Tori und Wein. Eine berauschende Mischung, blumig und süß, nach Moschus und Sex.

Alles an dieser Frau, *seiner* Frau, brachte ihn völlig um den Verstand.

Sie ließ ihre Haare los, schob eine Hand zwischen ihre Beine und begann, ihre Klitoris zu reiben. Er liebte es, wenn sie ihre Lust selbst in die Hand nahm. Sie hatte keine Scheu davor, sich selbst zu verwöhnen, und er genoss jedes Mal die Show. Manchmal, wenn er noch nicht wieder ganz einsatzbereit war, streichelte sie sich vor seinen Augen und brachte sich selbst zum Höhepunkt. Wenn sie bei ihr zu Hause waren, benutzte sie dafür auch gern das beeindruckende Gerät, das sie liebevoll »Dwayne« nannte, anscheinend nach Dwayne »The Rock« Johnson.

Mark war sich nicht ganz sicher, was er davon halten sollte, aber er liebte es, ihr dabei zuzusehen, wie sie »Dwayne« benutzte. Hin und wieder verwöhnte er sie sogar selbst damit, schob es in ihre feuchte Spalte, während seine Zunge ihre geschwollene Klitoris umkreiste. Das hatte ihr schon einige ihrer intensivsten Orgasmen beschert.

»Oh, Baby, ich komme gleich«, stöhnte sie. Sie rieb sich schneller, und der Rhythmus, mit dem sie ihn ritt, wurde noch wilder.

Er legte die Lippen um einen ihrer Nippel und rollte ihn zwischen den Zähnen hin und her, während er mit dem Becken nach oben stieß, noch tiefer in sie drang und ihre inneren Wände erbeben fühlte.

Mit ihrer freien Hand fuhr sie wieder in sein Haar und griff zu, zog und zerrte, als ihr Höhepunkt sie überrollte. Ihr Körper versteifte sich für einen Moment, ihr Tunnel pulsierte um seinen Schwanz, zog ihn tiefer und hieß ihn willkommen. Er saugte kraftvoll an ihrem Nippel, konnte sich aber nicht davon abhalten, die Augen zu öffnen und ihr zuzusehen. Sie sah einfach umwerfend aus, wenn sie kam. Ihr Lippen waren leicht geöffnet, die Lider flackerten und der hinreißendste Rotton überzog ihre elfenbeinfarbene Haut. Und wenn sie ihre Augen dann schließlich öffnete, sahen sie strahlend blau, zufrieden und ein wenig lasziv in die seinen.

Sie hob und senkte sich noch ein paarmal, bevor sie sich nach vorn gegen seine Schulter sinken ließ, ihr Körper ausgelaugt und vollkommen entspannt.

»Gib mir nur eine Sekunde, dann mach ich weiter«, murmelte sie an seiner Schulter. »Irgendwie habe ich mich da gerade ein wenig verloren.«

Er lachte. Sie war so schonungslos offen und ehrlich, besonders direkt nach dem Sex. Das liebte er an ihr.

»Nimm dir alle Zeit, die du brauchst, Süße. Ich bin hier vollkommen zufrieden.«

Und das stimmte. Er war endlich wieder zufrieden, glücklich mit seinem Leben. In diesem Moment hätte er nirgendwo anders sein wollen, und wenn es nach ihm ginge, könnte alles für immer so bleiben.

»Oder du könntest in meinem Mund kommen«, schlug sie vor, stützte sich an seiner Schulter ab und sah mit diesem verträumten, dopamingetränkten Lächeln auf ihn herab.

Er legte ihr sanft eine Hand auf den Kopf.

Ihr Lächeln wurde noch breiter, als sie ihn aus sich herausgleiten ließ und dann seinen Körper hinabwanderte, um seinen Schwanz in die Hand zu nehmen.

»Vielleicht können wir ja nur heute Nacht einmal so tun, als wäre ich doch deine schmutzige kleine Affäre«, schnurrte sie und leckte mit der Zungenspitze die gesamte Länge seines

Schwanzes entlang. »Oder noch besser, du bist der Professor, und ich bin deine Studentin und will meine *Note aufbessern.*«

Sie beugte sich vor und nahm seinen Schwanz tief in ihren Mund auf, ganz bis zur Wurzel, und Marks Hüfte drückte sich ihr unwillkürlich entgegen.

»Das bessert so einiges auf«, stieß er atemlos hervor. Dann ließ er sich zurück aufs Bett sinken, schloss die Augen und genoss das Beste, was ihm in seinem Leben jemals passiert war.

Kapitel 11

»Bist du ganz sicher?«, fragte Tori. Sie knetete nervös ihre Hände, während sie auf die Doppeltür des großen, modernen Hauses im edelsten Stadtteil von Seattle zugingen. »Dränge ich mich wirklich nicht in euren Jungs-Club?«

Mark schüttelte den Kopf. »Nein. Das heute ist ja nicht unsere Pokerrunde, sondern nur ein netter Grillabend an einem verregneten Sonntag. Entspann dich. Du bist eingeladen.«

»Grillen im März?«

»Wir sind hier an der Westküste. Jede Saison ist Grillsaison. Außerdem ist das Ganze sowieso nur eine Ausrede, damit Liam mit seinem neuen Grill angeben kann. Essen werden wir drinnen.«

»Sind denn außer mir noch andere Frauen da?«

Er zuckte mit den Schultern, bevor er an die schwere Holztür klopfte. »Vielleicht. Ich weiß gar nicht, ob einer von den Jungs im Moment eine Beziehung hat. Aber es sind viele Kinder da. Die meisten von uns, wenn wir nicht sowieso Vollzeit-Väter sind, haben sonntags die Kinder.«

Sie schluckte schwer, aber egal, was sie auch tat, sie wurde den golfballgroßen Kloß in ihrer Kehle einfach nicht los. Er saß dort fest, seitdem Mark die Party bei Liam erwähnt hatte.

Hatte sie nicht selbst gewollt, dass sie mehr als Pärchen unternahmen? Er wollte sie seinen Freunden vorstellen, den *Single Dads* von Seattle. Das war doch sicher ein großer Schritt.

Aber obwohl sie es sich wünschte, obwohl sie ihre Beziehung öffentlich machen wollte, war sie jetzt nicht mehr so sicher. Vor allem war sie nicht sicher, ob das hier der beste Weg war. Was, wenn alle sie hassten, einfach nur, weil sie eine Frau war? War das hier vielleicht ein Frauenhasser-Club?

Mark hatte ihr nie erzählt, ob es Aufnahmevoraussetzung für den Club war, dass einem von einer Frau – einer Ex – richtig übel mitgespielt worden war. Jetzt, da sie darüber nachdachte, fiel ihr auf, dass sie nicht mal gefragt hatte, ob einer der *Single Dads* vielleicht schwul, Witwer oder aus sonstigen Gründen alleinerziehend war.

Nun ja, sie würde es wohl bald herausfinden.

Die Tür schwang auf, und ein sehr attraktiver, großer blonder Mann mit dunkelbraunen Augen stand vor ihnen, ein Lächeln im Gesicht, das verschmitzt und übermütig wirkte. Das musste Liam sein.

»Du bist bestimmt Tori.« Sein Lächeln wurde noch breiter, als er unverblümt den Blick über ihren Körper wandern ließ. Pech für ihn, dass sie ihren dicken Daunenmantel trug. Darin erinnerte sie eher an ein Michelin-Männchen als an einen sexy Skihasen.

Sie zog einen Handschuh aus und streckte Liam ihre Hand entgegen. »Hi. Ja, die bin ich. Und ich nehme an, du bist Liam?«

Er zwinkerte. »Ganz genau.«

»Das ist ein tolles Haus. Vielen Dank für die Einladung.«

Liam nahm ihr den Mantel ab, während Mark Gabe aus seiner Jacke und den Stiefeln half.

»Ich musste mir diese Sirene, die unseren Marky Mark in eine Wachspfütze verwandelt hat, doch mal mit eigenen Augen ansehen.«

Hitze stieg in ihre Wangen. Was hatte Mark über sie erzählt?

Sie warf ihm einen Blick zu, aber er verdrehte nur die Augen und grinste. »Danke für die Einladung, Kumpel.« Er drückte Liam das Sechserpack Bier in die Hand, das er mitgebracht hatte. »Ich weiß, du hast gesagt, wir sollen nichts mitbringen, aber trotzdem. Als Bezahlung für das Riesensteak, das ich nachher essen werde.«

In Liams schokobraunen Augen blitzte es. »Sirloin. Das Beste, was der Metzger zu bieten hatte. Die liegen schon seit Donnerstagabend in ihrer Marinade im Kühlschrank.«

Mark klopfte seinem Freund auf die Schulter, dann folgten sie Liam um die Ecke in eine große Küche, die schon voller Männer und kleiner Kinder war.

Tori sah sich schnell um. Kein zweites Paar Brüste weit und breit. Sie schluckte. Das würde eine Herausforderung werden.

Sämtliche Köpfe wandten sich ihr zu, und auf den meisten Gesichtern breitete sich ein freundliches Lächeln aus. Sie erkannte Emmett wieder, Marks Arztfreund, doch er lächelte nicht.

»Willkommen, willkommen!«, rief Liam und legte eine warme Hand auf Toris Schulter. »Das Essen steht auf dem Tresen, und auf der überdachten Terrasse gibt es noch mehr. Ich weiß, es sieht kalt aus da draußen, aber ich habe Heizstrahler aufgestellt, und damit ist es eigentlich ganz lauschig. Kann ich dir denn was zu trinken anbieten?«

»Sie trinkt gern Rotwein«, sagte Mark und trat hinter sie, schlang jedoch nicht seinen Arm um ihre Taille, wie sie es sich gewünscht hätte. Stattdessen hielt er einen merklichen Abstand von mindestens dreißig Zentimetern zu ihr. »Je dunkler, desto besser.«

»Ein dunkler Rotwein, kommt sofort«, sagte Liam mit einem Nicken.

Die Männer kamen einer nach dem anderen auf sie zu, stellten sich vor, schüttelten ihr die Hand und sagten ihr, dass sie von Mark nur Gutes über sie gehört hatten, besonders in Hinblick auf ihre Fortschritte mit Gabe.

Logen sie vielleicht, damit sie sich hier wohler fühlte? Oder erzählte Mark während der Pokerabende wirklich so viel von ihr?

Liam kehrte mit ihrem Wein zurück. »Ein 2013er Merlot vom Golden Sunrise Weingut in Mission, Kanada. Sag mir, wie du ihn findest. Eine Freundin von mir ist mit dem Winzer verheiratet und hat den Wein letztes Jahr als Geschenk mitgebracht.«

Tori nahm einen Schluck. Der Wein schoss ihr in den Kopf, noch bevor sie den Geschmack auf ihrer Zunge wahrnahm. Sie fühlte sich sofort um Welten besser. Alkohol wurde eben nicht umsonst *flüssiger Mut* genannt. »Der ist unglaublich«, sagte sie und hielt ihre Nase ins Glas. »Sehr erdig, mit einem pflaumigen Nachgeschmack.«

Liams Augen strahlten. »Das stimmt genau.« Er wandte sich Mark zu. »Sie kennt sich echt aus.«

Mark lächelte, berührte sie aber immer noch nicht. »Das tut sie. Hey, wer ist denn der Neue?« Er wies mit dem Kopf auf einen hoch gewachsenen blonden Mann mit umwerfenden grauen Augen. Er saß auf der Couch und las leise einem süßen kleinen Mädchen vor, dessen Haar die gleiche Farbe hatte wie seins, nur dass ihres mit rosa Schleifen zu zwei Zöpfen gebunden war.

»Atlas Stark«, sagte Liam ernst. »Er arbeitet bei mir in der Kanzlei. Hat im Oktober seine Frau verloren.«

Mark schloss die Augen. »Scheiße.«

»Seine Tochter heißt Aria.«

Mark öffnete die Augen wieder. »Aria Stark?«

Als Liam grinste, bildeten sich kleine Grübchen neben seinem Mund. »Er behauptet, sie hätten noch nie von *Game of Thrones* gehört, als sie den Namen ausgesucht haben. Wird auch anders geschrieben.«

Ein Zupfen an Toris T-Shirt ließ sie nach unten schauen, und sie entdeckte Gabe, der mit einem roten Bauklotz in der Hand zu ihr aufsah. Er zog stärker an ihr und deutete auf den Turm, den er in der Spielecke des großen, eleganten Esszimmers gebaut hatte. Sie nahm seine Hand und ließ sich von ihm dorthin führen.

Wenig später saß sie auf dem Boden, umgeben von Kindern und mit Gabe auf dem Schoß, und las ein Buch nach dem anderen vor, während ihr ein paar jüngere Kinder immer mehr Spielzeuge und wahllose Schienenabschnitte einer Modelleisenbahn brachten. Ihr war bewusst, dass alle Männer sie beobachteten. Beurteilten sie sie auch? Wägten sie ab, ob sie gut genug für Mark war? Gut genug für Gabe? Die eigentliche Frage war jedoch, ob Mark ihre Meinungen in seine Überlegungen mit einbeziehen würde. Hing ihre Beziehung zu ihm, ihr Glück mit ihm von diesem Abend ab?

Ein Stein so groß wie eine Wassermelone lag plötzlich schwer in ihrem Magen. Ihr Job, ihre Beziehung und ihr wunderbarer Neuanfang, alles schien von der Meinung dieser Männer abzuhängen.

Die Party war sozusagen das Vorstellungsgespräch ihres Lebens.

Sie hoffte bloß, dass sie den Abend ohne Spinat zwischen den Zähnen überstehen würde.

Etwa eine Stunde später kam ein großer Mann mit muskulösen Oberschenkeln und dunkelrotem Haar zu ihr und den Kindern herüber und reichte ihr einen kleinen Teller. »Ich dachte, du willst vielleicht etwas essen«, sagte er mit einem Lächeln. »Und dich auch mal mit einem Erwachsenen unterhalten.«

Sie bedankte sich bei ihm und machte sich dann über die Kartoffelchips her, als hätte sie seit Tagen nichts mehr gegessen.

»Ich bin übrigens Zak.« Er streckte ihr eine Hand entgegen.

Tori schüttelte sie. »Tori.«

»Du bist echt super mit den Kids.«

Sie kaute schnell zu Ende, bevor sie ihm antwortete. »Danke. Ich arbeite beruflich mit Kindern mit speziellen Bedürfnissen und liebe es sehr.«

Seine blauen Augen weiteten sich. »Das ist großartig. Wie bist du dazu gekommen?«

»Ich hab mal als Betreuerin in einem Ferienlager für Kinder mit speziellen Bedürfnissen gejobbt und mich sofort in die Arbeit verliebt.«

Er schüttelte breit grinsend den Kopf. »Ist es nicht toll, wenn man seine Berufung so findet? Wenn es dich einfach erwischt, wie ein hochgeschlagener Flugball?«

Sie lachte. So konnte man es auch ausdrücken. »Was machst du denn beruflich? Nicht zufällig Baseball-Coach?«

Zaks Grinsen war authentisch und sympathisch. »Nicht professionell. Aber ich trainiere Aidens Baseball-Team. Hauptberuflich besitze und leite ich die Club Z Fitnessstudios.«

Tori riss die Augen auf. »Ich liebe diese Studios. Da bin ich früher immer hingegangen.«

»Früher?« Er zog eine buschige dunkelrote Augenbraue hoch.

Tori verzog das Gesicht. »Ich bin in ein paar finanzielle

Schwierigkeiten geraten und musste letzten September meine Mitgliedschaft kündigen. Tut mir leid.«

»Ach, das kann ich aber nicht so stehen lassen. Ich regle das für dich.«

Sie lächelte ihn an. Es war wirklich sehr nett von ihm, zu ihr zu kommen und mit ihr zu reden. Bis jetzt hatten die anderen Väter sie alle wie eine Babysitterin behandelt, und wenn sie ehrlich war, wurde das langsam etwas nervig. Sogar Mark hatte sie einfach in der Spielecke zurückgelassen und quatschte schon die ganze Zeit mit seinen Kumpels draußen beim Grill.

Zak folgte Toris Blick. »Du bist das erste weibliche Mitglied in unserem Club«, sagte er leise.

Sie wandte den Blick langsam von Mark ab und sah wieder in Zaks attraktives Gesicht. »Ich bin nicht in eurem Club.«

Seine Miene signalisierte ihr, dass er da nicht ganz ihrer Meinung war. »Du weißt, wie ich das meine. Du bist die erste Frau, die hier jemand als seine Freundin vorstellt. Als Lebensgefährtin.«

Im Moment kam sie sich nicht unbedingt wie Marks Gefährtin vor. Er hatte seit über einer Stunde kein Wort mehr zu ihr gesagt.

»Er weiß nicht, wie er mit der Situation umgehen soll«, sagte Zak. »Das kannst du ihm natürlich nicht durchgehen lassen, aber du solltest auch wissen, dass er absolut verrückt nach dir ist. Bei unseren Pokerabenden redet er die ganze Zeit nur von dir.«

Tori presste die Lippen zusammen. »Tja, davon merkt man gerade nicht sehr viel.«

»Hey, Mark!«, rief Zak quer durch den Raum, und sie zuckte zusammen. »Hör auf, deine Freundin zu ignorieren und wie die

Babysitterin zu behandeln. Komm her und schenk ihr mal ein bisschen Aufmerksamkeit. Stell sie den Jungs richtig vor, sei ein guter Freund.«

Mark warf ihm von der Terrasse aus einen bösen Blick zu, was Zak jedoch völlig kaltließ. Er trug ein breites Grinsen im Gesicht, genau wie einige der anderen Männer.

Tori wollte ihm einen Klaps auf den Oberarm geben, doch er fing ihre Hand ab, verflocht seine Finger mit ihren und drückte ihr einen Kuss auf den Handrücken. »Denn wenn du sie nicht gut behandelst, kommt bestimmt bald jemand und schnappt sie dir vor der Nase weg.«

Tori spürte, wie ihr Gesicht feuerrot anlief, aber Mark sah aus, als würde sein Kopf gleich explodieren.

Sie mochte Zak.

»So schlimm war es doch gar nicht, oder?«, fragte Mark, als sie wieder in sein Auto stiegen. »Bestimmt nicht mal halb so unangenehm, wie du es dir vorgestellt hast.«

Tori schnallte sich an, sie war ein wenig benebelt von dem unglaublich guten Wein, von dem Liam ihr immer wieder nachgeschenkt hatte. War ihr Glas überhaupt mal leer gewesen? Sie schaffte es trotzdem, Mark einen skeptischen Blick zuzuwerfen. »Nachdem du endlich aufgehört hast, mich zu ignorieren, und dich entschuldigt hast, war es tatsächlich gar nicht so schlimm. Aber trotzdem etwas seltsam.«

Mark schloss die letzte Schnalle an Gabes Kindersitz, schwang sich dann hinters Lenkrad und startete den Motor. »Inwiefern seltsam?«

Sie schüttelte den Kopf, den Blick noch auf Liams Haus gerichtet, bis sie um die Ecke bogen. »Es hat sich so angefühlt, als würden deine Freunde mich alle verurteilen. Als ob sie nur darauf gewartet hätten, dass ich etwas falsch mache oder irgendwie Mist baue und damit ihre Meinung bestätige, dass alle Frauen scheiße sind. Na ja, alle außer Zak. Der war super.«

Mark gab ein kehliges Geräusch von sich. »Ja, Zak ist ein Schatz.« Er trat härter als nötig auf die Bremse, als ein Stoppschild vor ihnen auftauchte. »Hat etwa irgendjemand zu dir gesagt, dass er alle Frauen scheiße findet?« Er drehte sich in seinem Sitz zu ihr um und sah sie schockiert an.

Sie verdrehte die Augen und wandte den Blick dann nach vorn. »Du kannst weiterfahren.«

Er legte den Gang ein, und sie fuhren wieder los.

»Niemand hat *Frauen sind scheiße* gesagt, aber geht es bei euren Pokerabenden nicht genau darum? Ihr sitzt alle zusammen und zieht über eure Ex-Frauen her? Über Frauen im Allgemeinen?«

»Nein. Überhaupt nicht.«

Sie glaubte ihm kein Wort.

»Die Pokerrunde ist der Ort, an dem wir mal etwas anderes sein können als Ex-Männer, als Väter, als Berufstätige. Es gibt jede Menge Ressourcen für alleinerziehende Mütter, arbeitende Mütter, zu Hause bleibende Mütter. Facebook-Gruppen, Anlaufstellen, Selbsthilfegruppen. Aber für alleinerziehende *Väter* gibt es nichts. Klar, es gibt viel mehr alleinerziehende Mütter, mehr Frauen, die das alleinige oder geteilte Sorgerecht haben, bei denen der Vater nur am Wochenende mal auftaucht, aber es gibt eben auch alleinerziehende Vollzeitväter. Und wir bekommen nirgendwo Unterstützung. Genau das wollte Liam ändern. Ja, wir reden über unsere Ex-Frauen, bis zu einem gewissen Punkt, aber wir ziehen nie über sie her. Sie sind die Mütter unserer

Kinder. Unsere Ex-Frauen durch den Schlamm zu ziehen, würde bedeuten, das auch mit fünfzig Prozent unserer Kinder zu tun. Irgendwann haben wir diese Frauen mal geliebt und wollten eine Familie mit ihnen gründen. Ganz egal also, was sie uns danach angetan haben, sie sind nicht *scheiße*, wie du es ausdrückst. Wir maulen, meckern und jammern, aber wir ziehen nicht über Frauen her. Niemals.«

Tja, jetzt fühlte sie sich echt scheiße.

»Ein paar von den Jungs – Liam, Zak, Scott und Emmett – sind ein wenig verbittert. Die mussten echt einiges mitmachen, besonders in Sachen Sorgerecht. Sie wollten mehr sein als nur Wochenendväter, und ihre Ex-Frauen haben ihnen dafür das Leben verdammt schwer gemacht. Sie haben genug von der Liebe … fürs Erste zumindest. Aber das bedeutet nicht, dass sie Frauen hassen. Es bedeutet nicht, dass sie die Liebe hassen. Na ja, außer Liam …« Er verstummte kurz. »Aber auf jeden Fall bedeutet es nicht, dass sie dich hassen oder denken, dass du oder irgendeine Frau *scheiße* ist.«

Er griff nach ihrer Hand und legte seine große Handfläche auf ihre, verschränkte ihre Finger miteinander. »Sie scheinen dich alle sehr zu mögen, falls das dir ein Trost ist. Du bist super bei ihren Kindern angekommen, und das hat dir schon mal jede Menge Pluspunkte eingebracht. Und nach einer Weile sind sie doch alle aufgetaut, und ich habe gesehen, dass du dich mit jedem von ihnen unterhalten hast. Mit einigen mehr als mit anderen. Verdammter Zak«, grummelte er.

»Mit allen außer Emmett.« Ihre Brust zog sich zusammen.

»Seine Scheidung ist noch sehr frisch. Der neue Freund seiner Ex-Frau ist ein Idiot, und Emmetts Tochter hasst den Typen, was Emmetts Leben ziemlich kompliziert macht. Und das überträgt er jetzt wohl ein bisschen auf unsere Situation. Er hat nur das Beste für mich und Gabe im Sinn. Das heißt nicht, dass er dich nicht mag, er passt nur auf uns auf. Er wird noch einsehen, wie großartig du bist.«

Da war sie nicht so sicher. Sie hatte eher den Eindruck, dass Emmett sich angestrengt hatte, sie auf der Party möglichst großräumig zu meiden. Er war kein einziges Mal auf sie zugekommen, und als sie erzählt hatte, wie sie als Kind immer die Steakknochen vom Teller ihrer Eltern abgenagt hatte, hatten alle gelacht – alle außer ihm.

Emmett war einer von Marks engsten Freunden. Würde Mark es als *Zeichen* sehen, wenn er sie nicht mochte? Ihr Herz war noch immer viel zu wund, um schon wieder eine Trennung zu verkraften.

Sollte sie die Sache lieber beenden, bevor Mark es tun konnte? Um ihr Herz zu schützen?

Du interpretierst da schon wieder viel zu viel rein – lass es einfach.

Für ihr Herz gab es sowieso keine Rettung mehr. Sie hatte sich längst Hals über Kopf in diesen Mann verliebt. Ihre Brust schnürte sich noch enger zu.

Sie liebte ihn.

Sie liebte ihn so sehr.

Sie liebte Gabe. Sie liebte ihr neues Leben und die Tatsache, dass beide Teil davon waren. Mark hatte ihr Herz gestohlen, und mit jedem Tag, den sie mit ihm verbrachte, zog er sie mehr in seinen Bann. Sie konnte sich nicht vorstellen, auch nur einen von ihnen aufzugeben.

»Gabe ist eingeschlafen«, sagte Mark. »Willst du noch mit zu mir kommen? Ich kann dir nachher ein Uber rufen, das dich nach Hause bringt.« Er nahm ihre Hand. »Und noch mal: Es tut mir wirklich leid, dass ich dich vorhin bei den Kindern hab sitzen lassen. Du warst schließlich nicht als Babysitterin auf der Party, und ich hätte dich nicht allein lassen sollen.« Er fuhr mit dem Daumen sanft über ihre Fingerknöchel. »Verzeihst du mir? Oder wirst du mich für den muskulösen Rotschopf verlassen?«

Toris Lippen zuckten. »Mhm, ich weiß nicht. Wenn ich Zaks Freundin wäre, könnte ich umsonst ins Fitnessstudio gehen.«

Sein Knurren ließ Hitze in ihrem Innern aufsteigen. Mit einem Schwung des Lenkrads fuhr er an den Straßenrand und hielt an, dann zog er sie zu sich und presste seinen Mund auf ihren. Ihre Zungen tanzten Tango, und ihre Lippen fügten sich wunderbar ineinander. Dieser Mann war wirklich ein unglaublicher Küsser.

Tori wusste, dass sie ihn bitten sollte, sie direkt nach Hause zu bringen. Sie musste jetzt gründlich über alles nachdenken. Es *überdenken*, wie üblich. Sie würde ihre Beziehung auseinandernehmen und in Tausende winzige Teile zerlegen, die sie dann alle einzeln untersuchen würde, bis sie sich selbst davon überzeugt hatte, dass Schlussmachen der logische nächste Schritt war.

So machte sie es immer.

Vielleicht hatte das Ende ihrer Ehe sie deswegen so hart getroffen. Sie war nicht nur hintergangen und betrogen worden. Das erste Mal in ihrem Leben war sie diejenige gewesen, mit der Schluss gemacht worden war. Sonst hatte immer sie die Beziehung beendet, den Typen weggeschickt, bevor es zwischen ihnen zu ernst werden konnte, weil sie ihre Beziehung zu Tode analysiert und letztendlich entschieden hatte, dass sie nicht das perfekte Paar waren.

Hätte ihre Schwester ihr nicht einige Standpauken gehalten und ihr eingebläut, dass sie der Liebe einfach mal eine Chance geben sollte, wäre sie wohl nie so lange mit Ken zusammengeblieben. Mindestens ein halbes Dutzend Mal war Tori schon fest entschlossen gewesen, die Beziehung zu beenden, und nur ihre Schwester oder jemand anderes hatte sie davon abgehalten, ihr gesagt, dass sie spinne und Ken doch wirklich kein so schlechter Kerl sei – tja, da hatten sie sich wohl alle ganz schön getäuscht. An dem Abend, als er ihr den Antrag gemacht hatte, im *Pom*, ihrem Lieblingsrestaurant direkt am Wasser, war sie drauf und dran gewesen, Schluss zu machen. Stattdessen war er vor ihr auf ein Knie gesunken.

Sie hätte es damals beenden sollen.

Hätte, hätte, Fahrradkette.

Sollte sie jetzt auf ihr Bauchgefühl hören? Oder auf ihr Herz? Ihr Bauch sagte ihr, dass sie nach Hause gehen sollte, aber ihr Herz war anderer Meinung. Ihr Herz wollte so viel Zeit mit Mark verbringen wie nur möglich.

Mark lehnte sich etwas zurück, die Augen halb geschlossen und voll brennender Lust.

Tori fuhr mit der Zunge über ihre Lippen. »Klar, ich komme gern noch ein bisschen mit zu dir.«

Ihr Herz war ein Idiot.

Kapitel 12

»Wein?«, fragte Mark, als er ins Wohnzimmer kam, nachdem er Gabe ins Bett gebracht hatte.

»Steht schon auf dem Küchentresen. Hab ihn gerade dekantiert.«

»Uh, hast du etwa mein Weinregal geplündert?«

Ihr Lächeln war auffallend schwach. »Vielleicht. Sollte aber nichts allzu Teures sein.« Sie hatte ihre Beine untergeschlagen und die Hände zwischen ihre Oberschenkel geschoben. Sie machte den Eindruck, als wollte sie sich so klein wie möglich machen. Auf dem restlichen Nachhauseweg war sie sehr still gewesen und mit den Gedanken offenbar ganz woanders.

Mark fragte sich zum wiederholten Mal, ob einer von den Jungs irgendwas Blödes zu ihr gesagt haben könnte. Vielleicht Emmett? Aber er hatte Mark versprochen, dass er Tori in Ruhe lassen würde.

Mark wusste, dass sein Freund Vorbehalte gegen seine Beziehung mit Tori hatte, wusste, was er davon hielt, dass Gabe da mittendrin steckte, wusste aber auch, dass sein Freund kein totaler Idiot war und nichts Verletzendes zu Tori sagen würde. Zumindest hoffte er das.

Er ging hinüber in die Küche und schenkte ihnen beiden ein Glas von dem 2016er Cabernet Sauvignon aus Kalifornien ein. Einer seiner Favoriten.

»Bist du denn noch nicht beschwipst von Liams Wein?«,

fragte er, als er Tori ihr Glas reichte. »So wie es aussah, war dein Glas nie leer.«

Sie nahm einen Schluck und genoss den Wein einen Moment lang, bevor sie antwortete. »War es auch nicht. Liam ist ein sehr großzügiger und geschickter Gastgeber.«

»Das ist er.« Er setzte sich neben sie und schob sanft eine Haarsträhne hinter ihr Ohr. Ihm fiel auf, wie wunderbar ihr roter Pullover die blauen Augen zur Geltung brachte.

Sie senkte den Blick auf ihren Schoß und starrte in ihr Weinglas. Wieder schien sie tief in Gedanken versunken, wie schon vorhin auf der Fahrt.

Er legte eine Hand an ihre Wange und hob ihren Kopf an, damit sie ihn ansah. Sie begegnete seinem Blick. »Was geht da in deinem hübschen Kopf vor sich?«

Sie schloss für einen Moment die Augen und atmete aus. Ihr ganzer Körper schien mit diesem einen Atemzug in sich zusammenzusinken und zu zerfallen. »Was tun wir hier, Mark?«

»Wein trinken und auf dem Sofa kuscheln?«

Sie schüttelte den Kopf. »Nein, ich meine uns. Was tun wir?«

Verdammt, vor diesem Gespräch hatte er sich gefürchtet. Konnte sie nicht einfach alles so weiterlaufen lassen, wie es war? Es lief doch wunderbar, oder etwa nicht?

»Ich bin froh, dass ich heute mit zu der Grillparty gekommen bin und deine Freunde kennengelernt habe, aber das war das erste Mal, dass wir wirklich als *Paar* aufgetreten sind. Und es hat sich irgendwie falsch angefühlt. Wir sind kein Paar, wir haben nur Sex. Wir haben Sex und trinken Wein. Haben Sex und essen zusammen, wenn du aus der Arbeit kommst. Ich bin eine glorifizierte Nanny und Haushälterin, die ein paar sexuelle Vergünstigungen bekommt.«

Mark nahm die Hand von ihrer Wange und fuhr sich durch die Haare. »Wieso müssen wir denn mehr sein? Bist du nicht zufrieden mit dem, was jetzt ist?«

»Was jetzt ist, ist nichts als eine Phantasie. Es ist nicht real.«

»Was zwischen uns ist, ist nicht real?« Langsam wurde er sauer. Sie verlangte zu viel von ihm. Wieso konnte sie nicht einfach glücklich mit dem sein, was er ihr bieten konnte, statt immer mehr zu wollen?

»Ich weiß es nicht. Ich meine … Wo siehst du uns denn in sechs Monaten? In einem Jahr? In zwei Jahren? Ist dann alles noch genauso wie jetzt? Ich passe auf dein Kind auf, therapiere dein Kind, koche Abendessen für dich und wärme dir dann dein Bett. Aber nur für ein paar Stunden, denn wir wollen ja nicht, dass Gabe einen falschen Eindruck bekommt.« Sie verdrehte die Augen, bevor sie den Blick abwandte.

»Du hast keine Kinder. Du weißt überhaupt nicht, wie das ist«, stieß er hervor und bereute es sofort, als er ihren verletzten Blick sah.

»Du hast recht. Habe ich nicht.«

»Willst du denn Kinder? Willst du irgendwann noch einmal heiraten?«

Ihre Unterlippe zitterte, und sie holte tief Luft. »Vielleicht. Ich habe nie ausgeschlossen, eigene Kinder zu haben. Aber mein Fokus lag bisher immer auf meiner Karriere. Ich bin einfach davon ausgegangen, dass Kinder sich dann irgendwann ergeben.« Sie wandte sich ihm wieder zu. »Willst du das denn?«

Ihm war klar gewesen, dass dieses Thema irgendwann aufkommen würde. Er hatte nur gehofft, dass er es länger hinauszögern könnte. Er schüttelte den Kopf. »Ich will keine Kinder mehr. Gabe braucht sehr viel Aufmerksamkeit, und wir sind uns recht sicher, dass der Autismus in den Genen meiner Familie liegt, es wäre also möglich, dass ein weiteres Kind eine ähnliche Diagnose bekommen könnte. Vielleicht sogar schlimmer, das weiß man nie.«

Sie zog die Nase kraus. »Das muss doch nichts Schlechtes sein. Ich würde das Kind lieben, egal, ob es im Autismus-Spektrum ist oder nicht.«

Verdammt, genau deswegen liebte er diese Frau.

»Ja, das weiß ich. Aber es wäre trotzdem sehr viel Arbeit und …« Er rieb sich mit der Hand übers Gesicht. »Genau das hat schon meine erste Ehe ruiniert. Cheyenne ist nicht mit Gabe klargekommen, mit seiner Diagnose, seinen Ausbrüchen, seinem ganzen Verhalten.«

Sie riss ihre saphirblauen Augen auf und funkelte ihn dann finster an, was sie jedoch nicht weniger sexy aussehen ließ. »Du gibst ihm die *Schuld* für deine Scheidung?«

Mark nahm einen Schluck von seinem Wein. So hatte er sich den Abend absolut nicht vorgestellt. Er hatte gehofft, dass sie zu diesem Zeitpunkt schon nackt in seinem Bett liegen würden, statt diese tiefgreifende und hitzige Diskussion zu führen. »Ich gebe Gabe nicht die Schuld. Unsere Ehe war sowieso zum Scheitern verurteilt. Es hätte nichts geändert, wenn er neurotypisch gewesen wäre. Cheyenne hätte schon irgendwann einen Grund gefunden, mich zu verlassen. Das ist mir inzwischen klar. Aber vielleicht wäre sie zumindest in der Nähe geblieben und Gabe eine Mutter gewesen, wenn er nicht diese Diagnose bekommen hätte.«

»Ich würde unser Kind niemals verlassen!« Sie war aufgestanden, schwankte ein wenig und stellte ihr Weinglas auf den Couchtisch. »Du wirfst mich mit deiner Ex-Frau in einen Topf, weil deiner Meinung nach alle Frauen gleich sind. Habe ich recht?«

»Ich werfe dich mit niemandem in einen Topf. Ich sage doch nur, dass ich keine Kinder mehr will.«

»Und was ist mit heiraten?«

»Ich weiß es nicht.«

»Was zur Hölle tun wir dann hier, Mark?« Sie warf die Hände in die Luft und ging zum Fenster. »Nur unseren Spaß haben? Denn auch wenn meine Ausbildung und meine Karriere momentan an erster Stelle stehen, damit ich meine Unabhängigkeit zurück- und mein Leben wieder auf die Reihe bekomme, will ich irgendwann wieder heiraten und vielleicht auch Kinder haben.«

Er stand auf und ging zu ihr, aber sie schob ihn kopfschüttelnd von sich. Wut und die Wirkung des Weins schimmerten in ihren Augen.

»Ich habe keine Lust mehr auf diese Geheimnistuerei. Das habe ich dir schon gesagt. Ich habe keine Lust mehr, ständig das Gefühl zu haben, etwas Falsches zu tun. Ich habe diese Vereinbarung unterschrieben, die du mir vor ein paar Wochen gegeben hast, in der ich versichere, dass ich diese Beziehung freiwillig eingehe und du mich zu nichts zwingst. Du bist also abgesichert. Ich werde mich nicht der #*Metoo*-Bewegung anschließen und deinen Namen durch den Schmutz ziehen. Aber ich will mehr.«

Verdammt. Er ließ den Kopf hängen und starrte auf den Boden. Er hatte befürchtet, dass es zu dieser Unterhaltung kommen würde, hatte befürchtet, dass dies der Moment war, in dem er ihr sagen musste, dass er nicht der Mann sein konnte, den sie wollte. Dass er ihr nicht die Zukunft bieten konnte, die sie sich wünschte. Die Zukunft, die sie verdiente.

Denn sie hatte so viel mehr verdient.

Sie verdiente eine Karriere, jemanden, der zu ihr stand, Ehe und Kinder. Sie verdiente das alles.

Aber er konnte ihr all das nicht geben.

Er konnte ihr nicht mehr geben als dies hier.

Zumindest noch nicht.

Vielleicht niemals.

Sie wollten unterschiedliche Dinge im Leben.

War dies das Ende ihrer Beziehung?

»Tori …« Er streckte die Arme wieder nach ihr aus. »Wieso müssen wir denn jetzt ändern, was wir haben? Es lief doch die ganzen letzten Wochen so gut.«

»Weil sich normale Beziehungen weiterentwickeln. Und ich will eine *normale* Beziehung mit dir führen. Ich will mit dir ausgehen, ins Kino oder Restaurant. Ich will, dass Gabe weiß, dass ich mehr bin als nur seine Therapeutin, dass sich zwischen seinem Vater und mir etwas ganz Besonderes entwickelt hat.«

Aus ihrem Mund klang es so einfach.

Aber das Leben war nicht so einfach. Oder?

Mark konnte sich nicht mehr an eine Zeit erinnern, in der sein Leben einfach gewesen war.

Medizinstudium. Die Assistenzarzt-Zeit. Das Stipendium. Ehe. Gabe. Scheidung. Nichts davon war einfach gewesen. Er hatte das Gefühl, jeden Tag gegen die Strömung zu schwimmen, seinen Kopf gerade lange genug über Wasser halten zu können, um abends ins Bett zu fallen. Nur um am nächsten Morgen aufzuwachen und weiter gegen die Strömung anzukämpfen.

»Ich rufe mir ein Uber und fahre nach Hause«, sagte sie, schon auf dem Weg zur Haustür. »Ich glaube, es war ein Fehler, heute noch mit zu dir zu kommen. Wir müssen beide über einiges nachdenken, und das muss ich allein tun.«

Er folgte ihr ins Foyer und sah zu, wie sie in ihren Mantel schlüpfte. Er wollte sie zum Bleiben überreden. Ihren Körper mit seinem gegen die Wand drängen und nie wieder die Lippen von ihrem Mund nehmen, sie alle Gedanken an Babys, Ehe und ihr eigenes Bett vergessen lassen. Aber das konnte er nicht. Er wusste, dass sie recht hatte. Sie mussten beide nachdenken.

Sie zog ihr Handy aus der Tasche, um ein Uber zu rufen. »Der Wagen kommt in drei Minuten. Ich warte draußen.«

»Es ist kalt draußen.«

Sie zog ihre Handschuhe an und die Kapuze über den Kopf. »Ist schon okay.«

Dann öffnete sie die Tür und trat hinaus, ließ ihn dort auf der Schwelle zurück und verschwand in die Nacht. Und womöglich für immer aus seinem Leben.

Kapitel 13

Am Montagmorgen erschien Tori wie immer pünktlich zur Arbeit. Doch als sie durch die Tür trat, war ihr sofort klar, dass heute etwas nicht stimmte. Aus der Küche drang keine Musik zu ihr in den Flur, kein Brutzeln von Eiern in der Pfanne, auch nicht Gabes Summen, während er am Esstisch malte. Das Haus schien kälter als sonst, und der betörende Duft von Mark, frisch aus der Dusche, schlug ihr nicht wie sonst schon an der Tür entgegen.

Vorsichtig, langsam, leise umrundete sie die Ecke zur Küche und entdeckte eine Frau, die mit Gabe am Tisch saß. Sie war vermutlich Mitte Fünfzig und hatte kurze braune Locken und freundliche braune Augen. Sie hielt eine dampfende Kaffeetasse in den Händen, während sie Gabe leise Fragen stellte.

»H-hallo.« Tori blieb am Ende des Tischs stehen und legte die Hände auf die Lehne des Stuhls, auf dem Mark normalerweise saß.

Die Frau hob den Kopf und lächelte warm. »Du musst Tori sein. Ich bin Karen, Gabes Aushilfsbetreuerin. Mark musste heute Morgen schon früh zu einem Meeting und hat mich deswegen gebeten zu kommen, bis deine Schicht anfängt.« Sie stand auf, nahm noch einen Schluck von ihrem Kaffee und ging dann hinüber zur Spüle, um den Rest wegzukippen. »Gabe ist fast fertig mit seinem Frühstück. Sein Mittagessen ist schon vorbereitet, und seine Tasche steht auf der Bank da drüben.«

Hatte Mark wirklich ein Meeting, oder ging er ihr aus dem Weg? Würde es von jetzt an immer so sein? Würde sie vor und nach der Schule nur noch Karen statt Mark sehen? War ihre Beziehung vorbei?

Tränen stiegen ihr in die Augen, und ihre Kehle brannte von der Anstrengung, ihre Gefühle unter Kontrolle zu halten.

»Ist alles in Ordnung, Liebes?«, fragte Karen, kam auf sie zu und legte ihr eine Hand auf die Schulter.

Tori schluckte und nickte, den Blick auf Gabe gerichtet. »Hat er schon Zähne geputzt?«

Karen zog ihre Hand zurück. »Oh, nein, noch nicht. Komm, Kleiner, lass uns mal Zähne putzen, dann kannst du mit Tori in die Schule gehen.« Sie machte das Zeichen für *Zähne putzen*, und Gabe legte still seine Gabel auf den Teller, stand auf und ließ sich nach einem kurzen Blick zu Tori von Karen aus dem Raum führen.

Tori machte sich daran, Gabes Teller und Besteck wegzuräumen, und ließ dabei den Blick durch die Küche, über den Tisch und alle anderen Oberflächen wandern, auf der Suche nach einer Nachricht von Mark. Er hatte ihr doch bestimmt eine Nachricht hinterlassen, denn angerufen oder geschrieben hatte er ihr nicht, um Bescheid zu sagen, dass er ein Meeting hatte und sie nicht etwa nur mied.

Nein. Keine Nachricht.

Nichts.

Nada.

Niente.

Nicht mal so was wie »Lass uns heute Abend reden« in seiner unleserlichen Arzthandschrift auf die Rückseite eines Kassenzettels gekritzelt. Gar nichts.

Sie nahm Gabes Tasche von der Bank und ging damit ins Foyer, gerade als Gabe mit laut klatschenden Schritten den Flur entlanggelaufen kam, Karen dicht hinter ihm.

»Alles klar, Zähne sind geputzt, Gesicht ist gewaschen, Haare sind gekämmt. Wir sind bereit für die Schule.«

Tori zwang ein Lächeln auf ihr Gesicht und strich liebevoll mit der Hand über Gabes Kopf. »Klingt gut. Bist du bereit, Kumpel?«

Gabe setzte sich auf den Stuhl neben der Tür und schlüpfte in seine Klettverschlussschuhe. Als Tori ihn kennengelernt hatte, wäre das noch nicht möglich gewesen. Er hatte immer Hilfe gebraucht. Jetzt konnte er es ganz allein, genauso wie seinen Mantel anziehen.

Es fühlte sich seltsam an, das Haus zu verlassen, ohne Mark gesehen zu haben. Normalerweise bekam sie immer noch einen kurzen Abschiedskuss, wenn Gabe gerade nicht hinsah. Es war so sehr Teil ihrer Morgenroutine geworden wie ihr Earl Grey, und Mark an diesem Morgen nicht zu sehen und ihm keinen Kuss geben zu können, tat noch mehr weh, als sie sich hätte vorstellen können.

Es war ein kalter, verregneter Montag, und das Wetter passte perfekt zu Toris Stimmung. Zum Glück schien Gabe ihr gebrochenes Herz nicht zu bemerken und hatte einen richtig guten Tag in der Schule. Keine Ausbrüche, Anfälle oder Aggression gegenüber den anderen Kindern. Sogar Mrs. Samuelson betonte, wie außerordentlich gut er sich heute benommen hatte. Vielleicht hatte Tori ein Talent dafür, gute Laune vorzutäuschen? Niemandem schien ihr Liebeskummer aufzufallen oder die Tatsache, dass sie nur noch ein Schatten ihrer selbst war.

Diese Scharade würde sie wohl noch eine ganze Weile aufrecht halten müssen.

Zu Hause waren sie in Rekordzeit mit allen Übungen fertig und hatten noch jede Menge Zeit, bis Mark von der Arbeit kommen würde – wenn er denn kam und nicht wieder Karen schickte. Tori bereitete eine schnelle Hühnchen-Tortilla-Suppe fürs Abendessen vor und ging dann mit Gabe in den Park, um ihn noch etwas auszupowern.

Ihre Zehen schmerzten trotz dicker Stiefel vor Kälte, Wasser tropfte ihr von der Nase.

Ein *Ping* drang aus ihrer Tasche. Ein verpasster Anruf von Ken und eine Sprachnachricht.

Löschen.

Löschen.

Wieso gab der Kerl nicht endlich auf? Sie wollte nicht mit ihm reden. Er hatte ihre Beziehung beendet. Er hatte sie rausgeschmissen. Sie hatte einfach nur den juristischen Weg gewählt und offiziell die Trennung beantragt, nachdem er auch noch ihre gemeinsamen Konten geplündert und sie mit nichts hatte sitzen lassen.

Die Anzeige ihres Handys verriet ihr, dass es inzwischen kurz vor fünf Uhr war. Es dämmerte bereits, obwohl die Tage um diese Jahreszeit endlich länger werden sollten. Es war nass, kalt und trostlos, und die tiefhängenden dunklen Wolken ließen die Nacht näher erscheinen, als sie war. Sie mussten nach Hause. Sie waren seit fast einer Stunde im Park, und von ihrem Platz unter einer kleinen Gruppe Bäume konnte sie sehen, dass Gabes Wangen vor Kälte schon ganz rot waren.

»Okay, Kumpel, in fünf Minuten gehen wir, alles klar? Es wird langsam dunkel und kalt, und wir wollen doch vor deinem Papa zu Hause sein.« Tori hob eine Hand, um fünf Minuten anzuzeigen, darauf bedacht, auch wirklich Gabes Aufmerksamkeit zu haben, während er auf der Schaukel energisch vor und zurück schwang. »Hast du mich gehört?«

Sie wusste, dass er sie gehört hatte. Sein Lächeln war etwas verrutscht, und seine Augenbrauen zuckten. O ja, er hatte sie gehört. Er tat nur so, als ob nicht.

Der kleine Schlawiner.

Er war blitzgescheit und wusste, wie er seine Diagnose zu seinem Vorteil nutzen konnte. Es war ein Leichtes für ihn, so zu tun, als hätte er etwas nicht verstanden oder gehört. Aber Tori hatte schon in ihrer ersten gemeinsamen Woche gelernt, ihn zu durchschauen. Sie wusste genau, wann er etwas verstanden hatte, wann er sie gehört hatte, wann er dickköpfig war, und wann schüchtern. Sie wusste, wann er gereizt war und ein Ausbruch oder Trotzanfall kurz bevorstand. Meistens gelang es ihr, solche Situationen rechtzeitig zu entschärfen oder ihn abzulenken, und wenn er sich absolut nicht beruhigen ließ, ging sie mit ihm aus dem Raum, hielt ihn auf ihrem Schoß, redete leise mit ihm und übte mit ihrer Umarmung sanften Druck aus, bis sein Anfall vorüberging.

Die Welt war kein einfacher Ort, erst recht nicht für Kinder im Spektrum. Aber Gabe war einfach unglaublich. Er erstaunte sie jeden Tag aufs Neue mit all den Dingen, die er bereits wusste, und damit, wie schnell er neue Konzepte erfasste. Sie wusste aber auch, wann er etwas wirklich nicht verstand und Hilfe brauchte. Was jedoch nicht oft vorkam. Und wenn doch, wusste er zum Glück, wie er um Hilfe bitten konnte, und brachte ihr Herz damit jedes Mal zum Schmelzen. Er legte ihr dann eine Hand an die Wange, schob die andere in ihre, zeigte ihr die Sache, bei der er Hilfe brauchte, und wartete, bis sie sich den Rest selbst zusammenreimte.

Natürlich, sozial gesehen hatte er durchaus seine Schwierigkeiten, und er sprach auch nach wie vor nicht. Aber er verstand einfache Anweisungen und kommunizierte per Zeichensprache – zumindest, wenn ihm danach war. Was das anging, war er auch ziemlich gerissen und benutzte die Zeichen nur, wenn er Lust darauf hatte.

Mrs. Samuelson war hin und wieder etwas genervt, weil Gabe so spärlich mit seiner Zeichensprache umging, und das konnte Tori durchaus verstehen. Sie selbst sah Gabe jedoch als eine Art kompliziertes Puzzle und hatte Spaß daran, seine Rätsel zu ergründen. Jeden Tag offenbarte er ihr ein neues Puzzleteil, und sie musste herausfinden, wie und wo es in sein Gesamtbild passte. Ihr gefiel die Herausforderung, und sie liebte Gabe. Jobmäßig hatte sie mit ihm den absoluten Hauptgewinn gezogen.

Park und Spielplatz waren leer, genau wie Gabe es am liebsten mochte. Nach einem langen Schultag, umgeben von lauten Kindern, Regeln und Einschränkungen, tat er nichts lieber, als die Straße runter zu dem kleinen Park zu gehen, in dem er tun und lassen konnte, was er wollte.

An einem so regnerischen Tag wie heute war der Park vollkommen ausgestorben, doch Gabe schien der Regen nichts auszumachen. Tori hatte ihn in mehrere Lagen Klamotten gepackt, mit Regenhose, Gummistiefeln, Regenjacke, Schal, Handschuhen und Mütze, und so rutschte der Junge gut gelaunt die nasse Rutsche hinunter und schwang munter auf der triefenden Schaukel vor und zurück. Hier musste er mit niemandem teilen oder warten, bis er an der Reihe war, was für ihn bedeutete, ständig seine Impulse zu kontrollieren. Außerdem machte ihn so ein Ausflug wunderbar müde, und er schlief nach dem Abendessen so schnell ein, dass er während seines allabendlichen Bads kaum noch die Augen offen halten konnte.

Aber heute Abend war es besonders kalt. Der Wind hatte zugenommen und wehte den eisigen Regen direkt in Toris Gesicht. Ihren Schirm hatte sie zugeklappt, nachdem der Wind ihn umgestülpt hatte.

»Noch drei Minuten!«, rief sie, da sie wusste, dass Gabe ausflippen würde, wenn sie ihm keinen Countdown gab, und sie ihn dann schreiend und um sich schlagend nach Hause zerren müsste.

Sie konnte ihn über das Heulen des Windes nicht hören, aber sie war ziemlich sicher, dass er sie angeknurrt hatte. Sie verdrehte die Augen. Der kleine Quatschkopf. Sie wusste, dass er problemlos mit ihr gehen würde, auch wenn es ihm nicht gefiel, erst recht, wenn zu Hause eine Tasse heiße Schokolade auf ihn wartete. Irgendwie schaffte er es jedes Mal, sie zu einem zusätzlichen Mini-Marshmallow in seiner Tasse zu überreden. Für ein Kind, das nicht sprach, war er erstaunlich überzeugend.

»Warum zum Henker stehst du denn hier draußen im Regen rum?«

Tori fuhr vor Schreck zusammen.

Diese Stimme.

Eine Sekunde später stand er neben ihr.

»Ken«, sagte sie steif. »Was tust du hier? Wie hast du mich gefunden?«

Sein Grinsen war so triumphierend, als hätte er gerade den Da-Vinci-Code geknackt. »Ich habe dich immer noch in dieser *Finde meine Freunde*-App. Damit war's nicht schwer. Ich versuche seit Wochen, dich zu erreichen. Du hast auf keinen meiner Anrufe, Nachrichten oder E-Mails regiert.«

»Was für E-Mails? Was für Nachrichten?« Sie stellte sich dumm. »Wahrscheinlich sind die in meinem Spam-Ordner gelandet. Obwohl sie eigentlich gleich im *Müll* landen sollten.«

»Und was ist mit den Anrufen?«

Wieder stellte sie sich dumm und zuckte nur mit den Schultern. »Keine Ahnung.«

Er brummte. »Sehr erwachsen.«

»Vielleicht solltest du einfach mal den Wink mit dem Zaunpfahl kapieren. Ich habe kein Interesse daran, mit dir zu reden.«

»Es geht nicht immer nur darum, was du willst, Tori.«

Es war nie um das gegangen, was sie wollte. Alles hatte sich immer nur um Ken gedreht.

Mit einem leisen Knurren zog sie ihre Kapuze fester um ihr Gesicht, um sich vor Wind und Regen zu schützen. »Was willst du?«

»Ich will mit dir reden.«

»Dann tu das über unsere Anwälte. Du hast sehr deutlich gemacht, dass es zwischen uns aus ist.«

Sein Blick wurde unsicher. »Hast du denn einen Anwalt?«

Nein. Noch nicht. Sie konnte sich keinen Anwalt leisten. Ob Liam sie wohl kostenlos vertreten würde? Oder zumindest mit Freundschaftsrabatt? Sie musste mal mit Mark drüber reden.

»Na klar«, log sie. »Und zwar einen richtig guten.«

Ken schluckte. »Können wir uns nicht einfach unterhalten?«

Sie funkelte ihn böse an und atmete tief aus. »Na schön. Du hast fünf Minuten.«

Gabes Kopf wirbelte zu ihr herum.

»Ja, Gabe.« Sie hielt fünf behandschuhte Finger hoch. »Du hast noch fünf Extraminuten, während ich mit Mr. Snider hier spreche.«

»*Dr.* Snider«, korrigierte er.

»Oh, verdammt nochmal, rede einfach, bevor ich es mir anders überlege.« Sie weigerte sich, ihn anzusehen. Der Mann hatte ihren Blickkontakt nicht verdient. Nach allem, was er ihr angetan hatte, was sie seinetwegen durchmachen musste, hatte er eigentlich keine Sekunde ihrer verdammten Zeit verdient.

»Ich will den Verlobungsring zurück.«

Okay, nun hatte sie ihn doch angesehen. Sie verzog angewidert den Mund.

»Und die Ohrringe, die meine Mutter dir vorletztes Jahr zu Weihnachten geschenkt hat.«

»Bitte was?«

Hatte er den Verstand verloren?

»Was denn?« Er brachte es doch tatsächlich fertig, überrascht zu klingen.

Hatte er allen Ernstes erwartet, dass sie mit den Schultern zucken und ihm alles aushändigen würde? Sie hatte den Ring nur für den Fall behalten, dass ihre finanzielle Situation irgendwann so kritisch wurde, dass sie sich zwischen Elektrizität und Essen entscheiden musste. Und die Ohrringe? Die waren ein Geschenk seiner Mutter gewesen – für sie. Sie hatten nichts mit Ken zu tun. Seine Mutter, eine der warmherzigsten Frauen, denen Tori jemals begegnet war, war so großzügig gewesen, ihr zum vorletzten Weihnachtsfest ein paar Diamantohrringe zu schenken. Sie hatte sie selbst von ihrer verstorbenen Mutter geerbt, trug aber keinen so extravaganten Schmuck mehr, und Kens Schwester gefielen sie nicht. »So etwas Schönes sollte von jemand ebenso Schönem getragen werden«, hatte sie damals gesagt, als sie Tori die Ohrringe überreicht hatte. Später hatte sie Tori sogar zur Seite genommen und ihr gesagt, dass dieses Geschenk nichts mit Ken zu tun hatte und sie die Ohrringe behalten sollte, ganz egal, was mit ihrer Beziehung geschah.

Hatte seine Mutter damals schon von Kens Affäre gewusst? Hatte sie versucht, Tori zu warnen?

»Wieso willst du die Ohrringe denn behalten?«, fragte Ken. »Erinnern sie dich nicht an meine Familie? An mich?«

»Ich *liebe* deine Familie. Ich liebe deine Eltern, deine Schwester, deinen Bruder. Und soweit ich weiß, ist keiner von ihnen glücklich darüber, was du mit mir gemacht hast. Sie haben sich alle bei mir gemeldet, um mir zu sagen, wie enttäuscht sie von dir sind und dass sie gern Teil meines Lebens bleiben würden. Sie haben mir alle zum Geburtstag gratuliert. Deine Mutter hat mir sogar eine Karte geschickt.«

Er wippte vor und zurück, offenbar war ihm die Tatsache unangenehm, dass Tori Kontakt zu seiner Familie hatte. Er schien überhaupt nicht zu verstehen, dass es bis vor Kurzem auch *ihre* Familie gewesen war. Sie und Ken waren verheiratet. Sie war ein Teil der Familie Snider. Das Einzige, was sie abgrenzte, war, dass sie nie seinen Namen angenommen hatte. Nicht, dass Jones ein Familienname war, den man unbedingt bewahren musste, aber sie und ihre Schwester waren nun mal die letzten Nachkommen ihrer Familie. Außerdem hatte sie zu Schulzeiten eine grauenhafte Lehrerin gehabt, die Mrs. Snider hieß (nicht verwandt mit Ken), und der Gedanke, selbst eine Mrs. Snider zu werden, hatte ihr Alpträume beschert.

Ken hob das Kinn, Regentropfen fielen von seiner langen Nase und den Wimpern. In seinen dunkelbraunen Augen war nicht ein Hauch von Mitgefühl zu erkennen. Es war schwer vorstellbar, dass dieser Mann einst versprochen hatte, sie zu lieben und zu ehren, bis dass der Tod sie schied. Jetzt sah er sie mit einem Blick an, als wäre sie ein alter Kaugummi, den er nicht von seiner Schuhsohle bekam.

»Mir ist bekannt, wie meine Familie zu mir steht. Den Verlobungsring will ich trotzdem zurück. Den Ehering auch.«

»Wieso?« Hatte er Geldprobleme? Er war Zahnarzt, verdammt nochmal. Der Mann konnte gar nicht so schlecht dastehen, schließlich hatte sie den Großteil seiner Ausbildung finanziert, und er hatte ihre gesamten Ersparnisse aufgebraucht, um seinen Studienkredit abzubezahlen.

Wieder huschte Anspannung über sein nasses, erhitztes Gesicht. »Nicole hat einen sehr teuren Geschmack.«

Ah. Es ging also um seine kleine Schlampe.

»Und dein Gehalt als Zahnarzt reicht nicht, um ihr den Luxus zu bieten, den sie gewohnt ist?«

»Diese Ohrringe sind ein Familienerbstück. Es ist nicht rechtens, dass du sie hast.«

»Und der Ring? Ich kann mich nicht daran erinnern, dass der auch ein Erbstück ist. Den Ring deiner Mutter hat doch dein Bruder bekommen. Mein Ring kam einfach von einem Juwelier.«

Plötzlich fühlte sie, wie eine kleine Hand sich in ihre schob. Sie sah nach unten und entdeckte Gabe, der verwirrt und mit rosigen Wangen zu ihnen aufsah. Er blinzelte mit seinen langen, dunklen Wimpern und zog an ihrer Hand. Er war bereit zu gehen.

»Nur noch eine Sekunde, Kumpel. Ich bin fast fertig.«

Er biss die Zähne zusammen.

»Ich weiß, mir ist auch kalt. Wie wäre es heute mit *sieben* Marshmallows statt fünf?«

Das schien den Jungen kaum zu besänftigen, aber er verzog die Lippen und ließ den Blick über den leeren Park schweifen.

»Du kannst gern noch ein bisschen spielen gehen, wenn du willst.«

Er ließ ihre Hand los und ging wieder zur Schaukel, schwang diesmal aber nicht enthusiastisch vor und zurück. Stattdessen legte er sich einfach mit dem Bauch auf die Sitzfläche, drehte sich hin und her und ließ Matsch aus der Pfütze unter ihm aufspritzen.

»Wir können das jetzt auf die einfache Art machen, und du gibst mir den Schmuck einfach, oder auf die harte Art, und ich setze meine Anwälte auf dich an.« Kens Worte lenkten ihre Aufmerksamkeit von Gabe zurück zu dem unausstehlichen Mann, in den sie mal Hals über Kopf verliebt gewesen war.

Wie hatte sie sich nur so täuschen können?

Tori bemühte sich, die rasende Wut, die wie Lava in ihr aufstieg, unter Kontrolle zu halten. Ihre Stimme war leise und gefasst, als sie fragte: »Wieso tust du das? Ich habe doch nichts getan als dich zu lieben.«

Er kräuselte die Oberlippe. »Ach bitte. Du hast doch die ganze Zeit nach einer Ausrede gesucht, unsere Beziehung zu beenden. Niemand ist jemals gut genug für *Victoria Jones*. Ich habe, im Gegensatz zu den ganzen Idioten vor mir, einfach nur entschieden, derjenige zu sein, der sitzen lässt, statt sitzen gelassen zu werden.«

»Wieso hast du dann nicht einfach Schluss gemacht? Wieso hast du mir nicht einfach die Scheidungspapiere in die Hand gedrückt, statt mir alles zu nehmen? Mich zu betrügen? Mich ohne jeden Penny und ohne ein Dach über dem Kopf sitzen zu lassen?«

Er zuckte mit den Schultern. »Das war Nicoles Idee.«

Typisch Ken. Er war nie der Schuldige. War immer schnell dabei, die Schuld auf andere zu schieben.

Sie nickte, glaubte ihm aber kein Wort. »Na klar.«

»Glaub, was du willst«, sagte er fast gelangweilt. »Ich habe ihr erzählt, dass du immer nur an deine Arbeit und deine Karriere gedacht hast und nie an unsere Familie. Sie ist ganz anders. Wir versuchen, ein Kind zu bekommen. Wir haben dieselben Ziele, dieselben Prioritäten.«

Plötzlich war Tori zumute, als müsste sie sich übergeben. »Es war *ihre* Idee, all meine Sachen aus unserer Wohnung zu werfen? Das Schloss auszuwechseln und unsere gemeinsamen Konten zu plündern? Das klingt alles viel eher nach dir.«

Ein böser und zugleich wehmütiger Ausdruck blitzte in seinen Augen auf. »Sie ist eben kreativ. Das muss man ihr lassen.«

Sie war einfach nur böse, das musste Tori ihr lassen. »Ich war nicht auf *meine* Karriere fixiert. Sondern auf *deine*. Ich habe dir dein Studium überhaupt erst ermöglicht! Ich hatte drei Jobs, habe immer gekocht und geputzt, und du hast mir versprochen, dass *ich* an der Reihe bin, sobald du deinen Abschluss hast. Ich habe mein Leben, meine Ausbildung, meine Karriere für dich auf Eis gelegt. Und jetzt willst du *noch mehr* von mir?«

»Willst du mich nicht einfach so schnell wie möglich loswerden?«

Der Mann war ein Psychopath, ganz eindeutig.

Sie hoffte, dass ihr Blick genauso hasserfüllt war, wie sie sich fühlte, als sie flüsterte: »Schick doch deine Anwälte.« Dann drehte sie sich um und ging hinüber zu Gabe.

»Das wird dir noch leidtun. Das hier war deine Chance, das Richtige zu tun, erwachsen mit der Situation umzugehen!«, rief er ihr nach. »Mein Anwalt wird dich durch den Dreck ziehen. Ich weiß, dass du mit deinem Boss schläfst. Ich weiß, dass du mit dem Vater von diesem Kind da schläfst. Ich habe sein Auto vor deinem Haus gesehen.«

Tori wirbelte herum und schrie durch den Regen. »Du hast mir nachspioniert?«

Er verzog die Lippen zu einem hässlichen Grinsen. »Ich bleibe nur auf dem Laufenden.«

»Du machst mich krank.«

»Wofür bezahlt er dich eigentlich? Babysitten und Sex? Bist du neuerdings eine Hure, Tori? Ganz schön tief gesunken.«

Lava überall. Asche füllte das Loch in ihrer Brust, wo früher mal ihr Herz gewesen war. Glühend heiße Wut strömte durch ihren Körper, als sie auf Ken zurannte. Sie holte aus und ließ ihre flache Hand auf seine nasse Wange klatschen. Ihre Handfläche brannte von der Wucht des Aufpralls, aber der Schmerz tat gut. Sie hoffte, dass es sich für ihn zehnmal schlimmer anfühlte.

»Verdammte Schlampe!«

Sie holte erneut aus, doch diesmal fing er ihren Arm ab. »Ich könnte dich wegen Körperverletzung anzeigen«, drohte er. Sein Griff um ihren Arm war fest, und ein scharfer Schmerz schoss hinauf bis in ihre Schulter.

»Lass mich los!« Sie wand sich aus seinem Griff und baute sich vor ihm auf. »Du bist ein Arschloch.«

Ein selbstzufriedener Ausdruck legte sich auf sein Gesicht. »Und du scheinst dein Kind verloren zu haben.« Mit einem fiesen Lachen schlug er den Kragen seines Mantels hoch, wandte ihr den Rücken zu und verließ den Park.

Tori wirbelte herum, rechnete damit, Gabe noch immer auf der Schaukel zu sehen, oder vielleicht auf der Rutsche, aber er war nirgends zu entdecken. Es war inzwischen vollkommen dunkel, und die wenigen Lampen im Park reichten bei Weitem nicht, um etwas zu sehen.

O nein!

»Gabe!«, rief sie und rannte durch den kleinen Park. Der Wind trug ihre Stimme davon. Sie schrie lauter. »Gabe!«

Der Regen wurde stärker, Tropfen so groß wie Kaugummikugeln trafen ihr Gesicht. Sie war durchnässt bis auf die Knochen, doch das war jetzt egal. Sie musste ihn finden.

Wie konnte Ken sie in dieser Situation einfach so stehen lassen? War er wirklich so herzlos?

Ja, der Mann hat kein Herz.

Ein Kreischen und lautes Hupen. Sie rannte aus dem umzäunten Park hinaus auf den Gehsteig.

Nein!

Gabe stand auf dem Grünstreifen in der Mitte der Straße. Die Panik stand ihm deutlich ins Gesicht geschrieben, als er realisierte, in welcher Gefahr er schwebte.

Es herrschte Feierabendverkehr.

Rechts und links von ihm lagen drei Fahrspuren voll dahinrasender Autos.

Der Regen fiel inzwischen so dicht, dass man kaum ein paar Meter weit sehen konnte, und Gabe trug keine Reflektoren. Seine Jacke war dunkelblau, die Regenhose schwarz.

Wenn sie ihn jetzt rief, könnte er kopflos auf die Straße laufen, um zu ihr zu kommen.

Niemand hielt an, weil niemand ihn sah.

Gabe lief auf dem schmalen Grasstreifen hin und her. Sie war sicher, dass er weinte, während er versuchte, seine aussichtslose Lage zu verarbeiten.

Sie musste zu ihm.

Sie sah nach links und rechts die Straße entlang. Der nächste Fußgängerüberweg war zu weit weg. Sie würde ihn aus den Augen verlieren, und das war unmöglich. Auch sie trug schlecht sichtbare dunkle Kleidung. So konnte sie nicht auf die Straße laufen und Autos anhalten.

»TOOOOOOORI!«

Sie wirbelte herum, als sie ihren Namen hörte.

Er hatte sie entdeckt, er rief ihren Namen.

»TOOOOOOOOOORI!«

Der Junge hatte in seinem ganzen Leben kaum ein Wort gesagt, und er rief ihren Namen.

»TOOOOOORI!« Sein Blick hüpfte über die Autos, und er machte einen zögerlichen Schritt nach vorn.

Sie riss die Arme hoch, um ihn aufzuhalten, und schüttelte vehement den Kopf. »NEIN!«, rief sie. »NICHT SICHER! BLEIB DA!« Er wusste, was *nicht sicher* bedeutete. Sie hatte den Ausdruck schon häufiger benutzt, wenn sie Straßen überquert hatten oder am Fluss entlanggelaufen waren. Er war kein Dummkopf, wenn es um Sicherheit ging.

Aber wieso war er dann weggelaufen, und auch noch mitten auf die Straße?

Schluchzer schüttelten seinen Körper, und er begann, auf und ab zu wippen und wild den Kopf zu schütteln. »TOOOOORI!«

Auf der anderen Straßenseite quietschten Reifen, und ein dunkles Auto hielt mitten im Verkehr an und ließ seine Warnlichter aufflammen.

Oh, Gott sei Dank. Jemand hatte Gabe gesehen.

Eine Welle der Erleichterung schwappte über Tori hinweg. Die Fahrertür wurde aufgestoßen, und Mark trat ins Freie. Ihr Herz hörte auf zu schlagen.

»Was zum TEUFEL hast du dir dabei gedacht?« Marks Stimme dröhnte durch das hohe Wohnzimmer. Sein Gesicht war rot und vor Wut verzerrt, seine Augen loderten. Da war kein Funken Liebe oder Mitgefühl in seinem Blick. Sein Herz war voll rasender Wut, Wut auf sie, weil ihr Verhalten Gabe in Gefahr gebracht hatte. Aber er konnte sie nicht noch tiefer beschämen, als sie es ohnehin schon war. Sie wollte in den nächsten Abfluss kriechen und nie wieder herauskommen.

Gabe hatte heiße Schokolade, Abendessen und ein Bad bekommen und war nun im Bett. Tori hatte währenddessen wie befohlen in ihren nassen Kleidern auf dem Sofa gesessen und auf Mark gewartet.

Sie hatte sich selbst wie ein Kind gefühlt, das auf den strafenden Gürtel oder Holzlöffel wartete.

Tränen liefen über ihr Gesicht, und sie schüttelte den Kopf. »Es tut mir so leid.«

»Es tut dir leid? Es tut dir *leid?* Das reicht nicht, verdammt nochmal. Du hättest fast meinen Sohn umgebracht!«

Sie nickte. »Ich weiß. Es war Ken. Er hat uns im Park gefunden und …«

Er fiel ihr ins Wort. »Du hast also deine persönlichen Probleme über die Sicherheit meines Sohnes gestellt? Du hast deinen privaten Mist mit zur Arbeit gebracht?« Er lief vor ihr auf und ab, sein Gesicht war furchterregend dunkelrot angelaufen, und seine Haare standen zu Berge, als wäre er Dutzende Male mit den Händen hindurchgefahren. »Du bist so was von gefeuert!«

Sie hob den Kopf. »Mark … bitte.«

Er hob eine Hand, um sie zum Schweigen zu bringen. »Nicht. Versuch es gar nicht erst. Du hast zugelassen, dass unsere … *Situation*« – er deutete zwischen ihnen hin und her – »dein Urteilsvermögen beeinflusst, dein Verantwortungsbewusstsein. Du bist faul und unvorsichtig geworden. Hast wahrscheinlich gedacht, jetzt, da du den Boss vögelst, musst du nicht mehr auf seinen Sohn aufpassen, musst nicht mehr deinen verdammten Job machen. Ich bezahle dich so gut, bezahle sogar deine Ausbildung, da sollte dein Blick ununterbrochen an meinem Kind kleben. Aber nein, jetzt, da wir miteinander schlafen, dachtest du, du kannst das alles lockerer angehen. *Mark wird es schon nicht stören, dass ich Mist gebaut habe, nicht, solange ich nachher vor ihm auf die Knie gehe.*«

Tausend Pfeile durchbohrten ihr Herz. Wie konnte er so etwas zu ihr sagen? Wie konnte er das denken? Sie kämpfte gegen neue Tränen an, aber es war aussichtlos. Schluchzer brachen aus ihrer Kehle hervor, während sie ernsthaft überlegte, sich auf den Boden zu kauern und um eine zweite Chance zu betteln. Aber sie wusste, dass sie die niemals bekommen würde. Sein unnachgiebiger Blick sagte ihr deutlich, dass er sie niemals wiedersehen wollte. Sie fuhr sich mit dem Handrücken über die Nase und flüsterte: »So war es nicht. Ken ist aufgetaucht, hat mit Anwälten gedroht, meinen Verlobungsring zurückgefordert. Er war so grausam, so herzlos. Dann sind wir … handgreiflich geworden.« Sie ließ den Kopf hängen.

»Hast du ihn etwa vor Gabes Augen geküsst?« Ein ganz neues Ausmaß von Wut lag in seiner Stimme. War da auch Eifersucht dabei?

Sie hob ruckartig den Kopf. »Nein! Natürlich nicht. Ich habe ihn geschlagen, und er hat meinen Arm gepackt und verdreht.«

Ein Fünkchen Erleichterung blitzte in seinen Augen auf, war jedoch gleich wieder verschwunden. »Du hast dich also mit deinem Ex-Mann gestritten, während du eigentlich auf meinen Sohn aufpassen solltest?«

»Ich … ich habe ihn nur eine Sekunde aus den Augen gelassen, das schwöre ich. Er war direkt hinter mir auf der Schaukel. Gabe ist noch nie weggelaufen. Er weiß, dass man im Straßenverkehr aufpassen muss. Er ist klug.«

»Er ist aber auch verdammt nochmal autistisch und unberechenbar!«

»Bitte … tu das nicht.«

Er starrte sie nieder. »Ich brauche deine *Dienste* nicht mehr, und zwar mit sofortiger Wirkung.« Er drehte sich um, wandte ihr den Rücken zu. »Du bist entlassen. Mein Buchhalter wird dir das Geld überweisen, das ich dir für diesen Monat noch schulde.«

Dann stand er einfach nur da, starrte aus dem Fenster hinaus in die Dunkelheit und wartete darauf, dass sie ging. Er wollte nichts mehr von ihr hören, wollte sie nicht einmal mehr ansehen.

Für Mark Herron war sie gestorben.

Sie hatte alles verloren – Mark, Gabe, ihren Job, ihre Ausbildung. Wieso sollte sie dann nicht noch ihre Meinung sagen, für sich einstehen? Bei Ken hatte sie das viel zu selten getan, und wo hatte sie das hingebracht? Auch, wenn es zwischen ihr und Mark aus war, musste sie weiter an ihrem Rückgrat arbeiten, nach ihrer Unabhängigkeit streben. Außerdem hatte sie nichts mehr zu verlieren. Sie konnte nicht noch mehr gefeuert werden. Sie holte tief Atem, richtete sich kerzengerade auf und sah mit festem Blick auf seinen Rücken. »Wir waren beide in dieser Beziehung, Mark. Du und ich. Der Boss und die Angestellte.«

Er drehte sich nicht um, aber sie sah, wie sich sein Körper versteifte.

»Ich habe Mist gebaut und stehe dazu, aber du bist in dieser Situation auch nicht ohne Schuld. Du hast mich wie deine schmutzige kleine Affäre behandelt. Du hast mich benutzt. Sooft du auch betont hast, dass du das nicht tun würdest, du hast es doch getan. Du wolltest an unserer Beziehung nichts ändern, weil sie für *dich* funktioniert hat. Weil es so einfacher für *dich* war. Scheiß drauf, was ich wollte. Ich bin mir sicher, wenn ich das zugelassen hätte, wäre ich noch an Gabes achtzehntem Geburtstag deine geheime Liebhaberin gewesen. Nicht mehr als deine Angestellte unter der Woche und dein Betthäschen an den Wochenenden. Alles schön einfach und unkompliziert für dich.« Sie schüttelte den Kopf und beobachtete, wie seine Rückenmuskulatur sich anspannte, als ihm klar wurde, dass sie recht hatte. »Du kannst wütend auf mich sein, weil ich Gabe für eine Sekunde aus den Augen gelassen habe, denn das habe ich verdient. Ich habe Mist gebaut. Aber wage es nicht, mir vorzuwerfen, dass ich unsere Beziehung als Entschuldigung missbraucht habe, meine Arbeit schleifen zu lassen. Ich bin gut, in dem was ich tue. *Verdammt* gut, um genau zu sein, und das weißt du. Was du gerade zu mir gesagt hast, was du mir vorgeworfen hast, war verletzend, grausam und absolut inakzeptabel. Ich hätte nicht gedacht, dass so viel Grausamkeit in dir steckt, aber da habe ich mich wohl getäuscht.« In ihrer Kehle brannten die zurückgehaltenen Tränen. »Ich habe mich in so einigem getäuscht.« Sie schniefte und fuhr noch einmal mit der Hand unter ihrer Nase entlang. Sie konnte weinen, so viel sie wollte, wenn sie in ihrem Auto saß. Jetzt musste sie alles loswerden, was ihr auf der Seele lag. Ihm alles sagen, denn vermutlich würde sie ihn nie wiedersehen.

Sie drückte die Brust raus und nahm die Schultern zurück, starrte mit erhobenem Kinn seinen Hinterkopf an. »Vielleicht habe ich es verdient, gefeuert zu werden, aber du hast mich nicht verdient. Behalt dein Geld. Ich will es nicht. Bitte sag Gabe, dass es mir leidtut und dass ich ihn liebe.« Beim Gedanken daran, diesen süßen kleinen Jungen nie wiederzusehen, lief ihr eine Träne über die Wange, und ein Schluchzer brach aus ihrer Kehle hervor. Sie musste hier raus.

Zitternd stieß sie den Atem aus, aber das Herz war ihr ein winziges bisschen leichter geworden. Anders als bei ihrer Trennung von Ken war sie diesmal für sich eingestanden. Diesmal hatte sie sich verteidigt und den Typen, das Arschloch, auf seinen Platz verwiesen. Und es fühlte sich gut an.

Auf der Schwelle zum Foyer drehte sie sich noch einmal um und warf Mark einen letzten Blick zu, wünschte sich, dass auch er sich umwandte und sah, dass sie beide Fehler gemacht hatten, aber darüber hinwegkommen konnten. Dass da etwas ganz Besonderes zwischen ihnen war, das man nicht wegen eines einzigen Fehlers wegwerfen sollte. Doch er rührte sich nicht.

Sie hielt sich am Türrahmen fest und holte tief Luft, um das zu sagen, was sie niemals zu ihm hatte sagen wollen. »Leb wohl, Mark. Und viel Glück.« Sie starrte ihn an. Er hatte die Hände hinter seinem Rücken verschränkt, sein ganzer Körper war angespannt.

Sie schluckte den Schmerz, die Wut und die Angst vor dem Unbekannten runter und ging. Doch diesmal hielt sie den Kopf hoch erhoben und sah nicht zurück.

Kapitel 14

Emmett atmete heftig aus, bevor er seine Kaffeetasse hob und einen Schluck nahm. »Das ist echt hart, Mann.«

Mark fuhr sich mit den Finger durchs Haar. Er hatte sich die ganze letzte Woche freigenommen, um sich um Gabe zu kümmern, und war heute das erste Mal wieder in der Klinik. Er war völlig ausgelaugt. Es war ihm nicht gelungen, eine neue Therapeutin oder Lernassistentin für Gabe zu finden, und die Lehrerin hielt es für zu schwierig, ihn ohne zusätzliche Betreuung in der Klasse zu behalten. Er verlor häufig die Beherrschung, war den anderen Kindern gegenüber aggressiv und verletzte sich selbst. Es war alles genau wie damals, als Cheyenne sie verlassen hatte. Mark hatte Gabe ein paar Tage zu Hause behalten und sich mit Janice Sparks getroffen, um Toris Entlassung zu besprechen.

Janice war alles andere als begeistert davon gewesen, dass er Tori wegen ihres allerersten Fehlers gleich gefeuert hatte, besonders, da ihre bisherige Leistung diesen einen Fehltritt ihrer Meinung nach bei Weitem überwog. Sie hatte ihm nahegelegt, noch einmal darüber nachzudenken und Tori zu kontaktieren, aber er hatte einfach nur das Thema gewechselt.

»Was tust du denn jetzt?«, fragte Will.

»Ich habe keine Ahnung.« Mark wünschte, sein Kaffee wäre von der irischen Sorte. In den letzten Nächten hatte er einiges an Bourbon weggekippt. Es schien das Einzige zu sein, was ihm dabei half, wenigstens etwas Schlaf zu finden. Viel schlief er trotzdem nicht, geschweige denn gut.

Sie saßen zu dritt in dem kleinen Café gegenüber der Klinik. Emmetts Schicht war gerade zu Ende, Wills begann in einer Stunde, und Mark hatte Pause. Es kam nur sehr selten vor, dass sie alle drei untertags die Zeit fanden, sich zu treffen, aber nachdem Mark sich letzte Woche so plötzlich freigenommen hatte, waren seine Freunde besorgt gewesen und hatten auf dem gemeinsamen Kaffee bestanden. Nur Riley fehlte, er war momentan in Elternzeit, da seine Frau Daisy gerade ihr zweites Kind bekommen hatte.

»Hast du was von ihr gehört?«, fragte Emmett.

Mark schüttelte den Kopf. »Nein, und das werde ich auch nicht. Nicht, nachdem ich sie so mies behandelt und ihr all diese Dinge an den Kopf geworfen habe.«

»Du warst wütend«, warf Will ein. »Das muss ihr doch klar sein.«

»Würde Amber das denn verstehen?«, fragte Mark. Wills Frau Amber war eine heißblütige Rothaarige, kaum 1,50 groß. Sie leitete das Bauunternehmen ihrer Familie und ließ sich von niemandem etwas gefallen, erst recht nicht von Männern.

Will riss die Augen auf. »Absolut nicht. Sie hätte mich direkt zum Teufel geschickt. Oder mir ihren neuesten Lieblingsspruch um die Ohren gehauen: Setz dich auf 'ne Gabel und dreh dich. Hat sie von unserer Nichte.«

Emmett lachte schnaubend. »Kinder!«

Will schüttelte den Kopf. »Ich bin echt froh, dass ich nur der Onkel bin. Jeden Tag würde ich das nicht ertragen.«

»Ach, so schlimm ist es gar nicht. Vor allem, wenn man so ein süßes Kind erwischt wie ich«, witzelte Emmett.

»Stimmt. Josie ist die große Ausnahme. Dein Kind würde ich sofort nehmen, aber auch nur, weil sie ihren Onkel Will über alles liebt. Sie hat mir mal gesagt, dass ich cooler bin als ihr Daddy.«

Emmett biss in seine Teigtasche. »Das liegt nur daran, dass du ihr verdammte Reitstunden zum Geburtstag geschenkt hast.«

Will grinste durchtrieben und hob salutierend den Pappbecher. »Das beste Geschenk überhaupt. Vor allem, weil du sie da jetzt wieder und wieder und wieder hinbringen darfst.« Sein Lachen wurde immer lauter, je böser ihn Emmett ansah.

Schließlich wandte Emmett sich ab und sah wieder Mark an. »Wirst du denn jemand Neues für Gabe anstellen?«

Mark atmete aus, und sein Blick blieb plötzlich an etwas – *jemandem* – auf der anderen Straßenseite hängen. Seine beiden Freunde wandten sich um, um zu sehen, was er entdeckt hatte.

»Ist sie das?«, fragte Will und beugte sich vor, um besser aus dem Fenster sehen zu können.

Mark schüttelte den Kopf. »Dachte ich nur kurz. Die Frau da hat den gleichen Mantel wie Tori und die gleiche Haarfarbe.« Aber sie war nicht so hübsch wie Tori, konnte ihr nicht das Wasser reichen.

»Alter, du solltest echt mit ihr reden. Dich entschuldigen. Erklären, dass du überreagiert hast«, sagte Emmett. »Sie ist eine kluge Frau, sie wird es verstehen.«

Mark gab ein kehliges Geräusch von sich. »Und das ausgerechnet von dem Mann, der ihr von Anfang an die kalte Schulter gezeigt hat.«

Emmett setzte eine reuige Miene auf. »Tut mir leid. Du weißt doch, dass ich nur auf dich und Gabe aufpassen will. Aber wahrscheinlich hat mein ganzer eigener Mist mit Tiff und Huntley oder was auch immer mich davon abgehalten, klarzusehen und Tori zu akzeptieren.«

»Das sehe ich auch so«, sagte Mark leise.

Emmett presste die Lippen zusammen. »Tut mir leid.«

Mark warf einen Blick auf seine Uhr. Er musste langsam zurück, in zwanzig Minuten hatte er einen Termin mit einem seiner Onkologiepatienten. »Ich habe ihr vorgeworfen, dass sie ihren Job schleifen lassen hat, weil sie mit mir geschlafen hat.«

Will pfiff durch die Zähne und wandte den Blick ab.

Emmett zuckte zusammen.

»Ich weiß, dass ich Mist gebaut habe. Sie und ihr beeindruckendes Rückgrat haben mir das deutlich zu verstehen gegeben, bevor sie meine Haustür hinter sich zugeknallt hat.«

»Wer passt heute eigentlich auf Gabe auf?«, fragte Emmett.

»Meine Mutter. Aber sie kommt auf Dauer nicht mit ihm klar, deswegen muss ich früher gehen. Die Aushilfsbetreuerin kommt morgen für ein paar Stunden und am Samstagabend, damit ich zum Pokerabend gehen kann.«

Seine Freunde nickten.

»Also, ich habe morgen frei«, begann Emmett. »Josie und ich können gern vorbeikommen und ihm eine Weile Gesellschaft leisten, wenn du möchtest.«

Mark schob seinen Stuhl zurück und stand auf. »Gern, danke.« Er warf seinen leeren Pappbecher in den Müll. »Ich muss jetzt zurück.«

Will streckte plötzlich den Arm nach ihm aus und hielt Mark zurück. »Du kannst es abstreiten, so viel du willst, Mann, aber du liebst sie.«

Mark erwiderte nichts darauf. Natürlich liebte er sie. Er hatte in dem Moment aufgegeben, das zu leugnen, als ihm klar geworden war, dass er sie verloren hatte. Er hatte sich mit Haut und Haar in Tori verliebt. Und dann hatte er so unverzeihliche Dinge zu ihr gesagt, dass das Universum ihn vermutlich für den Rest seines Lebens als der Liebe unwürdig abgestempelt hatte. Er musste seine Tage ab jetzt einsam und allein verbringen, bis sein Elend ihn verschlang.

»Ich seh's doch in deinem Gesicht«, fuhr Will fort. »Wenn du sie liebst, dann bieg das wieder gerade.«

Mark zog die Tür auf und schüttelte die Hand seines Freundes ab. »Wie kann sie mir verzeihen, wenn ich mir nicht mal selbst verzeihen kann?«

»Frustshoppen!« Isobel grinste über den Kleiderständer zu ihr herüber. »Es gibt doch nichts Besseres.«

Tori warf ihr einen bitteren Bick zu. »Nicht, dass ich es mir *leisten* könnte, meine Sorgen wegzushoppen. Ich bin arbeitslos, schon vergessen?«

Isobel zuckte nur mit den Schultern. »Dann probier einfach nur Sachen an. Oder wir kaufen was zusammen und teilen es uns oder so.« Sie zwinkerte ihrer Schwester zu. »Schon praktisch, dass wir dieselbe Größe haben.«

»Du hast immer noch meinen Lieblings-Kaschmirpulli und meine schwarze Skinny-Jeans. Das hab ich auf deinem letzten Instagram-Foto gesehen. Die will ich wiederhaben.«

»Nur weil wir dieselbe Größe haben, heißt das noch lange nicht, dass du alles tragen kannst, was ich trage. Ich finde, der Pulli steht mir einfach besser.« Sie grinste frech.

Tori griff sich ein paar Handschuhe und warf sie nach ihrer kleinen Schwester. »Ich will den Pulli zurück.«

»Ja, aber lila ist wirklich eher *meine* Farbe. Du bist ein Wintertyp und ich eben ein Herbsttyp.« Sie zog einen wunderschönen royalblauen Pullover mit V-Ausschnitt von der Stange. »*So was* passt viel besser zu dir. Du solltest ihn anprobieren.«

Tori nahm ihr den Pullover aus der Hand und drehte das Preisschild um, bevor sie ihn sich überhaupt näher ansah. »Nicht für achtzig Dollar! Ich würde den nie tragen, weil ich immer Angst hätte, ihn kaputt zu machen.«

Isobel verdrehte die Augen. »Du wirst doch nicht für immer arm sein. Es geht bestimmt bald wieder bergauf, da bin ich mir sicher.«

Oh, wie sehr sich Tori wünschte, dass sie so eine unverbesserliche Optimistin sein könnte wie ihre kleine Schwester. Iz sah in jedem und allem immer nur das Beste, was manchmal durchaus nervig sein konnte … so wie jetzt.

»Kann ich mein Hundesitter-Geschäft eigentlich wiederhaben?«, fragte sie und hängte den teuren Pulli zurück.

Isobel verzog das Gesicht. »Aber ich hab die Fellnasen alle so lieb. Kannst du dir nicht neue Hunde suchen? Dann könnten wir zusammen Gassi gehen, das wäre eine richtige Hunde-Party.« Ihre Augen strahlten.

Tori sah ihre Schwester schief an. »Ich will meine Hunde zurück.«

»Tori!«

Diese Stimme würde sie überall erkennen. Sie hatte sie nur einmal gehört, und da war sie voller Panik gewesen, aber es brachte ihr Herz dennoch zum Schmelzen, dass Gabe sie genug liebte, um ihren Namen zu sagen.

»Tori!«

Sie wirbelte herum und sah Gabe den Gang entlang auf sich

zurennen, ein riesiges Grinsen im Gesicht und wild mit den Armen wedelnd. Seine Schuhe klatschten laut auf dem weißen Fliesenboden des Geschäfts.

Er warf sich in ihre Arme. »Tori!«

Tori drückte den kleinen Jungen an sich und vergrub die Nase in seinem Haar. Sie hatte nicht erwartet, ihn jemals wiederzusehen, geschweige denn ihn zu umarmen.

»Oh, hey, Kumpel. Du hast mir gefehlt. Wie geht es dir?«

Er kuschelte sich an sie, vergrub das Gesicht in ihrer Halsbeuge und murmelte immer wieder ihren Namen. Sie schloss für einen kurzen Moment die Augen. Er war nicht ihr Kind, würde es nie sein. Würde nicht einmal mehr ihr Klient sein, aber für diesen einen Moment genoss sie einfach dieses glückliche Wiedersehen. Denn Gabe war das pure Glück.

Schritte näherten sich, und sie schlug die Augen wieder auf.

»Ich würde es nicht glauben, wenn ich es nicht selbst gehört hätte. Er sagt wirklich deinen Namen.«

Ihr Herz zog sich zusammen, und sie kämpfte darum, ihre Atmung unter Kontrolle zu halten.

»Hallo.« Seine tiefe Stimme ging ihr durch und durch.

Tori hob den Kopf und löste sich widerwillig von Gabe. »Hallo.«

Mark sah noch immer einfach umwerfend aus. Obwohl die Haut unter seinen Augen ein wenig dunkler wirkte als sonst, aber das konnte auch nur ihr Wunschdenken sein. Oder ging es ihm genauso schlecht wie ihr? Konnte auch er kaum schlafen?

Sie vertrieb diesen Gedanken aus ihrem Kopf, bevor er dort Wurzeln schlagen konnte. Natürlich bereitete es ihm keine schlaflosen Nächte, dass er sie gefeuert hatte. Vermutlich hatte er schon längst einen Ersatz für sie gefunden, eine Interventionstherapeutin, die tausendmal besser war als sie.

Ken. Mark. Sie alle fanden immer jemanden, der besser war als Tori.

»Wie geht es dir?« Seine Worte klangen gezwungen, und seine grünen Augen wirkten traurig.

Zumindest dachte sie das.

»Gut.«

»Hast du einen neuen Job gefunden?«

Sie biss sich auf die Unterlippe. Sollte sie lügen? »Nein, noch nicht.« Sie war sowieso eine miserable Lügnerin.

»Aber sie hat schon jede Menge Vorstellungsgespräche geplant. Viele Interessenten«, mischte sich Isobel ein, trat hinter ihre Schwester und legte beschützend einen Arm um sie. »Stimmt's, Tori?«

Tori schluckte.

Marks Blick brannte sich in ihren. »Das ist gut. Das freut mich für dich.«

Der emotionale Aufruhr in ihrem Innern war verstörend. Sie war wütend auf ihn wegen dem, was er zu ihr gesagt, was er ihr vorgeworfen hatte. Aber sie hatte auch solchen Liebeskummer, dass es wehtat, ihn nur anzusehen. Gabe anzusehen. In jenem kurzen Moment hatte sie so viel verloren, und das war schlimmer als damals der Rauswurf von Ken. Millionenfach schlimmer.

Sie ließ den Kopf hängen und starrte ihre Füße an, doch Isobel stieß sie mit dem Ellbogen an.

»Wag es ja nicht, dich jetzt kleinzumachen«, murmelte sie. »Er hat genauso Mist gebaut wie du, aber du stehst wenigstens dazu.«

Gott, sie liebte ihre Schwester.

Tori hob den Kopf, sah Mark direkt an und kratzte den letzten

Rest Mut und Kraft zusammen, der noch in ihr steckte, selbst aus der letzten Ecke ihres kleinen Zehs. Sie bündelte all dieses Selbstvertrauen und schnürte es fest zusammen, bis es sie so gerade und souverän aufrichtete, wie es ihr möglich war.

Mark verlagerte das Gewicht unruhig von einem Fuß auf den anderen.

Gut, sie machte ihn nervös. Er hatte es verdient, sich wie ein Mistkerl zu fühlen.

Er räusperte sich. »Na ja, wir sollten jetzt wohl mal weitergehen.« Er nahm Gabe an der Hand. »Komm mit, Kumpel«

Gabe riss sich los und warf sich wieder in Toris Arme. »TORI!«

Marks Miene verdüsterte sich. Er wollte hier keine Szene machen. »Komm schon, Gabe. Lass uns gehen.«

»TORI!«

Toris Kehle brannte, doch sie blieb still.

Mark packte Gabe um die Taille. »Ich weiß, Kumpel. Ich weiß. Aber wir müssen jetzt gehen.«

»TOOOOORI!« Er trat und schlug um sich, verdrehte seinen Körper und versuchte, sich zu befreien, zurück zu ihr zu gelangen. »Tooooori!«

Leute blieben stehen und beobachteten das Schauspiel. Marks Gesicht war dunkelrot angelaufen, und über Gabes Gesicht liefen Tränen, als sein Vater ihn durch den Laden und auf den Ausgang zu zerrte.

Heiße Tränen brannten in Toris Augen, als sie all das mit ansah.

In dem Moment, als sie die Tür erreicht hatten – Mark noch immer mit dem entschlossenen und wütenden Gabe ringend –, hob er den Kopf, und sein Blick fand ihren. Schmerz, Reue und Trauer lagen darin, sprangen sie regelrecht an.

Sie kannte diese Gefühle, spürte sie selbst in ihrem Herzen. Sie hatte sich in ihn verliebt. In sie beide. Das klaffende Loch in ihrer Brust, wo einst Mark und Gabe ihren Platz gehabt hatten, war eine so große Wunde, dass sie nicht wusste, ob sie jemals ganz verheilen würde. Sie hätte ihr Privatleben niemals mit ihrem Beruf vermischen sollen. Sie hätte Ken wegschicken sollen, statt mit ihm zu reden. Diese eine Fehlentscheidung hatte sie so viel gekostet, und sie würde sie für den Rest ihres Lebens bereuen. Sie würde Ken für den Rest ihres Lebens bereuen.

»Lass uns gehen«, sagte Isobel leise und versuchte, Tori wegzuziehen. »Die haben nichts mehr mit dir zu tun.«

Tori nickte zögerlich und wandte sich ab, nur um hinter sich ein letztes Mal ihren Namen als lang gezogenen, verzweifelten Ruf zu hören, während Mark seinen schluchzenden Sohn hinaus auf den Parkplatz und für immer aus ihrem Leben zerrte.

»Toooooooooooooorrrriiiiiiii!«

Ihr Herz zerbrach in tausend winzige Splitter.

Kapitel 15

Tori setzte sich auf ihr Sofa und schlug die Beine unter. Mercedes, immer eine verlässliche Freundin, wenn eine Beziehung in die Brüche ging, reichte ihr ein Glas Wein und einen Teller mit zwei Stücken Barbecue-Chicken-Pizza mit Ananas und Peperoni.

Tori nippte an ihrem Wein. »Danke.«

Mercedes nahm am anderen Ende des Sofas Platz und biss in ihre vegetarische Pizza. Sie seufzte genüsslich und schloss die Augen, ein zufriedenes Lächeln huschte über ihre Lippen, während sie kaute. Ihre langen blonden Haare waren zu einem schlichten Zopf geflochten, und sie trug verwaschene Jeans und einen dünnen grauen Strickpullover. Mercedes arbeitete in der Modebranche und war normalerweise immer top gestylt, mit perfektem Make-up und schicken Klamotten. Es war schön, sie zur Abwechslung mal ganz ungeschminkt und leger gekleidet zu sehen.

Tori trug ihren Schlafanzug. Sie hatte ihn angezogen, kaum dass sie und Iz von ihrem Shoppingtrip zurückgekommen waren, ihre Seele nach der unerwarteten Begegnung im Kaufhaus und Gabes Reaktion in Millionen Teile zerbrochen.

Mercedes öffnete die graublauen Augen und sah Tori direkt an. »Männer sind bescheuert. Vor allem die heißen, gebildeten, extrem vögelbaren Männer.«

Tori schnaubte.

Isobel hob ihr eigenes Weinglas. »Darauf stoße ich an.« Sie schüttelte den Kopf. »Ich hoffe, Gabe hat seinem Vater wenigstens in die Eier getreten, als er ihn zum Auto geschleift hat. Würde ihm recht geschehen.«

Mercedes gab ein zustimmendes *Mhm* von sich.

Tori runzelte die Stirn.

»Ich kann echt nicht fassen, was er da abgezogen hat.« Mercedes zog die Füße unter sich wie Tori. »Du bist offensichtlich das Beste, was diesem Jungen jemals passiert ist. Und der beschissene Ken musste natürlich wieder alles kaputt machen.«

Tori betrachtete den Pinot Noir in ihrem Glas, ließ ihn kreisen, bis kleine Linien, sogenannte »Beine«, am Rand entstanden, die zurück Richtung Glasboden flossen. Ein guter Wein hatte tolle Beine. »Findet ihr, dass ich Beziehungen überanalysiere und mich damit selbst sabotiere?«

»Ja«, sagten beide Frauen gleichzeitig.

Tori riss den Kopf hoch und starrte die beiden an. »Wirklich?«

»Ich sage dir doch die ganze Zeit, dass du aufhören sollst, alles zu Tode zu denken«, sagte Isobel ungerührt. »Ken war der erste Mann, der jemals mit dir Schluss gemacht hat. Und jetzt Mark. Alle waren damals überrascht, ich ganz besonders, dass du zugestimmt hast, Ken zu heiraten.« Sie biss in ihre griechische Pizza. Jede von ihnen hatte ihre eigene mittelgroße Pizza bestellt. Ihnen war danach, sich den Bauch vollzuschlagen und nicht zu teilen.

»Stimmt, hattest du nicht eigentlich vor, mit ihm Schluss zu machen, und dann hat er diese Bombe platzen lassen – die Frage aller Fragen?« Mercedes stellte ihren leeren Teller auf den Couchtisch, griff nach einer Chenilledecke, die über der Sofalehne hing, und legte sie sich über die Beine.

»Hatte sie«, erwiderte Isobel. »Als sie mich an dem Abend angerufen hat, hatte ich erwartet zu hören, dass sie den Typ endlich zur Hölle geschickt hat, stattdessen wurde ich gefragt, ob ich ihre Trauzeugin sein will.«

»Weil du mir gesagt hast, dass ich zu viel über alles nachdenke und ständig mit all meinen Freunden Schluss mache. Deswegen habe ich es damals eben anders gemacht und mich auf das Gute in Ken konzentriert. Darauf, womit er mich glücklich gemacht hat. Und als er mich dann gefragt hat, ob ich ihn heiraten will …« Sie verstummte.

»Es tut mir leid«, sagte Isobel. »Ich hatte unrecht.« Sie zupfte an einem losen Faden an ihrem voluminösen Schal. »Du hast nur auf dein Bauchgefühl gehört, und ich dachte, du bist einfach viel zu wählerisch. Dass dir die Typen alle irgendwann zu langweilig werden und du wegen irgendwas Bescheuertem mit ihnen Schluss machst, wegen zu langen Nasenhaaren oder Schnarchen oder so. Manchmal bin ich eine zu große Optimistin und sehe deswegen nicht, wie die Leute wirklich sind. Wenn ich bloß zugelassen hätte, dass du dich von Ken trennst, als du das wolltest, dann wäre das alles nie passiert.«

Tori beugte sich vor und legte eine Hand auf den Oberschenkel ihrer Schwester. »Du sollst dich niemals verändern, Iz. Ich liebe dich dafür, dass du so positiv und optimistisch bist. Du siehst immer das Gute in den Menschen.«

Isobels Schmollmund verzog sich zu einem bitteren Lächeln. Ihr Blick war traurig und voller Reue. »Sogar, wenn es da gar nichts Gutes gibt.«

»Wie bei Ken«, fügte Mercedes hinzu.

Isobel nickte.

Tori war nicht böse auf ihre Schwester, weil sie sie dazu überredet hatte, mit Ken zusammenzubleiben. Am Ende war es ihre Entscheidung gewesen, ihre ganz allein. Sie hatte sich entschieden, bei Ken zu bleiben. Ihn zu heiraten. Ihre eigenen Träume und Wünsche für ihn auf Eis zu legen. Was für ein Witz. Aber nichts davon war Iz' Schuld. Absolut nichts.

Das Einfühlungsvermögen ihrer Schwester war nicht nur ihre beste Eigenschaft, sondern auch eine ihrer größten Schwächen. Schon in ihrer Kindheit war Isobel immer die Mitfühlende gewesen. Meistens war diese Eigenschaft liebenswert und harmlos, wie etwa als sie ein Jahr lang ihr Pausenbrot nach der Schule einer Obdachlosen und ihrem Hund gegeben hatte, die im Park neben der Schule lebten. Aber manchmal war ihr großes Herz auch gefährlich, wie das eine Mal, als sie beinahe entführt worden wäre, weil sie einem fremden Mann dabei helfen wollte, seinen angeblich entlaufenen Welpen zu finden. Tori hatte ihre Schwester damals an der Hand festhalten und den Mann anschreien müssen, dass er verschwinden sollte, bevor sie die Polizei rief, damit er sie in Ruhe ließ.

Tränen traten in Isobels Augen. »Es tut mir so leid, Tor. Ich weiß, dass du Mark geliebt hast. Dass du sie beide geliebt hast.«

Die Trauer und der Schmerz stiegen wieder in Tori hoch und brannten ihr in der Kehle. Sie hatte in den letzten Tagen so viel geweint, dass sie eigentlich keine Tränen mehr übrig haben sollte. Doch ihr Körper sah das offensichtlich anders und war kurz davor, wieder damit anzufangen.

Tori griff nach der Hand ihrer Schwester und zog sie zu sich auf die Couch, so dass sie zwischen ihr und Mercedes saß.

»Ich brauche keinen Mann in meinem Leben«, sagte sie mit einem Schluchzen und wischte sich über die Augen. »Weil ich schon die beste Schwester der Welt habe.« Sie legte eine Hand auf Mercedes' Schulter. »Und großartige Freunde, die immer da sind, wenn ich sie brauche.«

Mercedes legte ihre Hand auf Toris und lächelte. Mit der freien Hand hob sie ihr Weinglas. »Auf uns Frauen. Auf Schwestern. Auf Freundinnen. Auf die Einzigen, denen man wirklich vertrauen und auf die man sich verlassen kann.«

Tori und Iz stießen mit ihr an.

»Auf uns Frauen.«

»Alter«, stieß Scott hervor, während er die Karten zusammenschob und zurechtdrehte, damit er sie mischen konnte. »Das ist echt übel.«

»Sehe ich auch so«, sagte Adam.

»Jap.« Zak nickte.

»Hast du ja gut hinbekommen, das Beste, das dir seit Langem passiert ist, richtig mies zu behandeln.« Alle hörten auf zu kauen, Karten zu mischen oder durch ihre Handys zu scrollen, und starrten Liam an. Der zuckte nur mit den Schultern. »Was denn? Nur weil ich ein Zyniker bin und nicht an die Liebe glaube, kann ich doch trotzdem denken, dass Mark da echt ziemlichen Mist gebaut hat. Das Mädel war das Beste, was ihm und Gabe seit Ewigkeiten passiert ist, und er hat es vermasselt.«

Adam stieß Mark mit dem Ellbogen an. »Tja, wenn sogar der Grinch sagt, dass du Riesenmist gebaut hast, muss es wohl stimmen. Was willst du jetzt tun?«

Mark stöhnte und ließ den Kopf hängen. Er fühlte sich schon den ganzen Tag beschissen. Nach der unerwarteten Begegnung mit Tori hatte er fast eine Stunde gebraucht, um Gabe in den SUV zu bekommen und in seinem Kindersitz festzuschnallen, und dann hatte der Junge den ganzen Weg nach Hause durchgehend geschrien und geheult. Irgendwann hatte er sogar angefangen, in seine Hand zu beißen und sich gegen den Kopf zu schlagen, um sich selbst Schmerz zuzufügen. Das mit ansehen zu müssen hatte Mark das Herz gebrochen.

Nein, Moment. Der Ausdruck auf Toris Gesicht, als sie sich von ihnen abgewandt hatte und weggegangen war, der hatte ihm das Herz gebrochen. Das Heulen und Schreien seines Sohnes, weil er schon wieder jemanden verlor, der ihm wichtig war, hatte sein gebrochenes Herz zu Staub pulverisiert.

Auch zu Hause hatte sich Gabe nicht gleich beruhigt. Erst als Mark ihn auf den Schoß genommen, fest an sich gedrückt und leise sein Lieblingslied gesummt hatte, war der Kleine langsam ruhiger geworden. Mark hasste es, Gabe so festhalten zu müssen. Hasste jede Minute. Er bemühte sich, es wie eine Umarmung wirken zu lassen, aber er wusste, was es wirklich war. Auf Anraten von Gabes Therapeutin hatte er einen Kurs zum Thema gewaltfreie Krisenbewältigung belegt und dort gelernt, wie er Gabe in diesen Sicherungsgriff nehmen konnte, wenn es nötig war. Auch wie er Haareziehen und Beißen unterbinden und Schläge oder Tritte abwehren konnte, ohne seinem Kind zu schaden, hatte er dort gelernt. Bisher hatte Gabe nie ernst gemeinte Aggressionen gegenüber Mark gezeigt oder versucht, ihn anzugreifen. Aber der Sicherungsgriff hielt Gabe auch davon ab, sich selbst zu verletzen, und er schien sich dadurch schneller zu beruhigen, als wenn man einem Anfall einfach seinen Lauf ließ.

Nachdem er endlich zur Ruhe gekommen war, hatte sich Gabe im Schoß seines Vaters in den Schlaf geweint. Erst als er sich sicher war, dass Gabe schlief, ließ auch Mark seinen Tränen freien Lauf. Tori war wirklich das Beste gewesen, das ihnen hatte passieren können. Sie verstand Gabe. Liebte ihn. In der kurzen Zeit, die sie mit ihm gearbeitet hatte, war er unglaublich weit gekommen, und das Wichtigste: Er war wieder glücklich gewesen. Es war lange her, dass Mark seinen Sohn so zufrieden und ausgeglichen gesehen hatte. Jeder Tag, den er mit Tori verbrachte, hatte seinen Sohn heller strahlen, breiter lächeln und tiefer lieben lassen.

Auch Mark selbst war wieder glücklich gewesen. Wenn Tori in seinem Haus war, seinem Bett, seinen Armen, fühlte er sich endlich wieder heil. Er hatte das Gefühl, die ganze Welt erobern zu können, weil er eine tolle Frau als Partnerin an seiner Seite hatte. Zusammen konnten sie es mit dem ganzen Mist aufnehmen, den ihnen das Leben in den Weg warf, und noch stärker daraus hervorgehen.

Und er hatte all das in den Sand gesetzt.

Absolut und unwiderruflich in den Sand gesetzt.

Er hatte sie gefeuert. Aus seinem Haus geworfen. Sie niedergemacht. Sie beschuldigt.

Er konnte ihr keinen Vorwurf machen, wenn sie ihn niemals wiedersehen wollte.

Und doch war sie heute freundlich zu ihm gewesen. Nach allem, was er ihr an den Kopf geworfen, wie er sich benommen hatte, war sie immer noch die anständigste, großherzigste Frau, die er jemals getroffen hatte. Sie hatte den Kopf hoch erhoben, seinen Sohn umarmt und keine Szene gemacht. Nein, die Szene hatten allein er und Gabe gemacht.

Doch er gab Gabe keine Schuld. Sein Sohn zeigte seine Frustration nun einmal auf diese Weise. Er hatte keine Worte, verstand nicht, wieso Tori so plötzlich aus seinem Leben verschwunden war, und hatte neue Hoffnung geschöpft, als er sie sah. Und diese Hoffnung hatte Mark ihm gleich wieder entrissen.

»Ich glaube, wir verschwenden hier unsere Zeit.« Emmetts Worte rissen Mark aus seinen Gedanken. Sämtliche Männer am Tisch starrten ihn an. »Will und ich haben ihm schon gesagt, dass er zu ihr gehen und das wieder geradebiegen soll.«

Mark blieb stumm.

»Und wirst du das tun?«, fragte Scott.

Mark schüttelte den Kopf. »Sie schlägt mir bestimmt sofort die Tür vor der Nase zu.«

Emmett hob sein Bier. »Vielleicht. Vielleicht aber auch nicht.«

»Nein, das tut sie bestimmt. Und ich habe es verdient. Ich habe mich ihr gegenüber absolut grauenhaft verhalten.«

»Das stimmt zwar, aber du hast gesagt, dass sie sehr erwachsen und anständig ist. Es besteht also die Chance, dass sie sich zumindest anhört, was du zu sagen hast«, warf Adam ein.

Tori war tatsächlich sehr erwachsen und der Anstand in Person. Aber das hieß noch lange nicht, dass nicht auch sie ihre Grenzen hatte. Es hieß noch lange nicht, dass sie ihn anhören und ihm eine zweite Chance geben würde, statt ihn einfach in die Wüste zu schicken. Heute Nachmittag im Laden hätte er die Möglichkeit gehabt, sich zu entschuldigen, aber er hatte es nicht getan. Er hätte sie direkt dort um Vergebung anbetteln sollen. Stattdessen hatte er seinen Sohn aus ihren Armen gerissen und damit allen Beteiligten das Herz gebrochen.

Sie hatte jedes Recht, ihn zur Hölle zu schicken.

Zu spät. Er war schon längst da.

»Willst du sie denn zurückhaben?«, fragte Emmett, als hätte er Marks Gedanken gelesen.

»Natürlich.«

»Als Gabes Therapeutin?«

»Als alles. Ich will *sie.*«

»Was um alles in der Welt tust du dann noch *hier*?«, fragte Liam und sah Mark mit einer seltsamen Mischung aus Ärger und Hoffnung an.

Sosehr er sich auch als Liebes-Zyniker aufspielte, war Liam doch im Grunde genommen ein großartiger Kerl. Genau deswegen hatte er die *Single Dads von Seattle* ja überhaupt ins Leben gerufen: Um eine sichere Zuflucht für Männer, für Väter zu schaffen, an dem sie sich austauschen, gegenseitig bedauern und Trost finden konnten in einer Welt, die nicht oft auf ihrer Seite stand. Er glaubte vielleicht nicht an die Liebe, aber er glaubte ans Glücklichsein.

Mark zupfte am Etikett seiner Bierflasche. »Ich habe sie nicht verdient.«

Atlas, der Neue, der am anderen Ende des Tischs saß und bisher still geblieben war, stieß plötzlich ein Knurren aus.

Marks Blick begegnete dem von Atlas.

»Du bist ein verdammter Idiot.«

Er riss die Augen auf.

»Ich kenne dich nicht, aber nach dem zu schließen, was ich bisher gesehen habe, bist du ein verdammter Idiot. Ein netter Typ, aber ein verdammter Idiot. Du wusstest nicht zu schätzen, was du hattest, bis du es verloren hast, und jetzt ziehst du eine lahme Ausrede nach der nächsten aus dem Ärmel, wieso du nicht um sie kämpfen solltest. Wenn ich auch nur einen einzigen weiteren Tag mit meiner Frau verbringen könnte, würde ich absolut alles dafür tun. Absolut alles, für eine Stunde, sogar für eine Minute. Wenn du eine Frau gefunden hast, die dir das Gefühlt gibt, alles bewältigen, dich der Welt stellen zu können, ohne darin unterzugehen, dann halt sie verdammt nochmal fest, kämpf um sie. Sei der Mann, den sie verdient.«

Liam hatte ihnen nicht viel über Atlas erzählt, nur, dass er Witwer war, in seiner Kanzlei arbeitete und eine kleine Tochter namens Aria hatte. Wie seine Frau gestorben war, hatte Liam nicht gesagt.

Atlas' Unterlippe zitterte, und er biss die Zähne zusammen, als rohe Emotionen über sein Gesicht flackerten. »Geh zu ihr!«

Mark schluckte.

Eine Hand donnerte auf den Tisch und alle zuckten zusammen. Atlas' Blick war eindringlich. »Steh verdammt nochmal auf und geh! Jetzt!« Beim letzten Wort brach seine Stimme. Er stand auf, wandte das Gesicht ab und stampfte hinüber in die Küche.

Die anderen blieben schweigend zurück.

Mark stand von seinem Stuhl auf, ohne ein Wort zu sagen. Er griff nach Portemonnaie und Handy und ging.

»Hey!«, rief Liam ihm nach, als Mark die Hand schon auf den Türgriff gelegt hatte. Dann spürte er Liams Hand auf seiner Schulter. »Atlas leidet immer noch sehr unter dem Tod seiner Frau.«

Mark nickte. »Das denke ich mir.«

Liam verzog die Lippen zu einer schmalen Linie und nickte ernst. »Er ist eigentlich ein großartiger Kerl, nur manchmal eben etwas heftig und vor allem immer noch voller Schmerz.«

Mark warf einen Blick den Flur hinunter Richtung Küche. »Aber er hat recht. Ich bin ein verdammter Idiot. Ich habe es echt richtig verbockt.«

Liams Lächeln war schmal, aber aufrichtig. »Aber im Gegensatz zu Atlas kannst du deine Frau zurückbekommen.«

»Sag ihm bitte, dass es mir leidtut.«

»Er kommt schon klar.« Liam drückte Marks Schulter. »Und jetzt hol sie dir zurück.«

Mark öffnete die Tür. »Ich sag Bescheid, wie es gelaufen ist.« Dann ging er hinaus in die Dunkelheit und zu seinem Auto.

»Und ich geb' dir einen Rabatt für deine nächste Scheidung!«, rief Liam ihm nach.

Mark hob eine Hand und zeigte Liam den Mittelfinger, was seinem Freund jedoch nur ein lautes Lachen entlockte.

Wenig später parkte Mark vor Toris Stadthaus. Kaum, dass er den Motor ausgestellt hatte, überfiel ihn kalte Panik.

Er konnte sie nicht verlieren.

Er hörte noch einmal Atlas' Worte in seinem Kopf. »Sei der Mann, den sie verdient.«

Ein Flackern in einem der Fenster zog seinen Blick auf sich, den er bisher stur auf das Lenkrad vor sich gerichtet hatte. Sie stand, schön wie immer, am Wohnzimmerfenster und sah zu ihm herüber. Er konnte zwar nur ihre Silhouette erkennen, doch sogar die raubte ihm den Atem.

Steh verdammt nochmal auf und geh! Jetzt!

Tja, zumindest wusste sie jetzt, dass er hier war. Wenn sie ihm die Tür öffnete, wäre das schon mal ein gutes Zeichen.

Sei der Mann, den sie verdient. Gewinn sie zurück. Kämpf um sie!

Er stieg aus seinem Wagen und ging die Auffahrt hinauf auf die Tür zu, ohne dabei die Augen von ihrer Silhouette im Fenster abzuwenden. Er konnte ihr Gesicht nicht sehen, aber ihre

Körperhaltung veränderte sich. Sie richtete sich kerzengerade auf, dann war sie verschwunden.

Er hatte gerade die Stufen vor dem Eingang erreicht, als die Tür aufgerissen wurde.

»Was zum Teufel willst du hier?«

Er erkannte die Stimme, aber da das Licht grell aus dem Flur in die Dunkelheit herausstrahlte, konnte er die Frau, die dort stand, nicht erkennen.

Er stieg die Stufen hinauf.

Es war Mercedes aus der Bar, in der er Tori kennengelernt hatte, auch wenn sie nun deutlich weniger Make-up und legere Jeans und ein T-Shirt trug und weit weniger betrunken, dafür jedoch umso wütender wirkte.

»Ich bin hier, um mit Tori zu reden«, sagte er und versuchte, an Mercedes vorbei ins Haus zu schauen, aber sie legte je eine Hand rechts und links an den Türrahmen und bewegte ihren Kopf, so dass sie ihm immer die Sicht versperrte.

»Sie will dich nicht sehen«, fuhr sie ihn an. »Sie hatte mehr als genug Liebeskummer im letzten Jahr.«

Marks Magen zog sich zusammen.

Hinter Mercedes tauchte nun die Frau auf, die heute Nachmittag zusammen mit Tori in dem Geschäft gewesen war. Mit ihrer Porzellanhaut, der kleinen Nase und den hohen Wangenknochen sah sie Tori so ähnlich, dass Mark sicher war, ihre Schwester Isobel vor sich zu haben.

»Was willst du ihr denn sagen?«, fragte Isobel.

»Ich will mit *Tori* reden«, sagte er. »Ich will sie sehen.«

Hinter den beiden Frauen ertönten Schritte, und nach kurzem Zögern traten sie zur Seite, um Tori durchzulassen. Genau wie an dem ersten Abend, als er vor ihrer Tür aufgetaucht war, leicht angetrunken und mit dem Vorsatz, über ihren Fehler in seiner Küche zu reden, sah sie auch jetzt einfach umwerfend aus. Rosige Haut wie frisch geduscht, das Haar auf dem Kopf aufgetürmt, in Pyjamahose und einem engen weißen Tanktop. Ihre Brustwarzen wurden hart, als die kalte Winterluft darüberstrich.

Ihr war offenbar nicht entgangen, wo sein Blick gelandet war, denn sie verdrehte die Augen und verschränkte die Arme vor der Brust. »Was tust du hier?«

Aber anders als an jenem ersten Abend war er diesmal nicht hier, um ihr zu sagen, dass sie einen Fehler gemacht hatten. Er war hier, um sie zurückzugewinnen, um ihr zu sagen, dass *er* einen Fehler gemacht hatte – viele Fehler. Er hatte den Fehler gemacht, sie zu feuern und so mit ihr zu reden, ihr Vorwürfe zu machen, sie zu beschuldigen und niederzumachen. Bis zu jenem Moment jedoch waren alle Entscheidungen, die er in Bezug auf sie getroffen hatte, richtig gewesen. Von seiner Einmischung in ihre Scheidungsparty über das Jobangebot und den Kuss an ihrem Geburtstag bis dahin, dass er sie in sein Bett geholt und sich in sie verliebt hatte – all diese Entscheidungen waren richtig gewesen. Alles in seinem Leben war richtig gewesen, seit er Tori getroffen hatte. Und jetzt hatte er alles zerstört.

»Mhm?«, hakte sie nach und stemmte eine Hand in die Hüfte. Als sie den Blick langsam über sein Gesicht wandern ließ, stand Neugier in ihrer Miene. Keine Trauer. Kein Zorn. Aber er konnte die Fragen darin sehen. Die Verwunderung. »Was tust du hier?«

»Ich bin ein verdammter Idiot.«

Sie schürzte die Lippen. »Da kann ich nicht widersprechen.«

Ein leises Lachen ließ seine Brust beben. Gott, er liebte sie. »Ich habe Mist gebaut. Riesenmist. Ich hätte dich niemals feuern sollen. Hätte nie so mit dir reden, dich so behandeln sollen. Ich hatte unrecht. Nichts von dem, was ich gesagt habe, ist wahr. Nicht ein einziges Wort. Es tut mir so leid.«

Etwas flackerte in ihren Augen auf, und ihr Blick wurde eine Nuance weicher, aber sie war noch immer auf der Hut. Und das mit gutem Recht. Er hatte ihr das Herz gebrochen. Sie hatte gerade erst damit begonnen, ihr Leben, ihr Herz nach der Trennung von Ken wieder zusammenzuflicken, und er war mit einem Vorschlaghammer darauf losgegangen, bevor der Kleber überhaupt getrocknet war.

Sie wartete darauf, dass er fortfuhr.

»Ich will dich zurück.«

Sie zog kaum merklich eine Augenbraue hoch.

»Ich brauche dich.«

»Für Gabe.«

»Ja.«

Ihre Wangen liefen rot an. Selbst mit gerunzelter Stirn war sie wunderschön. Ihre Augen loderten wie blaues Feuer, brannten sich in seine Seele. »Ich verstehe. Du willst also, dass ich wieder für dich arbeite.«

Er nickte. »Ja. Gabe braucht dich. Er hat solche Rückschritte gemacht, seit du weg bist, hat mehr Ausbrüche als jemals zuvor. Du hast ihn heute ja selbst erlebt.«

»Das habe ich, ja.«

Was war hier los? Wieso war sie so zurückhaltend? So distanziert?

»Du willst also, dass ich für Gabe zurückkomme. Nur für Gabe?«

Scheiße, er war wirklich ein verdammter Idiot.

Er trat durch die Tür und schob Mercedes und Isobel einfach zur Seite. Die beiden verstanden und verzogen sich ins Wohnzimmer. Er ging auf Tori zu, drängte sie gegen die Wand und stützte die Hände rechts und links von ihr ab. Ihr Blick schoss hoch zu seinem Gesicht, und sie sah ihn eindringlich an, ihr Körper angespannt, wie um seine Nähe abzuwehren. Sie wollte ihr Herz beschützen. Mark konnte die dreißig Zentimeter dicke Betonwand, die sie darum errichtet hatte, förmlich sehen, sechs Meter hoch und mit Stacheldraht auf dem oberen Rand. Sie ließ niemanden mehr so einfach an sich heran. Er musste sich ihre Liebe erst wieder verdienen.

Und das würde er.

»Ich liebe deinen Sohn, Mark. Aber ich kann nicht zurückkommen und für dich arbeiten, wenn du mich nur als Angestellte zurückhaben willst. Das kann ich einfach nicht. Es wäre viel zu schwer. Irgendwann hättest du bestimmt eine neue Freundin und …« Sie verstummte und wich seinem Blick aus. Er konnte sehen, wie sie schwer schluckte. »Das könnte ich einfach nicht mit ansehen … Ich habe mich in dich verliebt. Sosehr ich auch versucht habe, genau das nicht zu tun. Sosehr ich auch versucht habe, das zwischen uns locker und ungezwungen zu sehen, nur zwei Menschen, die den Körper des anderen genießen, die gemeinsame Zeit. Es ist einfach mehr daraus geworden. Ich könnte nicht dabei zusehen, wie du dir ein neues Leben mit einer anderen aufbaust, während ich daneben sitze und mit Gabe arbeite. Das würde mich umbringen.«

Er stützte sich mit den Ellbogen neben ihrem Kopf an die Wand, strich ihr eine Strähne aus dem Gesicht und legte eine

Hand an ihre Wange. »*Ich* will dich. Ich will dich in meinem Leben, meinem Haus, meinem Bett, meinen Armen … meinem Herzen. Ich brauche dich. Gabe braucht dich. Du musst zu uns zurückkommen. Und wenn du noch mehr Kinder haben willst, dann können wir darüber reden. Oder wir könnten welche adoptieren. Wenn du heiraten willst, dann will ich das auch. Ich will *dich*, und ich werde alles tun, was nötig ist, um dich zurückzubekommen.«

Endlich stürzte ein Teil ihrer Mauer ein. Ihre Unterlippe zitterte, und eine Träne rollte über ihre erhitzte Wange. Ohne ihr Gesicht loszulassen, strich er sie mit dem Daumen sanft fort. Ihre langen, geschwungenen Wimpern waren nass vor Tränen, als sie schließlich wieder zu ihm aufsah.

»Gott, du bist so wunderschön«, murmelte er. »Du hast die blauesten Augen, die ich jemals gesehen habe.«

Sie schmiegte die Wange in seine Hand und schloss noch einmal kurz die Augen.

»Es tut mir so leid, dass ich mein Privatleben, meine privaten Probleme mit zur Arbeit gebracht habe. Das wird nie wieder vorkommen.«

Nein. Sie hatte nichts falsch gemacht. Er war der Einzige, der Mist gebaut hatte. Er und dieser gottverdammte Ken. Um den würde er sich noch früh genug kümmern.

»Sieh mich an«, sagte er.

Ihr Blick bohrte sich in seinen.

»Du hast nichts falsch gemacht. *Nichts*. Hörst du mich? Ich habe überreagiert. Aus lauter Angst um Gabe. Aus Eifersucht, weil du deinen Ex getroffen hast, und aus Wut, weil dieser Arsch in die Nähe meines Sohnes gekommen ist.«

Ihr Blick war bang, und ihre Lippen zitterten.

»Aber hauptsächlich war es die Angst.« Er atmete langsam aus, schloss für einen kurzen Moment die Augen und starrte dann auf seine Schuhe. »Gabe ist mein Leben. Und der bloße Gedanke, dass ihm etwas zustoßen könnte … dass ich ihn verlieren könnte …«

Sie legte ihre schmale Hand auf seine Brust.

»Ich hatte Angst. Und ich habe zugelassen, dass sich diese Angst zu einer rasenden Wut manifestiert hat, deswegen habe ich völlig irrational reagiert. Ich habe schreckliche Dinge zu dir gesagt, die ich alle zurücknehme, die ich nie so gemeint habe. Nicht für eine Sekunde.« Er fand ihren Blick. »Tori, es tut mir so leid. Bitte, gib mir noch eine Chance, dir zu zeigen, wie viel du mir bedeutest. Wie viel du *uns* bedeutest. Wir brauchen dich.« Er lehnte seine Stirn an ihre. »Ich brauche dich.«

Sie grub ihre Finger in sein T-Shirt.

Seine Lippen streiften ihre. »Ich liebe dich.«

Kapitel 16

Mark folgte Tori ins Wohnzimmer. Es fühlte sich gut an, ihre Hand zu halten – es fühlte sich richtig an.

Sie sah ihre Schwester und Mercedes an, die nebeneinander auf der Couch saßen und Mark mit Todesblicken durchlöcherten. »Könnt ihr uns ein bisschen Zeit geben? Ich weiß, dass heute eigentlich Mädelsabend ist, aber …«

Beide Frauen nickten und warfen Mark noch bösere Blicke zu, während sie sich erhoben und mit ihren Weingläsern den Raum verließen.

»Wir warten oben«, sagte Mercedes, deutete mit zwei Fingern auf Mark, dann auf ihre Augen und wieder zurück, um ihn wissen zu lassen, dass sie ihn genau im Blick hatte.

Toris Lippen zuckten. »Nein, ich meinte eigentlich … Könnt ihr bitte gehen?«

»Bist du ganz sicher?«, fragte Isobel. Es schien, als führten die Schwestern eine stumme Unterhaltung. Ihre Lippen bewegten sich nicht, aber ihre Blicke sprachen Bände. Beide tauschten intensive Botschaften aus, ganz ohne Worte.

»Ich bin mir sicher«, sagte Tori schließlich leise. »Es ist alles in Ordnung.«

Ihre Beschützerinnen grummelten zwar, leerten dann aber ihre Weingläser, räumten die Pizzakartons weg, schlossen endlich die Haustür hinter sich und ließen Tori und Mark in der plötzlich ohrenbetäubenden Stille allein.

Mark stand neben Tori im Wohnzimmer, ihre Hand noch immer in seiner.

Doch leider nicht lange. Sie ließ seine Hand los und setzte sich in einen der Sessel. Er registrierte, dass sie sich nicht aufs Sofa gesetzt hatte, was einer Einladung gleichgekommen wäre, sich neben sie zu setzen.

»Wir müssen ein paar Dinge klären, bevor wir weitermachen können«, sagte sie und nickte zur Couch. »Du kannst nicht erwarten, dass alles sofort wieder so ist, wie es war, nur weil du mir gesagt hast, dass du mich liebst.«

Oh, wenn das Leben doch nur so einfach wäre.

Der Blick aus ihren unfassbar blauen Augen war fest auf ihn gerichtet. »Setz dich.«

Das tat er.

»Also, mir ist bewusst, dass es ein großer Fehler war, meine privaten Probleme mit meinem professionellen Leben zu vermischen, aber das war eine einmalige Sache, und ich habe mich mehrfach dafür entschuldigt.«

In den wenigen Minuten, seit sie ihn hereingelassen hatte, war ihr Rückgrat um ein Zehnfaches gewachsen. Er liebte es. Er liebte, dass sie eine Frau war, die sich nichts gefallen ließ und für sich einstand, selbst ihm gegenüber.

Er nickte. »Ich weiß, dass es eine einmalige Sache war. Ich weiß, dass du dich entschuldigt hast. Aber du hast keinen Fehler gemacht. Du kannst nichts dafür, dass Ken aufgetaucht ist. Das ist mir inzwischen klar. Du musst dich nicht noch einmal dafür entschuldigen.«

Neue Überzeugung brannte in ihren Augen. »Gut. Aber du kannst auch nicht erwarten, dass ich dir verzeihe, nur weil du einfach hier auftauchst und drei kleine Worte sagst. Du hast mir wehgetan, Mark. Du hast mich beschämt. Du hast es so hingedreht, als hätte ich meinen Job, als hätte ich *Gabe* vernachlässigt, weil wir miteinander geschlafen haben.«

Galle brannte ihm in der Kehle. Wenn er die Zeit zurückdrehen und all das ungesagt machen könnte, würde er es sofort tun. Jedes Wort. Er würde ganz anders mit der Situation umgehen.

»Wenn überhaupt, ist mir Gabe nur noch wichtiger geworden, weil du mir so wichtig warst. Ich habe meinen Job noch ernster genommen, weil ich all die großartigen Dinge, die dank dir endlich wieder in meinem Leben waren, nicht verlieren wollte. All das, was mich wieder glücklich gemacht hat.« Sie griff nach ihrem Weinglas, trank aber nicht, sondern starrte nur hinein. »Es ist lange her, dass ich glücklich war.«

»Diesmal wird alles anders, das verspreche ich dir. Wir werden offen mit unserer Beziehung sein, alle wissen lassen, dass wir ein Paar sind. Gabe, seine Lehrer, Janice Sparks. Wir werden es jedem sagen, dem du es sagen willst. Du möchtest, dass ich deine Eltern kennenlerne? Kein Problem. Lass uns sie nächstes Wochenende besuchen. Du willst meine kennenlernen? Super, wir laden sie nächsten Freitag zum Essen ein.«

Sie schüttelte den Kopf. »Du sagst das jetzt alles, weil ich es hören will …«

Mark ließ sich auf die Knie fallen und rutschte über den Boden, bis er vor ihr kniete. »Was kann ich tun, um dir zu *zeigen*, dass ich es ernst meine? Damit du mir wirklich verzeihst? Damit du weißt, dass ich ein verdammter Idiot war, der das Beste, was ihm und seinem Sohn jemals passiert ist, einfach weggeworfen hat?«

»Steh auf«, sagte sie und verdrehte die Augen.

Er stand nicht auf, setzte sich aber auf den Rand des Couchtischs, so dass ihre Knie sich fast berührten. »Was kann ich tun, Tori? Willst du, dass ich bettle?«

»Nein. Ich will nicht, dass du bettelst. Ich glaube dir, dass du es ernst meinst, dass es dir leidtut, wie du mich behandelt hast. Und ich verzeihe dir. Wirklich.«

Erleichterung durchflutete ihn.

»Ich will nur darüber reden, wie wir jetzt weitermachen.«

Er griff nach ihren Händen, und sie ließ zu, dass er ihre Finger miteinander verwob. »Wir können tun, was immer du willst, wie immer du es willst. Gabe ist vollkommen verloren ohne dich.« Er küsste ihr Fingerknöchel. »Und ich auch.«

»Ich will wieder mit Gabe arbeiten, aber ich kann dich nicht mehr für meine Ausbildung bezahlen lassen. Das ist einfach zu viel. Auch wenn wir zusammen sind … Ich bin immer noch dabei, meine Selbstständigkeit zurückzuerobern, schon vergessen? Du musst mich auch weiterhin daran arbeiten lassen.«

»Aber für deine Arbeit als Gabes Therapeutin darf ich dich doch bezahlen, oder?« Er konnte sie nicht umsonst arbeiten lassen, niemals. Er würde irgendeinen anderen Weg finden, ihr Geld zu geben, wenn sie kein Gehalt von ihm wollte.

Sie nickte. Gott sei Dank. »Ja. Ich meine, ich muss schließlich immer noch meinen Lebensunterhalt verdienen. Aber meine Ausbildung werde ich selbst finanzieren. Und ich glaube, es wäre eine gute Idee, einen Vertrag aufzusetzen. Meinst du, Liam könnte das für uns tun?«

»Einen Arbeitsvertrag? Aber du hast doch einen.«

»Einen *Beziehungs*vertrag.«

Seine Lippen zuckten. »Willst du wissen, was meine *Hard*

Limits sind?« Diesen Witz hatte sie mit ihrer Aussage regelrecht herausgefordert. Wie konnte er da widerstehen?

Tori verdrehte die Augen. »Ja, genau. Wir können zusammen sein, aber nur, wenn du mit Pegging einverstanden bist. Diese Beziehung sollte auf *allen* Ebenen gleichberechtigt sein. Du dringst in mich ein, also ich auch in dich.«

Er ließ ihre Hände los, und das Kinn fiel ihm fast bis auf die Knie. Sein Hintern hingegen zog sich enger zusammen als der einer Nonne.

Sie warf den Kopf in den Nacken und lachte laut heraus. »Ha! Erwischt!«

Mark wischte sich imaginären Schweiß von der Stirn. »*Puh*. Für einen Moment hatte ich echt Angst, gleich einen Herzinfarkt zu bekommen.«

Kopfschüttelnd nahm sie wieder seine Hände und strich mit den Daumen sanft über seine Handrücken. »Aber Scherz beiseite, ich glaube, ein Vertrag wäre wirklich eine gute Idee. Nur damit sich die undurchsichtige Brühe, in der wir schon bis zu den Knien stehen, nicht plötzlich in Treibsand verwandelt. Wir sind weit jenseits jeden Interessenkonflikts, ich schlafe nicht nur mit meinem Boss, sondern liebe ihn auch – ihn und seinen Sohn. Wir haben uns da in eine ganz schön komplizierte Sache verstrickt.«

Er hob sie aus dem Sessel, nahm ihren Platz ein und setzte sie auf seinen Schoß. Er musste sie endlich in seinen Armen halten. Sie wehrte sich nicht, und er drückte ihr einen Kuss auf die Stirn. »Ich werde mit Liam darüber sprechen.«

»Danke.«

»Darf ich noch über etwas anderes mit Liam sprechen?«

Sie schloss die Augen und lehnte ihren Kopf an seinen. »Mhm?«

»Deine Scheidung. Ich würde dir damit gern helfen … finanziell und emotional. Was auch immer nötig ist, um ihn vollends aus deinem Leben zu werfen. Aus *unserem* Leben.«

»*Unser* Leben …« Sie schlug die Augen auf und sah ihn an, die Lippen zu einem amüsierten Lächeln verzogen.

»Ja. *Unser* Leben. Es geht jetzt nicht mehr nur um dich. Du musst diesen Sturm nicht allein durchstehen. Du musst es nicht allein mit den Monstern aufnehmen. Ich bin die ganze Zeit an deiner Seite. Ich will die Schulter sein, an der du dich ausweinen kannst, derjenige, der dich anfeuert, dein Fels in der Brandung. Ich will dein sein.«

»Mein.«

»Solange du willst.«

Sie verzog das Gesicht und wandte nachdenklich den Blick ab. »Mhm … Das muss ich mir erst noch überlegen. Vielleicht ist das Ganze ja doch nur eine kurze Verliebtheit.«

Knurrend umfasste er mit beiden Händen ihren Po, stemmte sich mit ihr aus dem Sessel, ließ sie rücklings auf das Sofa fallen und sich selbst auf sie drauf. »Kurze Verliebtheit am Arsch«, sagte er mit den Lippen an ihrem Nacken. »Der ist übrigens immer noch schockiert von deiner Anspielung eben.«

Unter ihrem Lachen entspannten sich seine Schultern, und sein Herz wurde weit. Sie schob einen Finger in die Falte seiner Jeans zwischen den Pobacken. »Bist du denn gar nicht neugierig?«

Ihr Kichern war ansteckend. Er ließ eine Hand unter ihr Top wandern und umfasste ihre Brust. »Kein bisschen. Aber ich bin neugierig, wie deine Nippel schmecken. Es ist so verdammt lange her, dass ich es fast vergessen habe.« Er zitterte übertrieben wie ein Junkie auf Talfahrt. »Ich habe schon Entzugserscheinungen.« Er befreite sie von ihrem BH und legte die Lippen um eine Brustwarze, saugte daran, bis sie sich in seinem Mund aufrichtete.

Tori stöhnte und bog den Rücken durch. Sie fuhr mit den Händen in seine Haare, zog daran, bis ein prickelnder, aber befriedigender Schmerz über seine Kopfhaut bis in seinen Nacken lief.

»Diesmal wird alles anders«, murmelte er, bevor er zur zweiten Brust wechselte. »Ich werde nicht noch einmal solchen Mist bauen.«

»Aber anderen Mist?«

Er zwickte sie in ihren Nippel, und sie quietschte überrascht.

»Ja, vermutlich schon. Aber ich hoffe, dass du mich trotzdem liebst, genauso wie ich dich trotzdem lieben werde, wenn du mal Mist baust.«

»Oh, ich baue nie Mist.«

Er zwickte sie wieder. »Aber wenn du es doch mal tust, werde ich dich auf keinen Fall so behandeln, wie ich es getan habe. Ich werde nie wieder so mit dir reden. Und ich werde dich lieben, auch wenn es mal schwer wird, trotz aller Stürme und Probleme.«

Sie drückte ihm die Lippen auf die Stirn. »Danke.«

Er war gerade dabei, ihr das Top ganz auszuziehen, als ein Klopfen an der Tür sie beide innehalten ließ.

»Meinst du, deine Schwester oder Mercedes hat etwas vergessen?«, fragte er, stützte sich auf einen Ellbogen und sah auf sie hinunter.

Ihre Augen strahlten, und ihr Gesicht war von einem wunderschönen Rosaton überzogen. Sie schüttelte den Kopf. »Glaube ich nicht. Solange nicht eine von ihnen ihr Handy vergessen hat, würden sie uns jetzt nicht stören, sondern bis morgen warten.«

Er setzte sich auf, damit sie ihr Top zurechtziehen und aufstehen konnte. Dann folgte er ihr an die Tür.

»Es ist echt verdammt spät. Wer, glaubst du, kann das sein?« Tori sah durch den Türspion, während Mark den Vorhang am großen Flurfenster ein Stück zurückzog.

»Ich sehe kein Auto in der Auffahrt.«

»Das liegt vermutlich daran, dass das Arschloch auf der Straße geparkt hat«, sagte sie und blickte ihn an. Das Glück, das gerade noch in ihren Augen geleuchtet hatte, war von blanker Wut abgelöst worden. »Es ist Ken.«

Ha! Na, immer her damit.

Mark schob Tori sanft aus dem Weg und öffnete die Tür. »Was willst du, verdammt nochmal?«

Der Ausdruck auf dem Gesicht des Idioten war unbezahlbar. Er hatte eindeutig nicht damit gerechnet, dass Mark ihm die Tür öffnete. Vermutlich hatte er gehofft, Tori allein anzutreffen. Hatte er etwa gewartet, bis Isobel und Mercedes gegangen waren? Das traute Mark ihm durchaus zu. Der Mann war Abschaum.

Doch Ken erholte sich schnell von seinem Schrecken, und das überraschte O seines Mundes verzog sich zu einem fiesen Grinsen. »Ich bin hier, um mit Tori zu sprechen.«

»Sie hat jetzt keine Zeit.«

»Ach ja? Zu sehr damit beschäftigt, dein Sperma …«

»Ich würde dir empfehlen, nicht weiterzureden, Kumpel.« Mark ballte die Hände zu Fäusten. Er musste sich beherrschen, nicht auszuholen und dem Kerl einen ordentlichen Kinnhaken zu verpassen. »Du wirst von nun an entweder mit mir oder mit

Toris Anwalt Liam Dixon kommunizieren, der direkte Kontakt zu Tori ist dir ab sofort und unter allen Umständen untersagt. Also, was willst du?«

Ken schnaubte. »Musst du jetzt schon ihre Kämpfe für sie ausfechten, ja?«

»Und wenn es so ist? Sie ist mehr als fähig, sie selbst auszufechten, aber das muss sie nicht mehr. Sie hat jetzt mich. Wir sind ein Team.«

Bis jetzt war Tori hinter der Tür und damit außer Sicht geblieben. Ken hatte es nicht verdient, sie zu sehen. Hatte es nicht verdient, dieselbe Luft zu atmen wie diese starke, umwerfende Frau. Doch jetzt spürte Mark ihre Hand in seinem Rücken und die Kraft, die durch sie in ihn floss.

»Ich will meinen Verlobungsring zurück«, sagte Ken hochmütig.

Mark legte mit einer Hand am Kinn den Kopf schief, kniff die Augen zusammen und blickte auf Ken hinab. Er war einige Zentimeter größer als der Widerling und baute sich zu seiner vollen Größe auf, um das noch zu betonen. »Also meiner Ansicht nach hast du ihr den Verlobungsring *geschenkt*, und jetzt gehört er ihr.«

»Unsere Ehe ist vorbei, also gehört er wieder mir.«

»Überlassen wir diese Entscheidung doch den Anwälten, was meinst du?«

»Sie hat mich geschlagen! Ich könnte sie wegen Körperverletzung anzeigen.«

Mark begann die Tür zu schließen. Er hatte mehr als genug von diesem Vollidioten. »Der einzige Zeuge, der das bestätigen könnte, ist ein fünfjähriges autistisches Kind, das nicht spricht. Und du hast dir nicht mal die Mühe gemacht, dieses Kind suchen zu helfen, nachdem es wegen deines aggressiven Verhaltens weggelaufen ist. Ich bin sicher, das Gericht wird diese Geschichte lieben. Tu, was du nicht lassen kannst, wir sind mehr als bereit für dich.« Er schob die Tür noch weiter zu. Ken schlug mit der Hand dagegen und versuchte, sie wieder aufzudrücken. Mark beugte sich vor, so dass er direkt ins Kens Ohr sprechen konnte. »Wenn du noch einmal Hand an sie legst, werde ich dafür sorgen, dass dir nicht mal mehr ein Pisspott bleibt, wenn wir mit dir fertig sind. Ich werde dich *vernichten*. Hast du mich verstanden?«

Ken schluckte so laut, dass Mark sich sicher war, sogar Tori hinter der Tür hatte es gehört.

Aber der Kerl gab sich nicht so leicht geschlagen. Er drückte noch kräftiger gegen die Tür. »Ich weiß, dass ihr miteinander schlaft. Ich kann euch melden, das ist ein Interessenskonflikt.«

Wem wollte er sie denn melden?

Der Mann war ein verdammter Vollpfosten.

Mark verdrehte die Augen und zuckte mit den Schultern, darum bemüht, völlig gleichgültig zu wirken. In seinem Inneren brodelte derweil ein Vulkan, stand kurz vor dem Ausbruch. »Dann tu das doch. Aber hast du nicht selbst deine Zahnpflegerin gevögelt? Ich werde hier jetzt jedenfalls nicht mit dir diskutieren, also hau ab. Besorg dir einen Anwalt. Hab einen schönen Abend und vergiss nicht, dich ins Knie zu ficken.« Dann knallte er die Tür in Kens Gesicht, lehnte sich mit dem Rücken dagegen und stieß langsam die Luft aus.

Tori blinzelte mit ihren großen blauen Augen zu ihm auf. »Tut mir leid.«

»Verdammte Scheiße. Wie konntest du denn so lange mit diesem Monster verheiratet sein?«

Sie legte eine Hand auf seine Brust und schob sich dicht an ihn heran. »Ich habe keine Ahnung. Er muss mir irgendeinen Zaubertrank verabreicht haben.«

»Zaubertränke sind richtig übles Zeug.« Er legte beide Hände auf ihre Pobacken.

»Das weiß ich jetzt auch.« Sie streichelte sanft über seine Brust und hauchte kleine Küsse auf seinen Hals. »Da trinke ich lieber Malbec, ein guter Jahrgang, geschliffen, *reif*. Etwas, das ich in kleinen Schlucken trinken und genießen, über meine Zunge gleiten und meine Kehle hinabrinnen lassen kann.«

Mark stöhnte, als sie ihre Hand nach unten wandern ließ und seine Erektion umfasste. »Ich habe *jede Menge* Malbec zu Hause.«

»Genug, um mich zufriedenzustellen?«, murmelte sie mit den Lippen an seinem Hals.

»Genug, um dich ein Leben lang zufriedenzustellen.«

Sie hob den Kopf und lächelte ihn an, ihre Augen wieder voller Hoffnung und Glück. Er wollte nie wieder etwas anderes darin sehen.

»Ich glaube, damit kann ich leben.«

Dann eroberte er ihren Mund mit derselben Intensität und Habgier, mit der sie sein Herz erobert hatte: leidenschaftlich, wahrhaftig und verdammt nochmal für immer.

Epilog

Ein Jahr später …

»Das scheint alles in Ordnung zu sein«, sagte Liam und schob das Dokument über den Tisch zu Tori. »Du musst nur noch unterschreiben, dann bist du offiziell geschieden. Mr. Snider ist ab heute nicht mehr dein Ehemann. Du bist *frei.*« Er zog einen Kugelschreiber aus dem hölzernen Stiftehalter auf seinem Schreibtisch und reichte ihn ihr.

Tori nahm ihn entgegen und sah auf die Scheidungspapiere hinunter.

Frei.

Frei von Ken.

Mark griff nach ihrer linken Hand und verflocht seine Finger mit ihren. »Alles okay?«

Ein kleines Lächeln huschte über ihr Gesicht, als sie den Stift aufs Papier setzte und unterschrieb. Dann datierte sie ihre Unterschrift, setzte ihre Initialen an die Stellen, die Liam für sie markiert hatte, und schob die Unterlagen zurück zu ihrem Anwalt. Erst danach sah sie Mark an. »Ging mir nie besser.«

Liam schob die Papiere zusammen und klopfte sie zweimal auf den Tisch, um sie gerade auszurichten. »Wunderbar. Ist ein tolles Gefühl, oder? So etwas Toxisches für immer los zu sein.«

»Liam«, sagte Mark warnend.

Liam hob abwehrend die Hände. »Was denn? Ich frage sie doch nur, ob sie sich so gut fühlt wie ich damals, als ich meine Scheidungspapiere unterschrieben habe.«

Tori sah Liam einen Moment lang an und wandte sich dann wieder Mark zu. »Es fühlt sich großartig an. Ich hatte erwartet, dass das Ende irgendwie deprimierend sein würde, aber ich fühle mich wirklich endlich frei. Der Mann ist pures Gift, und die Tatsache, dass er mich während des ganzen Prozesses immer wieder als die Böse darstellen wollte, beweist das nur noch mehr.«

»Echt unfassbar, dass er die ganze Sache so in die Länge gezogen hat«, sagte Mark kopfschüttelnd. »Über ein Jahr mussten wir uns mit seinem Mist rumschlagen.«

Liam drehte sich um, beugte sich hinter den Schreibtisch nach unten und tauchte gleich darauf mit einer Flasche Prosecco und drei Gläsern in den Händen wieder auf. »Der Scheiß ist jetzt aus und vorbei. Wollen wir anstoßen?

»Machst du das mit all deinen Klienten?«, fragte Tori.

»Nur mit denen, die ich mag«, sagte er grinsend und ließ den Korken knallen. »Und nur, wenn ich richtig fett gewinne. Dein Ex hat sich echt einen Trottel von Anwalt ausgesucht. Sie hatten überhaupt nichts gegen uns in der Hand, und Ken ist jetzt eine ganze Stange Geld los, allein für die Prozesskosten. Er hätte unser erstes Angebot einfach akzeptieren und die Sache gar nicht erst vor Gericht bringen sollen.«

»Ich weiß wirklich nicht, was ich jemals an ihm gefunden habe«, sagte Tori. Sie nahm dankend ein Glas Prosecco von Liam entgegen.

»Wir machen alle mal Fehler«, sagte Liam. »Aber du hast ja zum Glück den richtigen Anwalt angeheuert, um diesen Fehler wieder auszubügeln.«

»Du bist die Bescheidenheit in Person.« Mark lachte.

»Wenn man so gut ist wie ich, muss man nicht mehr bescheiden sein.«

Mark verdrehte die Augen.

»Worauf wollen wir anstoßen?«, fragte Liam und hob sein Glas.

Tori dachte kurz nach. »Auf … ausgebügelte Fehler?«

»Auf verdammt gute Anwälte?«, schlug Liam vor.

Tori lachte.

»Wie wäre es mit … auf Neuanfänge?«, warf Mark ein.

Tori sah ihn direkt an, ein kleines, wissendes Lächeln im Gesicht. »Das liebe ich.«

»Und ich liebe dich«, sagte er, beugte sich vor und küsste sie auf die Wange.

»Gefällt mir.« Liam hob sein Glas noch höher. »Auf Neuanfänge.«

»Auf Neuanfänge«, sagten Tori und Mark einstimmig.

Sie stießen lachend an und nippten zufrieden an dem köstlichen, eisgekühlten Prosecco.

»Was habt ihr denn für den restlichen Tag noch geplant … für euer restliches Leben?«, fragte Liam, lehnte sich in seinem Lederstuhl mit hoher Lehne zurück und legte die Füße auf einen kleinen Aktenschrank. Um das Bild perfekt zu machen, fehlte nur noch eine Zigarre in seiner anderen Hand, oder vielleicht eine Pfeife.

»Wir grillen nachher bei uns im Garten«, sagte Mark. »Ist zwar etwas kurzfristig, aber du bist natürlich herzlich eingeladen. Ich habe auch die Jungs samt Kindern eingeladen. Toris Familie wird da sein, und meine Eltern auch.«

Irgendetwas schien zwischen den beiden Männern vorzugehen, ein vielsagender Blick, aber er war verschwunden, bevor Tori ihn entschlüsseln konnte.

Was war los?

»Klingt gut. Ich bringe Jordie mit. Er ist gerade noch bei meinen Eltern, aber er mag Gabe und freut sich bestimmt, ihn mal wieder zu sehen.«

Tori und Mark leerten ihre Gläser, stellten sie auf Liams Schreibtisch und erhoben sich dann.

Mark schüttelte Liam über den Schreibtisch hinweg die Hand. »Vielen Dank, Mann. Wir wissen es wirklich sehr zu schätzen, dass du Tori so sehr geholfen hast. *Uns* geholfen hast. Das bedeutet uns viel.«

Liam lächelte breit. »Jederzeit. Ich freue mich immer, ein fremdgehendes Arschloch durch den Dreck ziehen zu können.«

Tori zuckte innerlich zusammen. Liam war wirklich verbittert.

Mark lachte, aber Tori merkte, dass es nur aufgesetzt war. »Alles klar. Dann sehen wir dich später?«

Liam nickte, wie immer ein spitzbübisches Grinsen auf den Lippen. »Auf jeden Fall.« Er kam hinter seinem Schreibtisch hervor und umarmte Tori kurz.

Sie drückte ihm ein Küsschen auf die Wange. »Danke, Liam ... für alles.«

Diesmal war sein Lächeln weit weniger verschmitzt. Sein Blick wanderte zwischen Mark und Tori hin und her. Marks Hand lag auf ihrem Rücken, und sie lehnte sich liebevoll in seinen Arm. Etwas, das beinahe an Sehnsucht erinnerte, huschte über Liams Gesicht, bevor er sagte: »Ich bin froh, dass ich helfen konnte. Wir haben es alle verdient, glücklich zu sein. Und wenn ihr beide euch gegenseitig glücklich macht, dann macht mich das auch glücklich ... und reich.« Da war das verschmitzte Grinsen wieder.

Mark schüttelte lachend den Kopf. »Schick die Rechnung einfach an meinen Buchhalter.«

Der leichte Druck seiner Hand in ihrem Rücken brachte Tori dazu, sich mit ihm umzudrehen und zu gehen.

»Meine Sekretärin hat sie schon vor einer Stunde rausgeschickt«, rief Liam ihnen noch nach, als sie den Flur entlang auf den Ausgang zuhielten.

Ein paar Stunden später war Marks und Toris Haus voller Leute. Ja, es war inzwischen auch Toris Haus. Er wollte sie jeden Tag in seinem Leben haben, von morgens bis abends, und jede Nacht, die ganze Nacht. Gabe hatte sich schneller daran gewöhnt, dass Tori bei ihnen wohnte, als sie es für möglich gehalten hätten, und machte weiterhin riesige Fortschritte. Er hatte sogar angefangen, das Zeichen für *Papa* zu verwenden, und versuchte auch, das Wort auszusprechen, aber es klang eher wie »Pa«.

Auch wenn Tori im vergangenen Jahr einige höllische Momente durchleben musste, war es einfach traumhaft für Mark, eine so tolle Frau in seinem Leben zu haben. Er hatte endlich jemanden gefunden, der ihn und Gabe bedingungslos liebte. Und sie liebten Tori ebenso.

Mark hatte Tori schon angeboten, bei ihm einzuziehen, als ihr Haussitter-Job zu Ende gewesen war, aber sie hatte abgelehnt. Diese Entscheidung hatte Mark zwar unendlich frustriert, doch er respektierte sie auch.

Ihre Unabhängigkeit war ihr wichtig, und sie hatte es für unmöglich gehalten, diese zurückzuerlangen, wenn sie so kurz nach der Trennung von Ken schon bei ihm einzog. Sie und Isobel hatten sich eine Wohnung gesucht und acht Monate lang zusammen dort gewohnt. Außerdem hatte sie für die Organisation ihrer geplanten eigenen Praxis einen Onlinekurs in Betriebswirtschaft belegt, den sie sich mit ihrem Nebenjob als Fotografin finanzierte. Unter der Woche arbeitete sie für Mark, und am Wochenende gingen sie aus, waren ein richtiges Paar. Ganz so, wie es ihr Arbeits- und Beziehungsvertrag vorsah.

Aber nachdem der Onlinekurs abgeschlossen gewesen war, hatte sie schließlich zugestimmt, bei Mark einzuziehen, und ihn damit sehr glücklich gemacht. Endlich konnte er mit der Frau, die er liebte, zusammenleben. Endlich hatte er sie in seinem Leben, seinem Bett, seinen Armen. Und wenn sie nachts wach lag und sich Sorgen wegen ihrer Scheidung machte, war er immer an ihrer Seite, hielt ihre Hand, wischte ihre Tränen fort und ließ sie wissen, dass alles gut werden würde. Denn das würde es. Sie waren zusammen, liebten einander, und er würde immer auf sie aufpassen und ihr dabei helfen, ihre Ziele zu erreichen, komme, was da wolle.

Liam hatte großartige Arbeit geleistet, und sie waren endlich frei. Frei von Ken und seinem toxischen Einfluss auf ihr Leben, frei, ihr neues gemeinsames Leben wirklich zu genießen, frei, einen Neuanfang zu wagen.

Und genau das hatte Mark vor.

»Darf ich kurz um eure Aufmerksamkeit bitten?«, fragte er mit seiner lauten, strengen Arztstimme. Diese Stimme verwendete er sonst nur, wenn er kurz davor war, die Geduld mit Gabe zu verlieren, oder gegenüber einem der jüngeren Ärzte in der Klinik, die sich bei ihrem Vorgesetzten einschleimten.

Die Gespräche in dem großen Garten verstummten langsam,

und alle Blicke wurden auf Mark gerichtet. Tori war am anderen Ende des Gartens und unterhielt sich mit ihrer Mutter und ihrer Schwester. Sie hob fragend eine Augenbraue, der Blick aus ihren bezaubernd blauen Augen war einzig und allein auf ihn gerichtet.

Gabe stand neben Mark und hüpfte vor lauter Aufregung leicht auf und ab. Er hatte eine kleine Schachtel in der Hand und wusste, was er zu tun hatte, sobald Mark ihm das Zeichen gab.

Mark wartete noch ein paar Sekunden, bis wirklich alle still waren, dann tippte er Gabe auf die Schulter.

Der kleine Junge sprang in die Luft und lief dann geradewegs auf Tori zu. Sie ging in die Hocke und breitete die Arme aus, in die er sich sofort schmiegte.

Mark ging langsam auf die beiden zu. »Victoria Mae Jones«, begann er.

Tori ließ Gabe los, richtete sich wieder auf und sah Mark entgegen. Alle Blicke waren auf sie gerichtet, doch sie hatte nur Augen für Mark.

Und Mark sah nichts außer Tori.

Tori und Gabe.

Seine Familie.

Seine Zukunft.

»Victoria Mae Jones«, wiederholte er. »Du bist in unser Leben gekommen, als wir dich am meisten gebraucht haben. Du hast das Licht zurückgebracht und die Dunkelheit vertrieben. Gabe liebt dich. Ich liebe dich. Und wir können uns unsere Welt, unser Zuhause, unser Leben oder unsere Herzen nicht mehr ohne dich vorstellen.«

Gabe gab Tori die kleine Box. Sie nahm sie in dem Moment entgegen, als Mark sie erreichte. Er ließ sich vor ihr auf ein Knie sinken.

Überall im Garten wurde nach Luft geschnappt.

Gabe ging zu seinem Vater und stand neben ihm, bis Mark an seinem Arm zupfte, dann fiel auch der kleine Junge auf ein Knie. Sie hatten das in den letzten Wochen beinahe hundertmal geübt, und Gabe machte seine Sache großartig.

»Victoria, Tori … *unsere* Tori, ich weiß, dass deine Ehe mit einem anderen Mann gerade erst zu Ende gegangen ist, aber … Willst du uns heiraten?«

Tori öffnete den Mund, brachte aber kein Wort über die Lippen.

Gabe stand auf, trat vor und nahm ihr die Box aus der Hand, hielt sie ihr dann wieder hin, wollte offensichtlich, dass sie sie öffnete. Mit einem leisen Lachen nahm sie die Schachtel wieder entgegen, ihr Blick voller Liebe, als sie Marks Sohn dabei ansah. Dann öffnete sie die Box und riss die Augen auf.

Isobel und Mercedes hatten ihm geholfen, den Ring auszusuchen.

Gabe hüpfte zurück zu Mark, seine Hände unruhig flatternd vor Aufregung. Mark nahm eine Hand seines Sohnes in seine und drückte sie sanft. Jetzt brauchten sie nur noch Toris Hand, und ihre Familie wäre endlich vollständig.

Sie starrte noch immer auf den Ring.

»Toooori!«, sagte Gabe, hüpfte auf der Stelle und schüttelte Kopf und Arme. »Tooooori!« Er grinste über beide Ohren, als er sich ihr wieder in die Arme warf, so schwungvoll, dass sie beinahe das Gleichgewicht verlor.

Sie fing ihn auf und hob endlich den Blick von der Ringschachtel, um Mark anzusehen. In ihren saphirblauen Augen schimmerten Tränen.

»Wir müssen nicht sofort heiraten. Wir können ein bisschen warten, sechs Monate, ein Jahr, was immer du brauchst. Ich will nur, dass du weißt, dass wir dich für immer in unserem Leben haben wollen.«

Eine Träne lief über ihre Wange, aber sie strahlte über das ganze Gesicht.

»Also?«, fragte Mark. »Was sagst du? Wirst du den heutigen Tag, diese Woche, diesen Monat, dieses Jahr zum absolut besten machen, das diese zwei Typen jemals erlebt haben?«

Sie machte einen halben Schritt nach vorn, um die Lücke zwischen ihnen zu schließen, und griff nach seiner Hand, zog ihn auf die Füße. Gabe umschlang ihrer beider Beine, hüpfte auf und ab und summte glücklich.

Sie hob die Arme und legte sie um seine Schultern. »Nichts würde mich glücklicher machen.«

Marks Grinsen war so groß, dass es fast wehtat.

Er zog ihre Arme von seinen Schultern, nahm ihr die Ringschachtel ab, öffnete sie und holte den Ring heraus. Sie hielt ihm ihre Hand entgegen, und er schob den Ring auf ihren Finger.

Er passte perfekt.

Genauso, wie sie perfekt in Marks und Gabes Welt passte.

»Ich liebe ihn«, flüsterte sie.

»Und wir lieben dich«, sagte er, schlang seine Arme um ihre Taille, hob sie hoch und wirbelte sie im Kreis, während all ihre Freunde und Verwandten um sie herum jubelten und klatschten.

Nachdem er sie wieder auf ihre Füße gestellt hatte, beugte er sich vor, hob Gabe hoch und setzte ihn sich auf die Hüfte.

Tori schlang einen Arm um Marks Taille und drückte Gabe einen Kuss auf die Backe. »Das hast du ganz toll gemacht, kleiner Mann.«

Gabe schenkte ihr ein riesiges Grinsen.

Mark beugte den Kopf vor und legte seine Lippen auf Toris, zog sie eng an seine Brust und drängte sie, sich ihm zu öffnen. Sie tat es. Es war ihm egal, dass seine Eltern, ihre Eltern und all ihre Freunde ihnen zusahen. Er liebte diese Frau, und sie hatte gerade Ja gesagt. Er war überglücklich und hatte keine Angst davor, das allen zu zeigen.

Als sie sich schließlich nach Luft schnappend voneinander lösten, strahlten Toris Augen, und ihre Wangen glühten rosig. Sie fuhr sich mit der Zunge über die Lippen und sah zu ihm auf, ihr Blick so voller Liebe und Hoffnung für die Zukunft, dass es ihn fast umwarf.

»Auf Neuanfänge?«, fragte sie.

»Auf Neuanfänge.«

Dann küsste er sie noch einmal, einfach, weil er es konnte. Und das würde er ab jetzt jeden Tag tun, bis ans Ende seines Lebens.

– ENDE –

Leseprobe

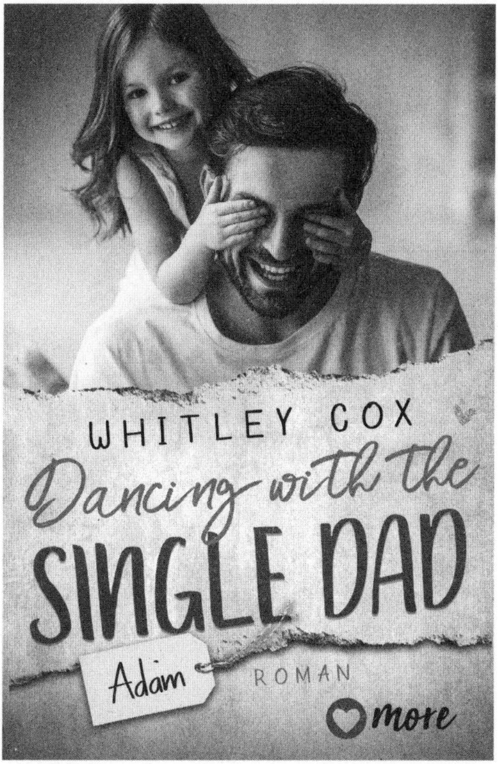

Kapitel 1

»Kann ich mein Prinzessinnenkleid für die Tanzstunde anziehen? Und meine Krone? Und meinen Umhang? Und meine Prinzessinnen-Blinkschuhe? Darf ich meinen Zauberstab mitnehmen? Oh, und meine Feenflügel?«

Angesichts der Aufregung seiner vierjährigen Tochter Mira musste Adam Eastwood ein Lachen unterdrücken. »Ich glaube, lieber nicht, Süße. Hier steht, dass alle Tänzer und Tänzerinnen Strumpfhosen, einen Body und Ballett- oder Jazzschuhe aus Leder anziehen sollen.«

»Und was ist mit dem Tutu?«

»Da steht, man kann einen kleinen Ballettrock anziehen, wenn man möchte.« Er griff nach seinem Handy und rief die E-Mail mit der Anmeldung auf, die letzte Woche in seinem Posteingang gelandet war.

Mira wandte sich von ihrer Kostümtruhe ab und setzte sich neben ihn auf die Couch, wo sie sofort begann, mit ihren kleinen Händen über seinen kurzen Bart zu streichen. Das war eine ihrer absoluten Lieblingsbeschäftigungen. Es vermittelte ihr Geborgenheit. Nachdem ihre Mutter ausgezogen war, hatte sie jede Nacht in Adams Bett verbracht und war eingeschlafen, während sie seinen Bart streichelte. Wenn er ehrlich war, schenkte diese Geste auch ihm inzwischen ein Gefühl angenehmer Geborgenheit.

»Siehst du, Süße. Hier steht: *keine Prinzessinnenkleider oder*

Kostüme. Sie machen sich Sorgen, dass du dich in so einem Kleid nicht richtig bewegen kannst oder es beim Tanzen kaputtgeht.«

Sie blinzelte ein paarmal mit ihren großen blauen Augen, während sie auf die E-Mail der Tanzschule Benson starrte. Dann verzog sie die Lippen zu einer zuckersüßen Schmollschnute, nickte aber schließlich. »Nicht mal mein Krönchen?«

Sie konnte noch nicht lesen, also deutete Adam einfach auf die Adresse. »Steht genau hier: *keine Krönchen.* Aus demselben Grund, weshalb auch Kostüme verboten sind. Stell dir mal vor, die Krone würde dir beim Tanzen vom Kopf fallen, und jemand würde drauftreten und sie zerbrechen.«

»Dann wäre ich traurig.«

»Eben. Also bleiben wir lieber bei dem neuen Tanz-Outfit, das wir dir gestern gekauft haben, okay?«

Sie stieß einen abgrundtiefen Seufzer aus. Seine Tochter konnte sehr melodramatisch sein, wenn sie wollte. »Okay.«

Er drückte ihr einen Kuss auf den Kopf. Ihr dunkles, nach Wassermelone duftendes Haar fühlte sich unter seinen Lippen wie Seide an. »Das ist mein braves Mädchen. Dann geh dich mal schnell umziehen. Der Tanzunterricht fängt in einer halben Stunde an.«

Sie rutschte vom Sofa und hüpfte den Flur hinunter. »Kann ich wenigstens meine Prinzessinnenunterwäsche anziehen?«

Er lachte. »Natürlich, Süße, das kannst du gern machen.« Damit stand er ebenfalls auf und schlenderte in die Küche hinüber, um seiner Tochter einen kleinen Snack vorzubereiten, falls sie nach dem Tanzunterricht Hunger bekäme.

Es würde nur eine Stunde dauern, und Adam würde vermutlich die ganze Zeit dort bleiben, zumindest an diesem ersten

Tag. Aber wenn ihn der Schwimmunterricht und Miras kurze Gymnastikphase irgendwas gelehrt hatten, dann, dass schon ein paar Minuten Spielen oder Sport ausreichten, um aus seiner mäkeligen Esserin einen ausgehungerten Vielfraß zu machen.

»Pack meine Wasserflasche ein, Daddy«, rief Mira aus dem Flur. »Und einen Müsliriegel. Einen mit Schokolade.«

Adam verdrehte die Augen. Sie wusste, was sie wollte, das musste er ihr lassen. Allerdings klang sie dabei meistens wie eine kleine Diktatorin.

»Sie wird mal eine echte Anführerin«, würde seine Großmutter sagen. »Eine Wirtschaftstitanin.«

»Oder sie erobert irgendein Land und versklavt die Bevölkerung«, würde sein Großvater hinzufügen.

Seine Großmutter würde nur lachen, Mira in die Arme nehmen, sie auf ihren Schoß ziehen und ihr durch die Haare wuscheln. »Unser kleiner Napoleon.«

Miras laut klatschende Schritte hallten durch den Flur, als sie mit ihren langen Beinen auf ihn zugerannt kam. Für ihr Alter war sie recht groß, aber auch ziemlich schlaksig, sie bestand fast nur aus Armen und Beinen. »Kannst du mir mit den Trägern helfen, Daddy? Die sind verdreht.« Sie verzog das Gesicht, wie um zu zeigen, was sie meinte, mit gezwirbelten Lippen und kraus gezogener Nase.

Er beugte sich zu ihr hinunter und entwirrte die Träger ihres Bodys, dann nahm er ihr den Rock aus der Hand und half ihr, hineinzusteigen. »Bist du fertig?«

Sie strahlte. »Jap. Ich muss nur noch meine Ballettschuhe holen.«

»Okay, aber beeil dich. Wir wollen an deinem ersten Tag doch nicht zu spät kommen.«

Sie war schon wieder halb den Flur zurückgerannt. »Okaaaaay!«

Violet Benson holte tief Luft und strich den schwarzen Stoff des Ballettrocks über ihren Beinen glatt.

Heute war die große Eröffnung. Ein wundervoller Tag. Die Sonne schien, die Vögel sangen. Es war der erste Mai, und die Tanzschule Benson war ab heute offiziell geöffnet.

Ihr Traum – ihrer *beider* Traum – wurde endlich wahr.

Und ihr war zumute, als müsste sie sich gleich übergeben.

»Es wird alles gut gehen«, sagte ihre Empfangsdame Kathleen beruhigend, während sie eifrig auf ihrer Tastatur herumtippte. »Du hast ein wundervolles Tanzstudio aufgebaut. Alle werden es lieben. Sie werden *dich* lieben.«

Violet schluckte. »Das hoffe ich.«

Sie rückte das Foto von Jean-Phillipe zurecht, obwohl es schon ganz gerade hing. Sein Lächeln zog schmerzhaft an ihrem Herzen. Das hier war sein Traum gewesen. Und dann war es zu ihrem gemeinsamen Traum geworden. Jetzt war es nur noch ihr Traum, und sie hatte ihn endlich, nach viel zu langer Zeit, wahr gemacht.

»Er ist schon jetzt so stolz auf dich«, sagte Kathleen, als sie sah, wie Violet mit einem Finger über Jean-Phillipes Wange strich. »Du wirst hier Großartiges vollbringen, tolle Shows auf die Beine stellen, und er wird immer dabei sein. Dir zusehen und dich anfeuern.«

Violet lächelte Kathleen an, doch es war ein gezwungenes Lächeln, das nicht aus ihrem Herzen kam und das sie kaum länger als ein oder zwei Sekunden aufrechterhalten konnte.

»Wir hätten heute gemeinsam unsere ersten Schüler begrüßen sollen.«

Kathleen stand auf und ging um den Schreibtisch herum, um in einer mütterlichen Geste einen Arm um Violets Schulter zu legen. »Und das werdet ihr. Er ist im Geiste hier bei dir.«

Die Glocke über der Eingangstür klingelte, und mit einem Mal war der Raum voller Menschen.

Es war so weit.

»Herzlich willkommen, liebe Jungs und Mädchen, Eltern und Großeltern. Ich bin Miss Violet, eure Tanzlehrerin, und ich freue mich sehr, dass ihr die Tanzschule Benson ausprobieren wollt.«

Zehn Kinder, alle zwischen vier und sechs Jahren, saßen zu ihren Füßen auf dem Boden. Die Eltern hatten auf Stühlen entlang der Wand Platz genommen. Aus großen, erwartungsvollen Augen sahen die Kinder zu ihr auf.

»Wie viele von euch haben denn schon einmal Tanzunterricht genommen?«

Ein paar Hände wurden gehoben.

»Und die Eltern? Haben wir auch tanzerfahrene Eltern dabei?«

Ein oder zwei Mütter winkten kurz.

Und der einzige Vater.

Mhm.

»Okay, also haben wir ein paar erfahrene Tänzer dabei und ein paar Anfänger. Das ist wunderbar. Hier ist jeder willkommen.«

Ein kleines Mädchen mit zusammenpassendem lila Body und Röckchen hob die Hand.

»Ja? Wie heißt du denn, Süße?«

Sie stand auf, vor Selbstbewusstsein nur so strotzend. »Ich heiße Mira.«

»Freut mich, dich kennenzulernen, Mira. Und wie alt bist du?«

Mira hielt vier Finger hoch. »Ich bin viereinhalb.«

Violet lachte leise in sich hinein. »Vier ist ein tolles Alter.«

Mira nickte. »Einhalb.«

»Richtig! Das halbe Jahr ist natürlich *sehr* wichtig. Wolltest du etwas fragen, Mira?«

Sie nickte wieder. »Dürfen wir hier keine Krönchen tragen, weil du dir Sorgen machst, dass sie runterfallen und jemand drauftreten könnte?«

Von der Elternwand klang verhaltenes Lachen herüber. Der Mann, der vorher die Hand gehoben hatte – ein sehr attraktiver Typ mit blauen Augen, kupferbraunem Haar und kurzem Bart –, bemühte sich, nicht zu lachen, scheiterte jedoch kläglich. Seine breiten, muskulösen Schultern vibrierten in dem dunkelblauen Polohemd.

Violet wandte sich wieder Mira zu. »Genau so ist es, Mira. Ich hätte ein ganz schlechtes Gewissen, wenn du eine Krone oder ein Krönchen mit zum Unterricht bringen würdest und es dann runterfällt und kaputtgeht. Deswegen ist es besser, das Verkleiden für zu Hause aufzuheben.«

Mira drehte sich um und sah ihren Vater an. Der zuckte mit den Schultern, woraufhin Mira wieder zu Violet herumwirbelte. Ihre Lippen hatten sich zu einem breiten Schmollmund verzogen, aber in ihren Augen stand noch immer Kampfgeist. »Und was ist mit einer *Papier*krone?«

Noch mehr Lachen von den Eltern.

Violet mochte dieses Mädchen schon jetzt.

»Weißt du was, Mira, ich hab eine Idee. In ein paar Wochen machen wir eine besondere Tanzstunde, zu der alle in ihren Lieblingskostümen kommen dürfen, mit Krönchen und allem Drum und Dran. Was hältst du davon?«

Die blauen Augen des Mädchens leuchteten auf, und es nickte. »Okay. Das klingt gut.«

Violet lächelte. »Super.«

Mira setzte sich wieder, wandte sich noch einmal halb zu ihrem Vater um und gab ihm ein Daumen-hoch-Zeichen. Als Antwort streckte er ebenfalls beide Daumen in die Luft.

Vom Eingang her drang plötzlich das Läuten der Türglocke an ihre Ohren, gefolgt von einigem Tumult. Ihr war klar gewesen, dass die beiden zu spät kommen würden. Jayda hatte erst um halb drei Schulschluss, und dann mussten sie noch quer durch die Stadt.

Ihr Bruder Mitch und ihre Nichte Jayda kamen ins Studio gerannt, beide mit erhitzten Gesichtern und außer Atem.

»Sorry«, sagte Mitch lautlos in ihre Richtung, bevor er neben Miras Vater Platz nahm.

Jayda rannte zu der Gruppe Kinder, einen Tanzschuh schon am Fuß, den anderen noch in der Hand. Sie ließ sich neben Mira auf den Boden plumpsen und begann hastig, ihren zweiten Schuh anzuziehen. »Hi, Tante Violet«, flüsterte sie. »Tut mir leid, dass wir zu spät sind. Da war ein Unfall, und wir standen im Stau.«

»Kein Problem, Süße.« Violet wandte sich den Eltern zu. »Wir möchten Sie bitten, das Studio während des Unterrichts zu verlassen. Draußen gibt es einen Warteraum für Eltern, inklusive Kaffee und Tee. Wir haben die Erfahrung gemacht, dass die Kinder besser auf die Anweisungen des Tanzlehrers hören, wenn die Eltern nicht im Raum sind.«

Sämtliche Eltern nickten, erhoben sich und verließen nacheinander den Saal. Alle außer Miras Vater. Er blieb mit Besorgnis im Blick zurück, obwohl Mira überhaupt nicht auf ihn achtete, sondern völlig in ihr Gespräch mit Jayda vertieft war, die den gleichen Rock trug wie sie.

»Im Warteraum gibt es auch einen Spionspiegel«, sagte Violet. »Durch den können Sie ins Tanzstudio sehen und uns zuschauen, ohne uns abzulenken.«

Die saphirblauen Augen von Miras Vater, die von fast schon lächerlich langen Wimpern umrahmt waren, hellten sich bei ihren Worten auf, und sein Lächeln brachte Violet beinahe zum Schmelzen. »Danke.« Dann verließ er den Raum.

Sie war dankbar für Kathleens Vorschlag mit dem Spionspiegel, denn Miras Vater im Studio zu haben, wäre auf jeden Fall eine Ablenkung gewesen, wenn auch nicht für seine Tochter. Seit sie zurück nach Seattle gezogen war, hatte Violet keinen so attraktiven Mann mehr gesehen. Nicht seit Jean-Phillipe.

Schuld und Trauer bohrten sich wie ein doppelter Messerstich in ihren Magen.

Jean-Phillipe.

Wie konnte sie auch nur an einen anderen Mann *denken*, wenn die Liebe ihres Lebens fort war und das Bild im Flur und sein Traum, ein Tanzstudio zu eröffnen, das Letzte waren, was sie noch von ihm hatte?

Doch sie konnte nicht zulassen, dass der Schmerz in ihrem Herzen sie lähmte. Nicht heute. Nicht am Eröffnungstag. Sie wandte sich wieder den Kindern zu, klatschte dreimal in die Hände und zwang das strahlendste Lächeln auf ihr Gesicht, zu dem sie fähig war. Irgendwann würde sie es nicht mehr vortäuschen müssen. Irgendwann würde das Lächeln wieder echt sein … oder?

»Also los, Kinder, dann lasst uns mal tanzen. Verteilt euch im Raum, so dass ihr alle genug Platz habt.« Sie ging zu der großen Stereoanlage an der Wand und drückte auf Play. Fröhliche, beschwingte, poppige Musik mit einem lebhaften Beat drang aus den Lautsprechern, und in die Kinder kam Bewegung. »Wir schütteln uns jetzt erst mal richtig aus, bevor wir mit ein paar Übungen beginnen.«

Dann – als ob es ihr egal wäre, dass Miras Vater ihnen durch den Spiegel zusah, auch wenn es ihr alles andere als egal war – tat sie das, was sie am besten konnte, und überließ der Musik die Kontrolle über ihren Körper. Ließ sie ihre Seele füllen und ihre Glieder bewegen. Sie musste ihn nicht sehen, um zu wissen, dass er da war. Dass er Mira zusah. Violet zusah. Seltsamerweise machte es ihr nichts aus.

Sie lächelte in den Spiegel, als sie aus einer Pirouette kam, suchte Blickkontakt zu dem Mann hinter dem Glas, und zum ersten Mal seit sehr langer Zeit fühlte sich ihr Lächeln echt an.

Kapitel 2

Adam streckte dem einzigen anderen Vater im Warteraum die Hand entgegen. »Adam.«

Der andere Mann nahm seine Hand und schüttelte sie. »Mitch, freut mich. Welches ist denn Ihres?«

Adam deutete auf Mira, die einen Narren an Mitchs Tochter gefressen zu haben schien, denn sie ahmte jede ihrer Bewegungen nach. »Die da. Die, die Ihrer Tochter alles nachmacht.«

Mitch lachte. »Violet ist meine Schwester, Jayda tanzt also schon eine Weile mit ihr.«

»Wie alt ist sie?«

»Sechs. Und Ihre?«

»Vier, auch wenn sie mich sofort korrigieren und betonen würde, dass sie schon viereinhalb ist.«

Mitch lachte wieder. »Halbe Jahre sind sehr wichtig.«

»Das sind sie.«

»Was machen Sie denn beruflich?«, fragte Adam, während er die Kaffee-Pads beäugte, die sich auf einem Tisch in der Ecke neben einem Kaffeeautomaten stapelten. Er spürte deutlich, wie seine Koffeinsucht ihren hässlichen Kopf hob. Er schlenderte hinüber zum Tisch, bereitete sich eine Tasse zu und fragte Mitch mit einer Geste, ob er auch eine wollte. Der nickte.

»Ich bin Fotograf«, antwortete Mitch. »Und Sie?«

»Biologieprofessor.«

»Oh, cool, an der UW?«

Adam nickte und reichte Mitch seinen Kaffee. »Ja, ich leite dort ein Labor. Wir arbeiten an der Genkartierung von Aquakultur.«

Mitchs Augen wurden groß, er sah jedoch eher verwirrt als interessiert aus. Adam war klar, dass er sein Fachgebiet in einfacheren Worten erklären musste.

»Im Grunde funktioniert das wie diese Websites, die anhand einer DNA-Probe herausfinden, mit wem man verwandt ist. Nur eben für Fische.«

»Ah, verstehe. Sehr cool.«

»Was für Bilder machen Sie?« Sie setzten sich auf eine Bank, von der aus sie die tanzenden Kinder perfekt im Blick hatten, und nippten an ihren Tassen.

»Ich mache alles Mögliche. Hochzeiten, Firmenevents, Landschaften, Tiere, Stillleben, Familienporträts. Ich bin auf die Kunsthochschule gegangen und habe meinen Abschluss in Fotografie gemacht, also kann ich eigentlich so ziemlich alles. Vi hat mich gebeten, Fotos von den Tänzern und den Aufführungen zu machen, für ihre Website.«

Während der Zubereitung des Kaffees hatte Adam versucht, Mira im Blick zu behalten. Sie hatte dem Tanzunterricht so sehr entgegengefiebert, und soweit er das beurteilen konnte, schlug sie sich großartig. Allerdings wurde er immer wieder von der Tanzlehrerin abgelenkt. So gern er seiner Tochter beim Tanzen zusah, so gern betrachtete er auch Miss Violet dabei. Was sicherlich zum Teil daran lag, dass die Frau einfach umwerfend aussah. Eigentlich hatte er kein Interesse an Dating und seit Paige auch keine Beziehung mehr gehabt, obwohl ihre Trennung nun schon eine ganze Weile zurücklag – und Paige in den letzten Monaten ihrer Ehe nicht mehr wirklich anwesend gewesen war, weder mental noch emotional noch körperlich, bevor sie eines Tages dann einfach gegangen war. Ihre Trennung war zwar freundschaftlich verlaufen, aber das hieß noch lange nicht, dass er damit glücklich war.

Seitdem hatte er andere Frauen nicht mal mehr wahrgenommen. Aber in dem Moment, als er ins Tanzstudio getreten war und Miras Lehrerin, Mitchs Schwester, ihn angelächelt hatte, war etwas in ihm erwacht, von dem er nicht sicher gewesen war, ob er es jemals wieder empfinden würde. Er konnte nicht aufhören, diese Frau anzusehen.

Er hatte gezögert, das Tanzstudio zu verlassen, und Violet musste geglaubt haben, er wolle Mira nicht aus den Augen lassen. Aber das war es nicht. Er ließ Mira schließlich jeden Tag in der Vorschule allein. Nein, er hatte *Violet* nicht aus den Augen lassen wollen. Hatte sie tanzen sehen wollen.

Adam liebte es zu tanzen. Das verdankte er seiner Großmutter.

Sein Blick hing noch immer an Violet, fasziniert davon, wie ihr Körper über den Tanzboden wirbelte. Es war, als wäre sie mit Musik in den Adern geboren worden. Ihre Bewegungen waren so fließend, so elegant, so … friedvoll. Als ob irgendetwas sie quälte und sie nur im Tanz Erlösung finden konnte. Sie tanzte, als hinge ihr Leben, ihre Seele, ihr Verstand davon ab. Und die Kinder beobachteten sie voller Bewunderung. Genau wie Adam.

»Kommen Sie aus Seattle?« Mitchs Stimme brachte ihn zurück ins Hier und Jetzt.

Er schüttelte den Kopf, um wieder klar denken zu können. »Was? Oh, ähm, nein. Nicht ursprünglich. Ich komme aus South Carolina. Und Sie?«

»In Seattle geboren und aufgewachsen, aber dann bin ich nach Arizona gezogen. Ich habe die Liebe meines Lebens getroffen, als ich dort Aufnahmen für ein Wildtiermagazin gemacht habe.«

»Was hat Sie zurück nach Seattle gebracht?«

Mitchs Gesicht verdüsterte sich. »Sie ist gestorben. Also bin ich mit Jayda zurück nach Seattle gezogen, um näher bei meiner Familie zu sein. Vi ist auch um die Zeit hierher zurückgezogen, deswegen haben wir zusammen ein Haus gekauft. Sie hilft mir, Jayda großzuziehen.«

»Oh, verdammt. Das tut mir sehr leid.«

Mitch nickte nur. »Danke. Es ist erst ein knappes Jahr her, dass Melissa von uns gegangen ist. Wir sind seit neun Monaten hier, Vi seit etwas mehr als einem Jahr. Sie hat ihren Partner verloren, Jean-Phillipe, kurz bevor ich Melissa verloren habe.«

»Ihren Tanzpartner?«

Er nickte wieder. »Tanzpartner und Lebenspartner. Man hat einen Tumor an seiner Wirbelsäule gefunden, und er ist auf dem Operationstisch gestorben.«

Oh, scheiße.

»Melissa ist bei einem Autounfall ums Leben gekommen.«

Liebe Güte.

»Und dann ist vor sechs Monaten auch noch unser Vater an den Komplikationen einer Lungenentzündung gestorben.«

Das gottverdammte Universum. Eine Familie so niederzuschlagen, wenn sie ohnehin schon am Boden lag … Was zum Teufel?!

Adam fuhr sich mit der Hand durch die Haare. »Das tut mir wirklich wahnsinnig leid. Für Sie alle. Meine Eltern sind auch bei einem Unfall ums Leben gekommen. Ich war damals erst sieben und mein Bruder vier.«

Mitch wandte sich zu ihm um. Er war offensichtlich sehr darum bemüht, nicht die Fassung zu verlieren. An seiner Schläfe pulsierte eine dicke Ader, und sein Kiefer war angespannt. »Tut mir leid, Mann. Das ist echt scheiße. Wer hat euch – sorry, aber ich glaube, es ist Zeit, dass wir zum Du übergehen – wer hat euch denn dann aufgezogen?«

»Die Eltern meiner Mutter.«

Mitch nickte und nippte wieder an seinem Kaffee. Ein paar Minuten saßen sie einfach nur da, keiner von beiden sagte etwas. Adam hatte diesem Fremden einiges über sich anvertraut, aber seltsamerweise kam er ihm gar nicht wie ein Fremder vor. Mitch hatte auch viel über sich preisgegeben. Vielleicht lag es daran? Er war alleinerziehender Vater, genau wie Mitch, und zog wie er eine Tochter groß. Sie waren keine Fremden. Sie waren so etwas wie Brüder. Er kannte Mitch zwar kaum, aber er schien ein netter Kerl zu sein. Ein Typ, mit dem Adam sich auf ein Bier treffen könnte, ein Typ, der gern seinen Samstagabend mit Kumpels, Zigarren, Alkohol und Kartenspielen verbrachte. Liam hatte gesagt, er könne einladen, wen er wolle – als ihr Gastgeber war er immer auf der Suche nach neuen Mitspielern, die er um ihr hart verdientes Geld bringen konnte.

Adam räusperte sich. »Also, ähm, ich bin da in so einer Männergruppe, eine Art Club. Wir sind eigentlich nur ein paar alleinerziehende Väter, die sich jeden Samstag zum Pokerspielen treffen. Manchmal gibt's auch 'ne Grillparty oder so was, Treffen mit den Kindern, wenn wir es zeitlich hinkriegen, aber ausnahmslos jeden Samstag ist Pokerabend. Wäre das was für dich?«

Mitch musterte ihn neugierig. »Wo denn?«

»Bei Liam Dixon, ich kann dir die Adresse schicken. Er ist einer von den Vätern und Scheidungsanwalt. In seinem Beruf bekommt er mit, wie unfair Väter oft von ihren Ex-Frauen und dem Justizsystem behandelt werden. Außerdem gibt es echt wenig Unterstützung für alleinerziehende Väter, deswegen hat er diese Gruppe ins Leben gerufen. Er hat ein paar von uns vor Gericht vertreten, aber man darf dem Club erst beitreten, wenn man nicht mehr sein Klient ist. Ein paar andere hat er einfach kennengelernt und eingeladen. Und wir können auch einladen, wen wir wollen, solange derjenige ein alleinerziehender Vater ist.«

Mitch fuhr sich mit der Hand übers Kinn und dachte kurz nach. »Vi ist samstags bis um fünf hier beschäftigt. Danach könnte sie sicher auf Jayda aufpassen. Um wie viel Uhr geht's los?«

Adam lächelte. »Um sieben.«

»Okay, das klingt gut. Poker also. Spielt ihr um echtes Geld?«

Adam sah den Kindern dabei zu, wie sie in Jetés quer durch den Saal sprangen. »Ja, um echtes Geld.«

Violet warf einen Blick zum Spiegel und lächelte, ihre goldgrünen Katzenaugen strahlten. Ihm war bewusst, dass sie ihn nicht sehen konnte, aber die Art, wie sie direkt in den Spiegel sah, und das süße, fast schüchterne Lächeln, das über ihr Gesicht huschte, gaben ihm das Gefühl, dass sie ihn direkt anlächelte.

Er lächelte zurück.

»Dir ist schon klar, dass sie dich nicht sehen kann, oder?«, sagte Mitch mit einem seltsamen Unterton in der Stimme. Er schien amüsiert, aber gleichzeitig etwas verärgert zu sein. Und der Beschützerinstinkt eines älteren Bruders schwang definitiv auch darin mit.

Adam lachte peinlich berührt. »Ich weiß nicht, wovon du redest.«

Mitch warf ihm von der Seite einen vielsagenden Blick zu. »Ist klar.«

Ein Geräusch wie Donnergrollen erfüllte das Studio, als fast ein Dutzend Kinder auf den Ausgang zustürmte, jedes mit einem Sticker auf dem Handrücken, als Belohnung für die gute Arbeit. Nur Mira blieb stehen.

»Miss Violet?«, fragt sie mit ihrer hohen Stimme, in der nicht ein Hauch von Unsicherheit oder Schüchternheit mitschwang.

Violet wandte sich zu ihr um, nachdem sie die Stereoanlage ausgeschaltet hatte. »Ja, Süße?«

»Danke für die Tanzstunde und den Sticker.«

Violets Herz schmolz dahin. Dieses kleine Mädchen war so niedlich und hatte sich während des Unterrichts solche Mühe gegeben, hatte Violet und Jayda hoch konzentriert beobachtet und ihre Bewegungen nachgeahmt, so gut sie konnte. Sie war für die Bühne geboren.

»Sehr gern geschehen, Süße. Hat es dir denn Spaß gemacht?«

Mira nickte. »Ich liebe tanzen.«

»Das habe ich gesehen. Du hast das ganz toll gemacht. Übst du denn oft zu Hause?«

»Jap. Mit meinem Daddy. Der hat früher auch getanzt.«

Violet sah auf, als sich plötzlich schwere Schritte näherten. Und einen Moment später stand er auch schon vor ihnen: Miras Vater. Sie spürte, wie sich ihr Puls beschleunigte und ihre Brustwarzen sich steif aufrichteten. Sein Blick huschte zu ihren Brüsten, wo der dünne Stoff ihres Bodys vermutlich absolut nichts der Vorstellungskraft überließ.

Als er bemerkte, dass sie ihn beobachtete, wandte er hastig den Blick ab. »Mira, Süße. Wir müssen los.«

Sie machte ein paar Schritte auf ihn zu und streckte ihm die Arme entgegen. »Ich habe Miss Violet erzählt, dass du früher getanzt hast.«

Seine Wangen liefen unter dem Dreitagebart rot an. Sexy. Mit einer Hand strich er über Miras kastanienbraunes Haar. »Das ist aber schon lange her.« Dann streckte er Violet seine Hand entgegen. »Ich bin übrigens Adam, Miras Vater.«

Sie schüttelte seine Hand, die groß und warm und etwas rau in ihrer lag. Sie wollte seine Hand noch nicht wieder loslassen, doch als er sie zurückzog, ließ sie ihn.

Er hatte also getanzt.

Interessant.

Es gab natürlich einige Männer im Tanzgewerbe, wenn auch nicht annähernd so viele wie Frauen, aber sie fand es immer wieder spannend zu erfahren, wie ein Mann seine Liebe zum Tanz entdeckt hatte. Und ob es überhaupt Liebe war oder er nur dazu gezwungen worden war, zum Beispiel von einer Mutter, die viel lieber eine Tochter gehabt hätte. Geschichten dieser Art hörte sie häufig.

»Was haben Sie denn getanzt?«, fragte sie, weil sie mehr wissen wollte, noch nicht bereit war, die beiden – *ihn* – gehen zu lassen.

Er rieb sich mit einer Hand den Nacken. »Hauptsächlich Standardtanz. Ich bin bei meinen Großeltern aufgewachsen, und die waren begeisterte Standardtänzer. Aber als mein Großvater aufgrund seiner Diabetes ein Bein verloren hat, konnte er nicht mehr mit meiner Großmutter tanzen. Also habe ich das übernommen.«

Konnte dieser Mann noch liebenswerter werden? Ein Mann, der seine Großmutter liebte.

Schmacht.

»An der Uni habe ich dann auch noch ein bisschen getanzt.« Er verzog das Gesicht, wie um zu sagen, dass das keine große Sache war, doch sein Lachen klang gezwungen und machte deutlich, dass er lieber das Thema wechseln würde. »Aber das waren nur Wahlkurse. Kein richtiger Unterricht mit Hausaufgaben und so. Dafür hätte ich auch gar keine Zeit gehabt bei dem Riesenpensum, das ich ohnehin schon hatte.«

Violet lachte. »Was haben Sie denn studiert?«

»Daddy ist ein Doktor«, mischte sich Mira ein.

»Ich bin Biologieprofessor«, korrigierte Adam. »Aber ja, theoretisch bin ich ein Doktor. Allerdings nicht die Art, die einen aufschneidet und wieder zunäht. Eher die Art, die den ganzen Tag vor einem Computer oder Mikroskop sitzt und Daten analysiert.«

Violet lächelte. Im nächsten Moment strömte ihre nächste Klasse, die älteren Kinder, geräuschvoll ins Studio.

Adam drehte sich zu dem plötzlichen Lärm um, bevor er sich wieder an Violet wandte. Sein Blick ging ihr durch und durch.